3 4028 10018 7443
HARRIS COUNTY PUBLIC LIBRARY

D0284194

OCEANO exprés

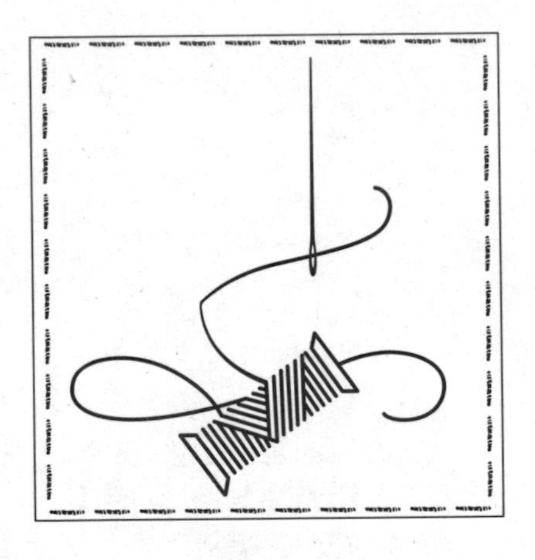

Socorro (pero me dicen Coco)

JUANA INÉS DEHESA

OCEANO exprés

SOCORRO (PERO ME DICEN COCO)

Diseño de portada: Cristóbal Henestrosa y Jonathan Cuervo
Diseño de interiores: Cristóbal Henestrosa
Fotografía de la autora: Jorja Carreño

D. R. © 2018, Editorial Océano de México, S.A. de C.V.
Homero 1500 - 402, Col. Polanco
Miguel Hidalgo, 11560, Ciudad de México
info@oceano.com.mx

Primera edición en Océano exprés: julio, 2018

ISBN: 978-607-527-623-6

Impreso en México / Printed in Mexico

A Maruca y Margaret,
por su fe y su valentía.

CAPÍTULO 1

Quien diga que las minifaldas son cómodas, es que nunca ha tenido que esconderse debajo de su escritorio con una puesta. Si alguien abre en este instante la puerta de mi oficina, va a tener el gusto de enterarse de que la brillante asistente del director general, además de ser una cobarde, es una cobarde que usa calzones de florecitas rosas.

Claro que todavía más vergonzoso sería tener que explicarle a cualquiera que entrara qué demonios hago hecha bola debajo de mi mesa, estornude y estornude por la cantidad de polvo. (¿Cuándo iba a lograr que Lupita se dignara a aspirar mi oficina? En la esquina que forman el escritorio y la pared hay un pedazo de galleta María que estoy segura de que lleva ahí desde que me puse a dieta tantito antes de Semana Santa, y ya estamos a finales de agosto.)

No es que tenga una buena explicación para estar aquí abajo. Sólo es algo que me ha dado por hacer de unos meses para acá, cada que oigo que Jaime ya se puso de malas. Que es casi todo el tiempo. Cuando empecé a trabajar en la fábrica me dijeron que era porque todavía el psiquiatra no le ajustaba bien las medicinas, pero ya pasaron cuatro años y yo lo veo igual. Es más, lo veo peor. Una de dos, o ya el psiquiatra lo dejó por imposible, o no hay medicina que pueda con su grado de histeria. O algo, pero la neta sí está muy cañón y a mí cada vez me saca más de onda.

Me vibra la mano izquierda. ¿Me estará dando un infarto? Ojalá. Jaime no me va a gritonear si me da un infarto, ¿no? Aunque si me está dando un infarto, más me vale hablarle de una vez a los de la Cruz Roja para que me manden una ambulancia. Si me desmayo y a las secretarias se les ocurre hablarle a una ambulancia privada, no me la acabo. Imagínate el cuentón.

¿Cuál es el número de la Cruz Roja? ¿Estará en mi celular? Luego, cuando los compras, ya traen programados los números de emergencia. ¿Y dónde está mi celular? Ah. En mi mano izquierda. Vibrando.

La pantalla dice "Alfredo". Claro. Son las doce en punto.

—¿Bueno?

—¿Coco? ¿Dónde estás?

—Pues en la oficina, ¿dónde más?

—¿Y por qué hablas tan quedito? —silencio—. ¿Estás otra vez debajo del escritorio?

—No.

—Coco...

—No. De veras.

—¿En qué quedamos con lo de decir mentiras?

Chin. Siempre me cacha.

—Ay, bueno, ya —la verdad, tiene razón. Qué onda con la niña que se esconde cuando su jefe se pone loco—. Pérame tantito.

Me bajo la falda como puedo y salgo. La voy a tener que mandar a la tintorería, y me va a salir carísimo. Vuelvo a ponerme el celular junto a la oreja.

—Ya.

—¿Qué pasó? ¿Ya te dijo algo?

—No.

Le explico que hay un embarque de telas detenido en la aduana. Que apenas nos acaban de avisar y que Jaime no se lo tomó muy bien. Que es como decir que a Hitler los judíos se le hacían medio antipáticos.

—¿O sea que está pegándoles de gritos como si la culpa fuera de ustedes?

—Ps... Más o menos, sí —de hecho, del otro lado de la puerta se escucha la voz de Jaime gritándole a Lupita algo que a mí me enseñaron que no se decía nunca. ¿Ora con qué cara le pido que aspire mi oficina?

—Y sigue sin resolverte lo de Barcelona.

—Ajá —no sé ni para qué le contesto, si ni era pregunta.

—¿Y qué piensas hacer?

—Ay, nada —trato de poner mi tono de que cero hay problema, ése que no me creo ni yo—. Ahorita ya se le pasa lo nervioso, le conseguimos algo de comer y ya estuvo. Ya ves que hay que saberle el modo.

—¿Cuál modo? Ese tipo es un tirano que necesita que alguien se le imponga. Ve a su oficina y pregúntale a quién va a escoger para mandar a Barcelona. Pero ahorita, en caliente —no lo oigo, pero sé que está tronando los dedos—. Antes de que te arrepientas.

—Sí, sí. Pero yo creo que me voy a esperar tantito.

—¿Para qué? Ya, de una vez. El tipo lleva prometiéndote esa feria desde que entraste. O te lleva o se acabó. No puedes dejar que te pase por encima, bonita.

Qué poca. Ya sabe que cuando me dice "bonita" no le puedo decir que no.

—No, ya sé, pero...

—Pero nada. Como quedamos: vas, tocas la puerta y le dices "Jaime, necesito que me digas quién va a ir a Barcelona", y si te sale con que va a ser la babosa de Ana, le renuncias en ese mismo instante.

—¡Ay, Cuqui! ¡Qué feo! —sí, ya sé: es medio cursi, pero desde que empezamos a andar en tercero de secundaria somos Coco y Cuqui. Alfredo me tiene prohibidísimo que le diga así en público, pero en privado me da chance—. ¡Ana es mi amiga!

Se queda callado. No le gusta que le diga esas cosas. Y tampoco le gusta que le diga que Ana es mi amiga; según él, algo tiene Ana que no le late nada. Trato de dulcificarle el tono.

—Es que cómo me dices que renuncie...

—Pues es que, bonita, ¿qué necesidad tienes de aguantarlo? Si no te cumple lo que viene prometiéndote desde hace años, pues que se quede con su puesto. De todas maneras...

Se queda a la mitad de la frase.

—¿De todas maneras qué?

—Nada, nada. De todas maneras ni te gusta tanto ese trabajo, digo. Es temporal, ¿no quedamos?

—Sí, claro —chin. Ya me eché a perder el manicure. Mi maldita manía de rascarme el barniz cuando me da la angustia. Voy a tener que pasar el día escondiendo el pulgar derecho.

—Bueno, pues ya estuvo. Ve ahorita y le dices.

Le digo que sí, que claro, que ahorita mismo. No me cree. Le digo que sí, de veras. Ya como que suena más convencido. Le digo que lo amo. Me dice que igual, y cuelga.

Cierro los ojos. Odio decirle mentiras a Alfredo, pero es que ni caso tiene discutirle si nomás no puedo hacerlo entender. Once años de novios me han enseñado que a veces es necesario darle un poquito el avión.

Vuelvo a mi computadora, a un correo que dejé a medio leer cuando empezaron los gritos y sombrerazos. Es de un tipo que dice que se llama Andreu y que trabaja para una tienda grandísima. Dice que vio la página de la fábrica y que quiere concertar una cita conmigo para la feria de Barcelona. ¿Conmigo? Qué raro. Ah, claro. Maldito Gerardo y su memoria de teflón. Gerardo es el de sistemas y cuando me pusicron a armar todo lo de la página, salió con que lo mínimo que me merecía era un título rimbombante. Recuerdo que estuvimos horas diciendo cualquier estupidez que se nos ocurría, como "esclava en jefe" y "líder supremo del mallón y la ombliguera", hasta que llegamos a "coordinadora de asuntos internacionales". Al día siguiente abrí la página y ahí estaba, además en letras bastante grandes, no fuera a ser, y me dio un susto espantoso que alguien se diera cuenta, le dijera a Jaime y se armara la de Dios es Cristo. Desde entonces, diario le pido a Gerardo que lo quite, pero como siempre está en diez mil cosas diferentes, diario se le olvida.

Ni modo que le cuente al español que todo es un invento de Gerardo y sus sueños guajiros. Ni que Jaime no se ha dignado decirnos quién va a ir a la feria porque está haciendo berrinche por culpa de un aduanero al que finalmente le colmó la paciencia. Así que empiezo mi correo muy formalito de qué tal cómo le va y muchas gracias por su interés en nuestra empresa y ya estoy a punto de decirle que estamos todavía en la etapa de planeación de las ferias y que yo le aviso cuando sepamos quién va a Barcelona, cuando se me ocurre que es mucho mejor idea decirle que por supuesto que yo voy a ir en representación de todo el corporativo y que me dará un enorme gusto reunirme con él en la fecha y horario que crea convenientes.

En realidad, no se me ocurre a mí, sino a mi tía Teresa, que de pronto se me mete en la cabeza y no tengo manera de sacarla. Bueno, no se me mete ella; se me meten sus ideas, que para el caso es lo mismo. Es la hermana mayor de mi mamá, pero ni parecen hermanas: Teresa es un desastre y siempre está metida en las ondas más raras. Mi mamá medio la alucina y sólo se lleva con ella porque dice que es familia y a la familia hay que procurarla, y a mi papá lo saca de quicio, pero a mí se me hace chistosa. Y de pronto sale con cosas que hasta me laten. Como esa onda que trae ahora de que uno tiene que decidir lo que le va a pasar en la vida y le pasa. Bueno, pues yo decido que me voy a Barcelona. Y punto. Le doy "enviar".

Me arrepiento inmediatamente y trato de cancelar el correo, pero es demasiado tarde. Ya está brincando de servidor en servidor hasta Barcelona. Bueno, total: luego le digo que un hacker maligno se apoderó de mi correo y tan tan. Pero eso no va a pasar, porque yo voy a ir a Barcelona. Ya lo decidí y sanseacabó. Sólo falta que Jaime me escoja para ir.

Jaime. Lo oigo que me grita desde su oficina. Eso, o fue a él a quien le dio el infarto. Eso no lo había pensado, pero estaría mucho mejor: ahí sí, me tardaría un ratito en hablarle a la ambulancia. Digo, no mucho. Sólo lo suficiente para que se asuste tantito y se arrepienta de ser tan grosero. Uy, qué fea; ¿quién soy yo para andar decidiendo de qué se tiene que arrepentir la gente? Pobrecito. Seguramente algo muy horrible le pasó en su infancia, que lo hace ser así, y encima se topa con gente como yo, que no le tengo nada de paciencia.

—¡SOCORRRRRRRRROOOOOO!

¡Coco! ¡Co-co! Sólo mi mamá me dice Socorro y me choca. Bueno, mi mamá y Jaime, desde que descubrió que así me llamo. El resto del mundo me dice Coco.

Suena el teléfono. Es Olga.

—Te está llamando, niña, ¿qué no oyes?

—Sí, ahí voy.

La primera vez que Jaime me pegó un grito para que fuera a su oficina, casi me desmayo. Se me hizo peladísimo. Sobre todo si estaba sentado junto a un teléfono y lo único que tenía que hacer era levantar la bocina y apretar un botoncito. Y yo, ilusa, tuve a bien explicarle que se me hacía un poco impropio. Era cuando todavía conservaba la inocencia de que las cosas se arreglan hablando. No, bueno. Se burló de mí horas enteras. Me dijo que la próxima vez me iba a mandar un atento mensaje escrito en caligrafía y en una bandeja de plata. Y otras cosas sobre a dónde podía ir yo a dejar mis sugerencias, que no me atrevo a repetir. Y lo dijo gritando y todo.

Creo que ésa fue también la primera vez que lloré en la oficina. Ya no me acuerdo.

Olga me dice que Jaime está hablando por teléfono. No me tiene que poner esos ojos de pistola, si la entiendo perfecto: a Jaime le encanta tenerte sentado ahí en lo que termina su conversación, para que en el instante en que cuelgue pueda empezarte a dar millones de órdenes, pero no soporta que le hagas ni el más mínimo ruido; se pone frenético. Lo que no me avisa, y por nada y suelto un grito, es que Ana ya está dentro de la oficina, en una de las sillas frente al escritorio.

Esos pantalones de tubo, ¡con pinzas!, sólo pueden vérsele bien a ella. De veras que si no fuera tan mi amiga, la odiaría: una que tiene que levantarse a las cinco y media todos los días para llegar a la oficina con el pelo planchado, la ropa limpia y el maquillaje decente, y ésta que a duras penas se baña y de todas maneras parece que se salió de una revista. Ana siempre dice que para nada, que tiene que esforzarse igual que todas, pero me consta que no. Supongo que también ayuda que tu mamá sea una exmodelo brasileña y te haya heredado el cuerpazo, el color como de que acabas de llegar de la playa aunque lleves meses sin ver más luz que la del foco y los ojos color miel. A mí mi mamá me heredó el pelo y los ojos de un café súper equis y un metabolismo pésimo; ah, y muchas recetas de platos típicos, todos con harta manteca. Perdón, pero eso no es cosa de suerte.

Me siento y nos sonreímos. Como no podemos hacer ruido, nos quedamos calladitas, con las manitas cruzadas y viendo al frente, como niñas castigadas. Por supuesto que las dos estamos pensando en Barcelona, pero ninguna se atreve a decir nada. Yo me siento súper culpable de querer que me escojan a mí en lugar de a mi amiga. Trato de pensar en lo que dice Alfredo, de que ya me lo merezco; Ana llegó aquí hace seis meses, y ya la llevaron a Nueva York y a Los Ángeles; yo llevo cuatro años y lo más que he logrado ha sido ir a León a buscar cinturones. Y ni siquiera me dieron viáticos.

La oficina de Jaime, como siempre, está hecha un desastre. Parece que nadie le ha explicado para qué sirve el bote de basura; por todos lados hay papelitos garabateados con cosas importantísimas que se le ocurren y que tiene que anotar en ese instante. De pronto me las da para que "lleve el registro" y yo no tengo idea de qué hacer: ¿qué haces con una nota del Starbucks que tiene atrás rayoneado "brillo – comparar precios"? Al principio le preguntaba y hasta trataba de entender. Ahorita sólo pongo cara de que ah, claro, qué importante, y lo tiro llegando a mi escritorio. Total, nunca se acuerda.

No sé quién esté del otro lado de la línea, pero por la cantidad de tiempo que pasa Jaime callado, escuchando y haciendo "ajá, sí", "ajá" "sí, claro: tienes razón", se me hace que es su mamá: la única persona en el mundo a la que Jaime es capaz de darle la razón en algo. La señora es una viejita súper buena gente, que heredó la fábrica de su marido y luego se la dejó a su hijo. Yo creo que sí alcanza a darse cuenta de que su criaturita es medio energúmeno, porque cada vez que viene a las comidas de fin de año o así, nos pone cara de que está muy arrepentida y llena de culpa.

Pobre señora, yo creo que se aburre en su casa y por eso habla horas con su hijo, pero hoy sí estoy a punto, a punto, de estirar mi dedo y colgarle. Lo haría, si no fuera porque Jaime sería capaz de aventarme por la ventana, y no estoy dispuesta a terminar mis días embarrada en la calle de Izazaga, entre los puestos de tamales y los de discos pirata, con mis calzones de florecitas a la vista de todos. Respiro hondo y trato de calmarme. La violencia nunca es la solución, Coco, tranquilízate.

Me da muchísimo gusto por Ana. La verdad es que sí. Y es súper buena para negociar precios y condiciones; buenísima. Y claro que la ves y dices: "por supuesto que esta chava sabe lo que está haciendo y conoce la ropa perfecto; le compro lo que sea", porque todo se le ve increíble y tiene un gusto espectacular. Neto, es lo mejor que le ha pasado a esta compañía en muchísimo tiempo, yo siempre lo digo.

Y ahorita que se me paren las lágrimas y pueda volver a respirar parejito y salir del baño con cara más o menos decente, se lo voy a volver a decir. Que me da muchísimo gusto y que en qué le puedo ayudar. Sólo no quiero que me vea con los ojos hinchadísimos y la nariz roja como de payaso, porque se va a sentir fatal. Pobre. Ella no tiene la culpa de ser tan buena y de que la escojan para todo. Ya de por sí debe de estarse sintiendo súper mal y súper culpable, porque yo me he pasado de boca floja y le he dicho nada más trescientas veces por minuto la ilusión que me hace ir a Europa. Que no conozco, porque mi papá siempre me dijo que me iba a mandar cuando cumpliera quince pero a la mera hora me dio susto dejar a Alfredo tanto tiempo solo —acabábamos de empezar a andar y Susana, la zorra del salón de enfrente, le tiraba la onda muchísimo— y le dije que mejor no, que mejor lo ahorraba para un coche. Ya luego Alfredo me convenció de que para qué quería un coche si él me podía llevar a todos lados y ya ni coche ni nada, pero el caso es que me quedé con las ganas de ir a Europa.

Y ahora tampoco se me va a hacer. Tengo que parar de pensar estas cosas, porque cada vez que logro calmarme más o menos, se me ocurre algo así y empiezo otra vez.

Coco: cálmate. Piensa en todas tus bendiciones. Tienes salud, tienes una familia que te quiere, tienes trabajo. Y tienes a Alfredo, sobre todo. Pobre Ana, ella está solita desde que por suerte ese señor casado con el que andaba se fue a vivir a Estados Unidos. Yo nunca le dije nada de que anduviera con un señor casado, pero no se me hacía que estuviera muy bien. Y por supuesto jamás se lo conté a Alfredo; se hubiera puesto como loco.

Ya me pararon las lágrimas. Ya nomás me dan como esos suspiros temblorosos de cuando lloraste muchísimo. Ahora sólo tengo que atravesar el pasillo sin que me vea nadie, porque mi cara es un desastre: por comprar el maquillaje que vende Olga por catálogo, ahora traigo todo el maquillaje corrido, parezco máscara de Halloween. Es que me da pena no comprarle, pero sí es medio chafa y cero a prueba de agua. Salgo con el fólder con papeles que me acaba de dar Jaime para que reserve el boleto y el hotel de Ana y me tapo la cara con él. Menos mal que por lo menos conseguí que me dieran una oficina con puerta. La cierro y le pongo seguro. No estoy para nadie.

Cinco llamadas perdidas. No me llevé el celular a la junta porque pensé que me iba a distraer de las buenas noticias. Todas son de Alfredo, por supuesto, y dos mensajes, preguntando qué pasó.

Empieza a vibrar otra vez. "Alfredo". Entro en pánico, ¿cómo le voy a decir lo que pasó? Me va a obligar a renunciar. Y si me quedo sin trabajo, lo lógico es que me regrese a Querétaro, ¿no? Ahí está mi vida y mi familia y todo lo que vale la pena en este mundo, ¿no? Por primera vez en la vida, aprieto "ignorar llamada" y, en cambio, le escribo un mensaje.

"En llamas, preparando viaje a Barcelona. ¡☺☺☺☺☺! Te llamo en un rato. Besos, C."

CAPÍTULO 2

La culpa la tuvo mi mamá, por decirme eso de que no conviene mentir porque tarde o temprano se descubre la verdad. ¿Para qué me dijo eso de lo de "tarde"? Si me hubiera dicho "no mientas, mijita, porque luego, luego, te descubren", pues entonces me hubiera dado susto y me hubiera acostumbrado a decir siempre la verdad, por más que me costara, pero en lugar de eso, pues como que me dio a entender que puedes mentir hoy y en una de ésas te descubren hasta dentro de un mes o un año, o veinte, y mientras te da tiempo de encontrar la manera de solucionar el problema que te hizo mentir en un principio y ya, todo arreglado.

Digamos que, para mí, eso de las mentiras siempre ha funcionado como la tarjeta de crédito. Típico que vas baboseando por Antara y de pronto pasas frente a Coach y ves en el aparador una bolsa gris, divina. ¡Una bolsa gris! Todo el mundo sabe que es un básico en el guardarropa y es de lo más complicado de encontrar; no es para nada como una bolsa café o una negra, que encuentras siempre en todos lados, es algo mucho más específico y que no puedes dejar pasar así nomás. Pero obviamente ninguna persona normal trae suficiente dinero en la cartera como para entrar a la tienda y comprar la bolsa, así como así; entonces, lo que haces es que entras, te convences de que, en efecto, es la bolsa sin la cual no puedes seguir viviendo ni un minuto más y la pagas con tu tarjeta de crédito. Y tienes tres semanas o un mes para ingeniártelas y pagarla.

Pues así, igualito, pienso yo que pasa con las mentiras: te dan chance de ganar tiempo. Claro, la técnica no sirve para todas las situaciones, pero en mi vida funciona perfectamente: no es que digas algo que no es cierto, tipo "el cielo es verde", sino que dices "claro que me escogieron para irme a Barcelona", y en lo que los otros se distraen en otra cosa y te dejan de molestar, te las ingenias para que se convierta en la verdad. A mí me parece súper lógico y súper ingenioso, y hasta intenté hacérselo entender a mi mamá un par de veces cuando era chiquita, pero como que no me creyó y se puso medio loca, y me puso a hacer planas y planas del octavo mandamiento.

Ya sé que se oye súper cínico; cualquiera diría que me la vivo engañando a las personas e inventándome cosas, para nada. Pero yo sí creo que a veces la verdad hace más daño que una mentirita; lo hago por la tranquilidad de todos, no es por nada.

Como lo del viaje a Barcelona. O sea, a ver: ¿qué bien le hacía a nadie que yo dijera que Jaime había escogido a Ana y no a mí? ¿Alfredo iba a dormir más tranquilo? ¡Claro que no! O bueno, no sé. No tengo idea de cómo duerma, porque obviamente nunca hemos dormido juntos, pero si él iba a dormir más tranquilo, yo no. Por supuesto que no, si iba a hacer todo lo posible por obligarme a renunciar y regresarme a Querétaro.

Y no es que Querétaro esté mal, para nada. Es súper bonito y tranquilo; como dice mi papá, es una ciudad limpia y de gente decente y no un nido de malvivientes como el Distrito Federal. Yo cada vez que vengo me la paso increíble. Hoy, por ejemplo, que vinimos a la comida de cumpleaños de mi mamá, estoy feliz. Mis hermanas le organizaron la comida e invitaron a todas sus amigas y está padrísimo; ni siquiera me importa que todas me pregunten que yo para cuándo y que si hace cuánto que se casó Lola, y que cuando les digo que Lola es mucho más grande, la volteen a ver a ella, a su marido y a sus dos niños y luego me vean con cara de lástima. Nada que ver: ni para qué les explico que tengo un trabajo que me encanta y que soy la más feliz con mi vida, y que no es por ser fea ni presumida, pero Alfredo es doscientas veces mejor partido que Jorge, el marido de Lola.

Por cierto que Alfredo está rarísimo. En general, es el más relajado con mis papás, y ellos lo adoran; de hecho, un día mi mamá me confesó que era su consentido, pero me pidió que no se lo dijera a mis hermanas porque se iban a poner celosísimas, pero que era el más formal, el de mejor familia y al que se le veía mejor futuro de los tres, y que eso estaba muy bien porque yo necesitaba un hombre sensato que me pusiera límites. Pero hoy como que nomás no se está quieto, dizque estaba sentado junto a mí, pero se la ha pasado todo el tiempo secreteándose con su mamá en un rincón. Y con mis hermanas: Lola y Márgara nada más como que me ven y se ríen.

—¿Qué les pasa? —les pregunté cuando fuimos a la cocina por las cazuelas y las tortillas—, ¿qué les da tanta risa?

—Ay, nada; ¿ya ves? Ya estás paranoica, como todos los chilangos —Márgara, mi hermana más grande, nunca ha vivido en otro lugar que no sea Querétaro.

—Sí, nada —dijo Lola—, bueno, sí, ¿qué onda con tu atuendo, hermanita?

Ya no le contesté; mejor cogí el tortillero que me dio Aurelia y lo llevé a la mesa. La verdad es que según yo me vestí súper normal: un vestido de H&M azul cobalto sin mangas y unos tacones de ante grises (y mi bolsa gris de Coach, porque el ejemplo de la tarjeta de crédito sí es medio sacado de la vida real, la verdad), pero como que me desubiqué tantito, porque ya se me hacía súper normal ir así a trabajar y que nadie se fijara, pero, de hecho, cuando Alfredo pasó por mí, sí me dijo que si no preferiría ponerme algo con una falda tantito menos corta, pero cuando ya me iba a bajar del coche, me dijo que lo olvidara, que ya ni modo y que no quería que se le hiciera tarde. Lo malo es que ya viendo a mis hermanas, a mis cuñadas y a mis primas, que todas traían faldas debajo de la rodilla, y, si acaso, tacones como de cuatro centímetros, pues sí me veía como rara, ni modo. La única que me dijo que me veía muy bien y que qué guapa me estaba poniendo fue mi tía Teresa, pero como siempre me dice lo mismo, ya como que ni le creo.

Lo bueno es que mis hermanas rentaron unos manteles larguísimos con los que puedo sentarme y taparme las piernas. Y lo bueno también es que por fin, después de toda la semana de esperar, me puedo comer un taco de sal: las tortillas las hace una hermana de Aurelia y son buenísimas, casi creo que es lo que más extraño de vivir en casa de mis papás. Bueno, y a mis papás, obviamente.

—¡Cht! ¡Coco!, ¿qué haces? —¿qué onda con Márgara? Me agarró desprevenida y de un manazo me tiró la tortilla— ¡El padre Chuy apenas va a bendecir los alimentos!

¡Chin! Se me olvidó eso de que no se come hasta que se bendicen los alimentos. Y yo con un pedazote de tortilla en la boca. ¿Qué hago? Ni modo que lo escupa, ¿no? Guácala. Me lo tengo que guardar en el cachete hasta que el padre

Chuy, que parece señorita México, salude y salude a todo el mundo, se digna llegar hasta su mesa, que es la de mis papás, y empezar con “Bendice, Señor, los alimentos que vamos a recibir...” y todos cierran los ojos con cara devota, para masticarlo y tragármelo.

Alfredo por fin se sienta junto a mí. Le pregunto bajito que si todo está bien y me dice que sí, que nomás tenía que preguntarle una cosa a su mamá.

—Yo creo más bien que andas como nervioso, ¿no, cuñis?

Ash. Sandra, la esposa del hermano de Alfredo. No es que me caiga mal, pero luego como que sí se pasa un poquito de metiche. Yo le dije a mis hermanas que si de veras, de veras, la teníamos que invitar y me dijeron que sí; que lo hubiera pensado antes de hacerme novia del hijo de uno de los mejores amigos de mi papá, pero es que a mí nadie me dijo que Gabino iba a estudiar en Monterrey y se iba a conseguir a una niña de Sonora que odiaba vivir en Querétaro y no tenía mejor cosa que hacer que hacerle la vida imposible a todo el mundo.

—No, “cuñis” —si a mí Sandra me cae mal, a Alfredo le crispa los nervios—. No estoy “nervioso”. Tenía una cosa que arreglar con mi mamá y ya está.

El tono sí estuvo medio feo, la verdad; hasta Sandra se sacó de onda. Yo pienso rapidísimo en un tema para cambiar la conversación.

—¿Y cómo le va a Gabinito en su escuela nueva? —supongo que fatal, porque cómo le va a ir a un niño al cual sus papás le pusieron “Gabinito”, pero de todos modos pregunto.

Y ya. Me puedo sentar a comer mole y rajas tranquilamente, porque ya sé que cuando Sandra empieza a hablar de sus hijos, puede pasarse el resto de la tarde sin parar. Yo nada más mastico y digo "ah, pues muy bien, ¿no?" de vez en cuando y trato de ignorar los ojos de pistola de Alfredo. Bueno, ¿qué quiere?, ¿que su cuñada siga diciendo que se le ha puesto muy feo el carácter y que seguramente es por mi culpa? No, ¿verdad? Que se aguante.

—Bueno, y tú, Coco, ¿qué cuentas? ¿Sigues en tu trabajito?

¡Urgh! ¡Cómo me retepurga lo de "trabajito"!

—Pues sí, sigo trabajando en la fábrica, sí.

—Y no es un trabajito —¿Alfredo? ¿Defendiendo mi trabajo? ¡No lo puedo creer!—. Cuéntale, Coco, ándale.

—¿Qué?

—Pues que te van a mandar nada más a la feria más importante de Europa, ándale, cuéntale aquí a mi cuñis.

—¿A dónde, Coco? —ay, Márgara y su oído de tísico—. ¿Y por qué no nos habías dicho?

—Sí, Coco, ¿a dónde? —hasta Lola, que estaba del otro lado de la mesa, ya había oído—. ¡Que nos cuente!, ¡que nos cuente!

Ése es el único problema con las mentiras: con tantito que te descuides se te salen de control. Es como el spray de pelo: se te pasa tantito la mano y es un desastre.

Total, que según yo empiezo a contar muy poquito, como haciendo que ni siquiera es importante, a ver si con un poco de suerte luego se les olvida; pero entonces Sandra empieza con que ni es para tanto y que total nomás le voy a ir a cargar el neceser a quién sabe quién. Y pues que me prendo. Y que empiezo con que mi labor es fundamental e importantísima y ya cuando me vengo a dar cuenta, ya estoy casi, casi, diciendo que el futuro de la empresa entera depende de mis gestiones en Barcelona.

Hasta Gabino dejó por un segundo su celular y me está poniendo atención.

—¿Y te vas a ir solita? —voltea a ver a Alfredo—. ¿A poco la vas a dejar que se vaya sola, hermano?

Alfredo sólo sube los hombros, con un gesto como de resignación que no se cree ni él.

—¡Deja tú que se vaya sola! —grita Márgara—, si dices que la feria es en abril, vas a andar en plena...

—¿En plena qué? —volteo a ver a Márgara, que dejó de hablar como si la hubiera paralizado con un rayo y veo que ahora Alfredo le está aventando a ella sus ojos de pistola. Algo muy raro se traen éstos.

No puedo comer ni un bocado más; tengo miedo de respirar y que se le truenen las costuras al vestido. Y todavía nos falta el postre, que son millones de cosas, arroz con leche, dulces de leche y hasta un pastel de merengue que a mi mamá le encanta y a mí se me hace súper dulce y a las dos cucharadas me empalaga, pero siempre termino comiéndomelo completito. Mañana más me vale pasármela con puro té de manzanilla y fruta, porque a este paso mi ropa ya no me va a quedar.

Me estoy durmiendo. Por suerte, a Sandra le vinieron a avisar que Sandrita se había subido al manzano de enfrente de la casa y se había caído y tuvo que salir corriendo a ver cómo estaba; no estoy diciendo que qué suerte que Sandrita se cayó, pobrecita, pero es que sí ya me estaba atarantando un poquito su mamá con sus historias de lo malas que son las maestras de sus hijos y cómo está segura de que las muchachas de servicio le roban sus cosas. Lo que sí es que se fue y me dejó sola, en medio de Alfredo y Gabino que están metidísimos en una conversación sobre las elecciones y no me hacen ningún caso: Gabino trabaja con un cuate que dicen que quiere ser gobernador y está convenciendo a Alfredo de que se meta a la campaña con él; a mí siempre se me ha hecho que ese tipo no es muy confiable, pero obviamente Gabino y Alfredo saben más de estas cosas que yo.

—¿A dónde vas? —Alfredo me agarra la mano cuando me ve pararme. ¿Qué no ve que ya de por sí tengo problemas con mi falda y el mantel? Me va a tirar.

—A echarme tantita agua en la cara —me zafo y me acomodo el vestido—. Ahorita regreso.

—No quiero que te tardes, ¿eh? —me sonríe y se le hacen esos hoyitos en los cachetes que se le hacían desde que estábamos en la prepa—. No te conviene.

Ve a Gabino y los dos se ríen como cuando me llenaban los zapatos de lagartijas cuando éramos chiquitos. Cualquiera pensaría que siguen teniendo ocho y diez años.

El baño de visitas está ocupado, así que subo al que está junto a donde era mi cuarto, el que compartía con mis hermanas. Cada vez que vengo, me saca muchísimo de onda que siga todo igualito: las mismas toallas, el mismo jabón de violetas que hacen las monjas y la misma funda para el papel de baño bordada en punto de cruz que hizo Lola cuando estaba en la primaria y que he tratado de convencer a mi mamá de que tire porque es amarilla y horrible y ahora además es amarilla, horrible y vieja, pero ella dice que es muy bonita y que yo tengo un gusto muy raro.

Y, claro, tengo que entrar a mi cuarto. Bueno, al que compartía con Lola, porque como Márgara era la grande, le dieron un cuarto para ella sola. Me da no sé qué que esté igualitito: las colchas de flores rosas, las cortinas, todo igualito. Mi cama, junto a la ventana, y la de Lola, junto a la puerta del clóset; en medio, el buró con la lámpara y la carpeta de gancho debajo. Abro el cajón del buró y, obvio, ahí está la foto: la foto abandonada de un amigo de Lola que no sé ni cómo se llamaba, pero que nos peleábamos porque a las dos nos encantaba y decíamos que era nuestro novio. Pero nadie quiso tirarla, tampoco, y entonces ahí se quedó, metido en el buró, con su sonrisota, sus lentes y el remolino ése que se le hacía en el lado izquierdo de la cabeza. La dejo donde estaba y vuelvo a cerrar el cajón.

¿Por qué estoy soñando con mariachis? ¿Y POR QUÉ ESTOY SOÑANDO? Abro los ojos, me siento en la cama y me pego una mareada horrible. No tengo idea de a qué hora me acosté en mi cama, ni por qué se oye *El son de la negra* a todo volumen. Según yo, mis hermanas nunca me dijeron que fuera a haber mariachis, pero seguro no me preguntaron porque las dos saben que me chocan: digo, dos canciones están bien, pero luego te los tienes que aventar una hora y ya no está tan padre.

Alfredo me va a matar. Me dijo que no me tardara y ya pasó como media hora; se va a poner de malas.

Bajo la escalera todavía medio dormida. Márgara y Lola están corriendo como locas.

—¿Qué están haciendo?

—¡Coco! —grita Márgara, alzando las manos al cielo

igualito que mi mamá— ¿Se puede saber dónde andabas, criatura?

—Es que subí al baño, y...

—¡Ash, da igual! —Lola me jala del brazo— Tienes que salir, ¡córrele!

—¿Yo?, ¿y yo por...?

No me hacen caso y me empujan para afuera. Les vale que no pueda casi ni apoyar los tacones en el piso: me llevan casi cargando.

El escándalo de la fiesta y los mariachis me pega como si fuera sólido y me tardo un segundo en enfocar bien. Sí, ahí están un montón de señores panzones cante y cante, toque y toque, y hay un micrófono. Un micrófono que trae en la mano...

¿Alfredo?

No, a ver, espérenme tantito. ¿Qué sigo soñando o qué demonios? Alfredo no es de los que canta con los mariachis. Ni siquiera creo que cante en la regadera. Llevo años rogándole que vayamos a un karaoke y siempre me dice que claro que sí, que vamos a ir el día que decida que ya no le gustan las mujeres y que prefiere andar de falda y tacones que de traje. ¿Qué hace con un micrófono?

Yo creo que sí se me nota que no estoy entendiendo nada, porque Lola me vuelve a empujar.

—¡Está cantando tu canción favorita, mensa! ¡Ándale, ve!

¿Mi canción favorita? No. Mi canción favorita es "Just Like Heaven", de The Cure, y a menos que sea una versión muy, pero muy alternativa, esto suena más como a...

Ash. A "Si nos dejan". Sabía que no tenía que haberle dicho a Alfredo que ésa era mi canción favorita; todo porque la única vez que le dio por cantar me dijo que me la iba a dedicar y que cuál quería y ni modo que le dijera la verdad, porque su inglés es malísimo y la iba a pasar muy mal, así que le dije la primera que se me ocurrió y pues ya, se le quedó grabada para siempre.

Y canta súper feo. Pobre Alfredo. ¿Por qué le habrá dado por cantar? ¿Estará borracho? No creo, si nomás lo vi tomarse un tequila y una cerveza.

¿Por qué está extendiendo los brazos? ¿Quiere que...? ¡NOOO! ¿Quiere que vaya con él? ¡Qué oso!, ¿para qué? Volteo a ver a mis hermanas y me hacen un gesto con las manos como de que vaya para allá, que me reúna con mi único y verdadero amor. Todo el mundo me está viendo: siento la cara roja, morada, vamos.

Llego junto a Alfredo, y con la mano que no está cogiendo el micrófono, toma la mía. Y, claro, tengo al de la trompeta tocándome en el oído: hasta siento cómo se me mueve el pelo cada vez que saca una nota. Odio los mariachis, de veras, pero no puedo dejar que se me note; sonríe, Coco, sonríe.

Bueno, ya se acabó. Si lo bueno de lo malo es que no dura para siempre. Pongo cara de "ay, mi vida, qué tierno" y me doy la media vuelta, pero Alfredo no se mueve. Peor todavía, empieza otra canción: una que siempre le dedica mi papá a mi mamá; creo que se llama "Novia mía".

¿Qué no es ésta la que termina con "tienes que ser mi mujer"? Sí, ¿no? Entonces, por eso Alfredo está...

Hincándose. Y sacando de la bolsa de su saco una...

No.

Una cajita.

De las de joyería.

Con un anillo.
Con un diamante enorme.
No.
¡Sí!

CAPÍTULO 3

Creo que no me había dado tan fuerte el síndrome del lunes en la mañana desde que estaba en tercero de secundaria y me tocaba mate en la primera hora. Tengo ganas como de hablarle a mi mamá y pedirle que le hable a Jaime y le diga que me duele la panza y que no puedo ir a trabajar.

Ni siquiera la idea de presumirle a todo el mundo mi anillo me parece razón suficiente para salir de la cama. No sé cómo lo van a tomar después de las noticias de Barcelona, que obviamente ya corrieron por toda la oficina; no tengo ganas de que piensen "ay, claro, como ya se va a casar, ya todo le vale". Digo, sí está padre y todo, pero no es que casarme sea lo que quiero en la vida. O sea, sí lo quiero, sí lo quiero, nomás no es lo único que quiero hacer con mi vida, ¿no? Es obvio.

Bueno, me voy a levantar, pero todavía no me voy a meter a bañar. ¿Qué tal que de veras me empieza a doler la panza o una muela o algo y yo ya estoy peinada y maquillada, lista para irme? No, qué desperdicio. Mejor voy a la cocina en bata y, si sigo sin ganas, en una de ésas me animo a darle un sorbo a uno de esos litros de leche a la mitad que Pili deja en la puerta del refri meses y meses hasta que ya casi platican, y ya: dolor de panza instantáneo.

En la puerta de la cocina me entra como una pena muy rara. Meto la mano izquierda a la bolsa de la bata y me quito el anillo (sí, la verdad es que llevo dos noches durmiendo con él, soy una ridícula). No es que no quiera que Pili y Monse se enteren, obviamente se van a enterar, pero como que se me hace raro. Para empezar, no son tan mis amigas: o sea, sí llevamos un ratote viviendo juntas, y nos conocemos de toda la vida, pero en realidad las que son muy amigas son nuestras mamás, y como coincidió que Pili y yo nos vinimos a México casi al mismo tiempo, entonces pues era lógico que buscáramos una casa juntas. Bueno, a mi mamá se le hizo súper lógico; a mí no tanto, pero ya bastante drama era que me fuera de mi casa y de mi pueblo como para salir además con que iba a vivir sola o con quién sabía quién. Y eso que proponía Márgara mi hermana de que me fuera a vivir a una residencia para señoritas, no me latía nada.

Tampoco es que el departamento fuera muy distinto a la residencia de señoritas. Nada que ver con las cosas que oía en la oficina, de tipos que se quedan a dormir y borracheras en lunes hasta las tres de la mañana; de las tres, yo soy la única que tiene novio, pero por supuesto que no se queda ni nada; digo, mis amigas y las de la oficina no entienden, pero a Alfredo y a mí nos educaron de otra forma, y así estamos bien: él viene a mi casa todos los días un rato, cuando sale de trabajar, y platicamos de cómo nos fue en el día, y ahora supongo que vamos a planear la boda y esas cosas. A veces se queda a cenar, pero no muy seguido porque Pili y Monse empiezan a poner caras.

Ellas son hermanas y son súper mochas. Bueno, son unas niñas que sí han atendido el llamado de Dios Nuestro Señor a consagrar sus vidas a Su servicio, como diría mi mamá, que siempre me regaña cuando uso esa palabra. Y sí, de hecho sí están las dos pensando en meterse de consagradas, pero como que no acaban de decidirse: Monse, porque es más chica que nosotros y apenas está terminando la carrera de Pedagogía, y Pili porque dice que quiere irse de misionera, pero necesita que Nuestro Señor le esclarezca el camino, aunque yo digo que lo que en realidad quiere es irse de pata de perro por el mundo, y si un día me da tantito chance, sí le voy a decir que no necesita irse siendo monja, que puede largarse a donde le dé la gana y hacer buenas obras sin que Nuestro Señor le tenga que explicar nada; que Nuestro Señor va a estar contento con lo que ella elija porque de todos modos es rebuena gente, aunque de pronto le dé por desperdiciar la leche y dejarla que se eche a perder.

Pero por la cara que ponen las dos cuando me ven, es obvio que ya su mamá les habló y les contó todo el numerito. Ay, de veras: ni parezco de Querétaro.

—¡Coco! —Pili avienta su pan tostado y se para a darme un abrazo. Qué bueno que decidí no vestirme, porque en su entusiasmo se le olvida que tiene los dedos llenos de mermelada—, ¡felicidades, amiguita!

También un día de éstos que se dé la ocasión le voy a pedir que no me diga "amiguita". Se oye horrible.

Monse me felicita desde su lugar. Ella es mucho menos arrebatada que Pili, y yo creo que como que se siente menos mi amiga, o mi amiguita, porque siempre fue la hermana chiquita, aunque a veces parece como nuestra abuelita; ella es súper formal y súper propia.

—¿Quieres desayunar? Te dejamos un poquito de huevos con jamón, ¿quieres? —a Pili como que de pronto se le olvida que todas vivimos en la casa y le da por jugar a la anfitriona y consentirme, súper linda—. Hay jugo, también. Café creo que no queda, pero si quieres ahorita pongo más. ¿Qué quieres?

—Ay, hermana, ¡qué acelerada! Deja siquiera que la Coco se siente y se calme. ¿No ves que todavía ni despierta, la pobre?

—Gracias, Monse —me siento y toda la mesa tiembla; eso pasa cuando aceptas que te presten una mesa plegable y nunca te decides a cambiarla por una de verdad. Lo bueno es que ya todas tenemos práctica, así que Monse y Pili cogen sus vasos y tazas antes de que se derramen—. Ay, esta mesa. Perdón.

—A ver si esta semana sí me da Dios licencia para ir a la mueblería —es lo mismo que dice Pili todas las mañanas de todos los lunes.

—Yo paso por enfrente todos los días —digo yo, como todas las mañanas de todos los lunes—. Mejor yo voy y pregunto.

Ahí es cuando Monse dice que yo ya salgo muy tarde y muy cansada, que si quiero va ella, y ya nos quedamos muy tranquilas, como si con repetir el ritual bastara para que se materializara en nuestra cocina una mesa decente y firme y no el horror plegable como de merendero de quinta que llamamos "antecomedor", con todo y que no tenemos comedor de verdad. Pero hoy Monse se sale del libreto y casi hace que se me atragante el jugo.

—En realidad, Coco —dice con su tono muy serio, su espalda derechita y sus manitas perfectamente paralelas a su plato—, no tiene mucho sentido que tú inviertas en nada para esta casa, si ya no vas a vivir aquí...

—¿Ya no voy a vivir aquí? —¿me están corriendo? ¿Ya logré que ni las hermanitas Del Olmo, que son las más buenas y caritativas de todo Querétaro, me quieran? Seguro es porque dejo mi cama sin tender y me tardo mucho en el baño. Siento que se me llenan los ojos de lágrimas—, ¿por qué?

Pili suelta una carcajada.

—Ay, criatura, ¡pues porque te vas a casar!

—Ah, sí es cierto —demonios: sí es cierto.

—¿O qué creías? —dice Monse, mientras se para de su silla, también plegable, para servirse más café del que Pili puso con todo y que le dije que por favor no se molestara—. ¿Que Alfredo iba a querer vivir aquí?

—¡Con lo que le gusta nuestro antecomedor elegantísimo! —dice Pili.

—¡Deja tú! ¡Nuestro minibaño! —Monse se sienta y Pili y yo, por reflejo, cogemos nuestros vasos.

Las dos siguen enumerando todo lo que Alfredo odia de la casa. Que es todo, en realidad. Dice que es como casa de muñecas y que él aquí nomás no cabe, y a Pili y Monse les encanta reírse de sus furias cuando se le atoran las rodillas en la mesa y se pega contra el marco de la puerta, y yo siempre digo que tengan un poco de consideración, porque él no tiene la culpa de tener esas piernas tan largas. Pero hoy no digo nada de eso: estoy muy ocupada tratando de digerir eso de que ya no voy a vivir aquí. ¿Pues dónde voy a vivir, si no?

Reacciono hasta que Pili agita la mano delante de mi cara.

—¡Yuuuuju! ¡Tierra llamando a Coco! ¿A dónde te fuiste, amiguita?

—A... ningún lado, perdóname —le doy un trago a mi jugo; ¿me verán muy mal si le pongo tantito vodka, nomás tantito?—. ¿Qué me decías?

—Yo estaba diciendo —dice Monse—, que tu mamá va

a ser la más feliz de tener más nietos que sean todos más o menos de la edad.

—Y yo digo que no necesariamente van a ser de la edad —dice Pili—, digo, ¿cuántos tiene la chiquita de Lola? ¿Ya cumplió dos? Y pues si te vas a casar hasta el año que entra, y a tener un hijo luego, luego, pues de todas maneras...

¿Eh? ¿Hijos? ¿De qué me hablan? Si todavía no logramos decidir si queremos que la boda sea en el rancho de mis papás o en el de los papás de Alfredo. Si ni siquiera tengo vestido, vamos: ¿por qué me preguntan esas cosas?

Las tres nos quedamos en silencio, cada una clavada en sus propios asuntos. Pili, que no es alguien que pueda estarse callada mucho rato, es la primera en reaccionar.

—Bueno, pero para eso falta mucho —se levanta—. Mejor cuéntanos todo, con detalles. ¿Quieres que te tueste un pan? Le puedo poner de nuestra mermelada.

Ah, sí. Así funcionan las cosas en esta casa: ellas tienen "su" mermelada, que les hace su mami con los chabacanos de su jardín, y yo tengo "mi" mermelada de frambuesa, comprada en el súper y hecha por sabrá Dios quién. Les parece francamente desolador que a mí nadie me mande mermelada y siempre me quieren compartir de la suya, pero lo que no entienden es que, ya de por sí, me costó muchísimo trabajo convencer a mi mamá de que en la ciudad de México sí había comida y no era necesario que cada vez que iba a verla me llenara la cajuela del coche de botecitos de comida congelada y tortillas, sobre todo porque me pasó varias veces que se me iba la onda y se me olvidaba bajar las cosas, y la peste era espantosa. Además, tampoco entienden que la mermelada de su mami les parece tan buena porque es prácticamente almíbar: creo que le pone como seis tantos de azúcar por cada tanto de fruta, y obviamente le queda dulce, dulce. Yo digo que, a ese paso, se van a morir a los treinta de diabetes, pero no me hacen el menor caso.

Le digo que mil gracias, pero que con la mía está bien y de una vez le pido café.

—Bueno, sí, pero empieza a contar —dice Pili. Monse no dice nada, pero tampoco me quita los ojos de encima ni hace cara de quererse ir—. Dijo mi mami que habían ido los de la estudiantina, ¿es cierto?

—Sí, sí fueron.

—¿Todos? —pregunta Pili—, ¿hasta el guapísimo de Pancho Gómez?

—Sí, Pili. Hasta Pancho Gómez que nunca fue guapísimo y ahorita está hecho un señor feísimo.

—Ay, cómo serás, Coco. Nomás porque Alfredo cada vez se pone más guapo...

Híjole, la verdad es que sí. Alfredo pasó de ser el típico niño mono, flaquito y con cara de buena gente, a parecer como modelo de revista: metro ochenta, moreno, ojos súper negros, nariz recta, pelo negro lacio... Lo único que le falta es un corte de pelo más moderno, pero él está necio en que el único que se lo puede cortar bien es don Nachito, el peluquero que le corta a mi papá y al suyo, que tiene como dos mil años y aprendió a cortar yo creo que cuando acababan de descubrir cómo fundir los metales para hacer tijeras. Le hace un "casquete corto" horrendo, súper ochentero, pero a ver si ahora para la boda lo convenzo de que vaya con alguien más decente.

—Ay, bueno, pero qué nos importa Pancho —Monse ya

se está impacientando—. ¿Cómo estuvo? ¿Cuáles cantaron? Mi mami dijo que "Novia mía", ¿no?

—Sí, y que al final Alfredo se hincó y ahí fue cuando sacó el anillo y te lo dio, ¿no?

Estaba a punto de preguntarles para qué querían que yo les contara si obviamente habían hablado una hora con su mami y les había contado todo con lujo de detalles, pero con lo que dijo Pili me volví a acordar de todo el momento y fue increíble. Mariposítas en el estómago y todo. La verdad es que, aunque vaya por ahí diciendo que lo que me importa es mi carrera y que esa urgencia por casarse que tienen mis amigas y mis hermanas a mí cero me afecta, no puedo negar que llevaba años y años soñando con el momento en que Alfredo me pidiera matrimonio. Y sí fue perfecto y lo planeó muchísimo y me hizo sentir la niña más suertuda del mundo, la verdad.

Y entonces sí ya, se me quitó toda la pena y todo el rollo feminista y saqué mi anillo y me lo puse. Ya me estaba acostumbrando y casi no lo veía demasiado grande. Sí estaba chistoso que fuera oro blanco y no amarillo, porque a mí el plateado no me va tanto y soy más bien de joyería dorada siempre, pero bueno, tampoco era cosa de decirle que no nomás por eso, ¿verdad? Ni de, en medio del escándalo y la emoción, salirle con "pero cuántas veces te he dicho que el plateado no me va". Igual luego se lo explicaba bien y le podíamos dar un bañito y ya, todo resuelto. Eso sí, brillaba muchísimo. Cuando le pegaba el sol de la ventana, reflejaba como bola de discoteca.

Me desaté, pues, y les conté todo. Que obviamente le dije que sí y que lo abracé muchísimo y que después los de la estudiantina cantaron esa de "Te mando flores".

—¿La de "mi niña, yo te prometo que seré siempre tu amor"? —Pili canta y levanta los puños como si estuviera haciendo aeróbics.

—Ésa.

—Pero ya no cantó Alfredo, ¿o sí? —dice Monse. Pili sigue cantando, aunque se sabe nomás como dos estrofas.

—No, no, ya no. Ahí ya cantó Quico.

—¡Ay, Quico canta precioso! —Pili está más emocionada que cualquiera de mis hermanas. Ya hasta me está dando culpa no haberlas invitado, pero ¿cómo iba yo a saber en lo que se iba a convertir el numerito?

—¿Y luego? —Monse ya se instaló en Querétaro y quiere saber todo, pero todo—. Dijo mi mami que tu mamá y la de Alfredo estaban felices, ¿no?

Pues sí, sí estaban. Y mis hermanas también. Y hasta la loca de Sandra, con todo y que me tuvo que decir "bienvenida a la familia, amiguita; ora sí vas a ver lo que es bueno", pero ni se lo tomé a mal, la verdad. Yo estaba feliz. Ni me saqué de onda cuando Rosa, mi suegra, me dijo que le iba a encantar tenerme de vecina; obvio, ella está segura de que nomás nos casamos y nos regresamos a Querétaro.

Pero no. Digo, no necesariamente. No es a fuerzas.

CAPÍTULO 4

No tengo idea de cómo les voy a dar la noticia en la oficina. En realidad, mi problema es que no quiero que piensen que soy la típica niña que en cuanto le dan el anillo se olvida de su trabajo y sus responsabilidades y sólo se preocupa por su boda. Para nada: digo, sí me emociona muchísimo y todo, pero no me interesa que sea lo único en mi vida. Además, por como estoy viendo las cosas, se me hace que tampoco voy a tener mucho chance de tomar muchas decisiones: cada diez segundos, más o menos, me llega un texto de alguna de mis hermanas o mis cuñadas o, ya de plano, una llamada de mi suegra preguntándome qué me parecería que la misa la oficiaran entre el padre Chucho y un amigo de la escuela de Alfredo que se acaba de ordenar, o que si me parece bien que los manteles sean color mamey. Lo del padre me da lo mismo, a mí el padre Chucho me cae bien y el otro quién sabe quién sea, si es padre ha de ser buena persona, pero lo que sí me puso los pelos de punta fue lo de los manteles. ¿Cómo que color mamey? En primera, eso que la gente llama "color mamey" ni debería llamarse así: cualquier mamey que sea de ese rosita salmoncito horrendo casi seguramente ni sabe a nada y está correoso, y en segunda ¿a quién le puede gustar que los manteles de su boda sean de ese color? Lo malo es que eso me lo preguntó mi suegra, y claro que yo ya sé que lo pregunta porque está pensando en que sirva su amiga Esperanza, que sólo tiene dos juegos de manteles, esos y otros como cafés que usa para las bodas de noche quesque porque son más formales. Y eso es lo de menos: le encanta servir pollo relleno de queso Filadelfia y uvas. Se le hace de lo más exótico. Yo de pensar en Ana con un plato de pollo con queso Filadelfia enfrente, me quiero morir de vergüenza, pero peor se me hace salirle a mi suegra con que mejor qué tal que contratamos a alguien que haya aprendido a cocinar después de 1960. Creo que le voy a decir a Márgara o a Lola que me echen la mano y se lo insinúen. Total, mi papá va a pagar, ¿no? Pues que nos deje escoger y si se lo dicen mis hermanas no está tan feo como si se lo digo yo, que prácticamente voy a ser su hija.

Y a fuerza quieren mi lista de invitados. Y yo no tengo idea. Menos todavía si me van a aplicar la del pollo reseco y los manteles color molusco. Ayer ya estaba mi mamá con que hay que irle avisando a la gente para que aparten el día y vayan buscando dónde se van a quedar, y a mí me empezó a entrar un agobio horrible. Son muchísimas cosas y yo no tengo ni idea: cuando se casaron mis hermanas, yo usé todos los pretextos para que no me cargaran mucho la mano, y ahora, claro, no sé cómo se hace nada. Lo bueno es que todo el mundo me quiere ayudar, y parece que lo único que tengo que hacer es decir a todo que sí y ser muy amable, pero hasta eso de pronto me cuesta trabajo, porque de verdad me hablan y me mandan mensajitos cada cinco minutos.

Pues creo que no voy a decir nada. Me niego a entrar a la oficina como en comedia musical, cantando y enseñándole a todo el mundo mi anillo. Qué ridícula. Y más porque todavía como que no me acostumbro a traerlo así, enfrente de todo el mundo, y a cada rato me lo quito y lo pongo en mi bolsa, y luego lo vuelvo a sacar y me lo vuelvo a poner. Tengo que poner mucha atención, porque donde se me pierda, no me quiero ni imaginar la que se me arma. Más bien me voy a poner el anillo y voy a entrar como si nada. Y ya, quien me quiera preguntar, pues que me pregunte y yo contesto, "sí, pues el sábado Alfredo me propuso que nos casáramos y a mí me pareció una idea sensata y pertinente al estado de nuestra relación". Algo serio, digno de una mujer profesionista que está contenta con quien es pero no se limita a los papeles tradicionales del género. En la escuela de diseño teníamos una maestra de teoría que era súper feminista y siempre se echaba unos rollos así y se oía de lo más enterada y convincente. A ver si a mí me sale.

Estoy a punto de meterme al changarro que está junto al estacionamiento donde dejo mi coche, ahí donde dizque es una aseguradora pero yo estoy segura de que lavan dinero, porque nunca hay nadie más que unos tipos súper raros con portafolios y cadenas de oro, y pedirles permiso de que me dejen quedarme un rato ahí a pensar. Claro que qué tal que mis sospechas son correctas y luego me salen con que sé demasiado y que tendrán que deshacerse de mí. Mejor no. Mejor me meto al café que está en la esquina.

Juré que no iba a haber nadie. Según yo, ya todos los de la oficina se habían mudado a un café nuevo que abrieron en la otra esquina y que no está tan bueno, pero eso sí, está súper elegante. De entrada, es un "espresso bar", no un cafesucho cualquiera, todo es de acero y vidrio, y los capuchinos te cuestan el doble. A mí lo que no me gusta es que los bancos son también de acero y como yo casi siempre traigo vestido, porque según dice mi tía Teresa, una se tiene que vestir para el trabajo que quiere tener, no para el que ya tiene, me da frío en los muslos y es de lo más incómodo. Aquí a las bancas se les sale un poquito del hule espuma del relleno, pero por lo menos te salvas de la hipotermia.

Ana, claro, está sentada en la única banca a la que no se le sale el relleno, en la mesa pegada a la ventana. No es que no tenga ganas de platicar con ella, pero necesito pensar. Trato de salirme sin que me vea.

—¡Coco! —chin: ya ni modo. Me regreso de la puerta como si no la hubiera visto.

—¡Ven ahora mismo, criatura, y muéstrame *the rock*!

Me acerco para que deje de gritar, maldiciéndome por haberle contado, a ella sí, en mi único mensajito emocionado de hoy en la mañana. Dos señoras que están en una de las mesas nos están viendo como si fuéramos unas niñas gritonas de secundaria. Cuando conocí a Ana, me sacaba un poquito de onda eso de que hablara tan fuerte y dijera tantas cosas en inglés: pero ya me acostumbré. Sólo lo noto de vez en cuando.

Llego a su mesa y le enseño mi mano izquierda. De pronto se me ocurre que igual se le hace muy pueblerino: igual estaría mejor cambiarle la montura por una de platino como las de los anillos de Tiffany, pero no sé si mi suegra esté tan de acuerdo. Mal que bien, el anillo era de su mamá.

—*OH. MY. GOD!* —por poco y me arranca el dedo completo—. O sea, sí está de gente grande, ¿eh? A ver, préstamelo.

Me dan ganas de decirle que no, pero ni modo de ser

grosera. Hace poco leí una novela de una chava que así, igualito, perdía su anillo de compromiso porque una que estaba enamorada de su novio se lo pedía prestado y nunca se lo devolvía; la pobre chava se la pasaba todo el libro en la angustia porque cómo le iba a decir al tipo que lo había perdido y era todo muy, muy malviajante.

—Esteee —piensa, Coco, piensa—. Sí, espérame. Nomás voy a pedir mi capuchino.

—Ay, ni vayas. ¡Robertoooo! —le grita al que atiende, que es un chavo bien lindo que quiere ser poeta y que yo creo que por lo mismo es muy sensible y le tiene miedo a Ana— ¡Robertooooo!

—No, de veras, yo voy —trato de zafar mi mano, que todavía tiene pescada.

—No, mira, ya me hizo caso —el pobre Roberto se acerca con cara de perro en el Periférico—. Roberto, porfa hazle a mi amiga un capuchino súper especial, con doble carga, leche normal y un chorrito de cajeta.

—¿Cajeta? ¿Cómo crees? ¿Y luego, mi vestido?

—Ay, ya, luego te preocupas. Siéntate —no logro que me suelte: me quito el anillo y se lo paso. Se lo pone y extiende la mano de dedos largos, largos, manicure perfecto y uñas rojo sangre; no sé si son mis nervios, pero como que le luce más que a mí—. Total, para la próxima temporada viene mucho el talle imperio: ése se le ve bien hasta a las gordas.

Me quedo callada. No le digo que en Querétaro nadie se casa de talle imperio porque qué tal que la gente piensa que estás embarazada; me va a decir, como siempre, que qué suerte tengo de haberme salido de ese pueblo retrógrada.

Llega mi capuchino y le doy un trago, casi sin pensar en lo de la leche entera y la cajeta. Ya mañana voy a correr temprano y me desquito: está buenísimo. Cierro los ojos y suspiro, tratando de relajarme tantito; los vuelvo a abrir, y Ana me está viendo. Tiene su sonrisa de cuando le doy ternura, y tiene todavía mi anillo en el dedo, ¿será cosa de empezarme a preocupar?

—Bueno, a ver —pone los codos sobre la mesa y apoya la cara en las manos, como niña de secundaria—, cuéntamelo todo, *honey*.

Le digo que sí, pero que si me puede devolver tantito mi anillo.

—No me lo voy a robar, ¿eh? —se lo quita y me lo pasa. Siento cómo me pongo roja, roja y le digo algo de que no es por eso, para nada, que nomás es que lo extraño.

Espero que ella no haya leído el mismo libro que yo.

No tengo voluntad. Soy, básicamente, un mueble que no puede tomar una decisión y apegarse a ella: una especie de autómata sin conciencia. En lugar de hacer lo que dije que iba a hacer, de ser súper discreta y no decir nada a menos que saliera a la conversación o me preguntaran directamente, lo de Ana me desató. Después de contarle hasta el último segundo del sábado, y de que ella me dijera que, para ser Alfredo, todo le parecía súper romántico, caminamos a la oficina y me acabo de pasar una hora yendo de escritorio en escritorio con puras excusas de lo más chafas y aprovechando cualquier oportunidad para exhibir mi mano izquierda. Es como de cuento de terror; como si en el diamante viviera un genio maligno que se apoderó de mi cordura. O sea, ¿qué onda conmigo?

Y lo peor es que ni siquiera me arrepiento. Me la pasé increíble y sólo estoy esperando encontrarme con alguien más para volver a repetir mi numerito. Es muy raro, porque sí como que me veo de fuera y me doy cuenta de que soy una ridícula pueblerina, sobre todo cuando llego a la parte de "y entonces me cantó esa de..." y me lanzo a cantar y bailar y todo, peor que Pili y sus aeróbics chafas, pero juro que no me puedo contener; es más fuerte que yo.

Para alejarme de la tentación, me encierro en mi oficina y me pongo a ver correos. En mala hora se me ocurrió darle a todas mis amigas mi correo del trabajo: ya está completamente saturado de chistes de novias, consejos, links a páginas donde venden vestidos con unos súper descuentos (o sea, como si yo fuera a usar un vestido diseñado por alguien más: por supuesto que lo voy a diseñar yo y ya tengo un fólder de la compu con millones de bocetos del escote, la cola, el frente, el frente con pedrería, el frente con drapeado, cuello halter, escote de corazón y setecientas opciones más que voy aumentando cada vez que Jaime me hace enojar o necesito urgentemente algo que me ponga de buenas). Me tardo años en revisar todos y borrarlos, y hasta eso resulta buena terapia, porque ya para cuando termino lo último que quiero es leer ni escribir nada remotamente relacionado con la bendita boda.

Es más, de aquí a la hora de la comida, ni voy a mencionar el asunto. Ahora sí, es en serio. Nada.

Así que no puedo contestar el correo de Ana preguntándome por unas cotizaciones, porque algo se me va a salir. Ni el de Gerardo preguntándome cómo me fue el fin de semana y prometiéndome que ahora sí va a borrar mi título pretencioso de la página. Chin. ¿Será que voy a tener que pasarme la mañana ordenando mi escritorio?

Aquí hay un correo de un tipo que no me suena de nada: Andreu. Ha de ser uno de ésos que venden telas y nomás enchincha.

Ah, no. El tema del correo es "Saludos – cita en Barcelona". Ush. No, no quiere venderme telas: es el tipo al que usé para obligar a mi destino a que me condujera a Barcelona. Mi estúpido destino, como siempre, nomás me agarró de su puerquito y nada de nada, y, como siempre, yo me dejé llevar, pensando que por una vez las cosas iban a salir como yo quería.

Si lo que estaba buscando era una manera de que se me bajara el entusiasmo de novia, este correo era la herramienta perfecta. Cuál presumirle mi anillo ni mi boda de pueblo; tenía que sacarlo de su error, pero ya, y encima darle el correo de Ana para que se pusiera de acuerdo con ella. Nomás de pensarlo, me ponía roja, y eso que ni tenía que verle la cara: ¿cómo le sales a un tipo con "híjole, qué pena, pero cómo le explico que le dije una levísima mentira, pero porfa no vaya a pensar que no soy la más profesional del mundo ni le vaya a decir a mi amiga, la que sí va a ir a Europa"? Pues así, Coco: directito y sin escalas. Ni modo.

No, bueno: si antes de abrir el correo se me hacía súper difícil, ya viéndolo, me quiero morir. Yo esperaba el típico correo equis "estimada blablablá, muchas gracias por su amable blablablá", lo de siempre, pero para nada. Qué tipo tan raro.

"El suyo fue el primer correo de respuesta que recibí.

Es el primer año en que asisto a la Feria (hasta ahora, me había limitado a fungir como "asistente" de la encantadora Isabel Medina, pero este año, por una feliz conjunción de los astros, el encargo de cubrir la Feria de Barcelona recae en vuestro servidor y amigo) y, no voy a mentirle, me encuentro altamente emocionado. Así las cosas, inauguro con usted mi agenda de citas y estampo vuestro bello y exótico nombre con brillante tinta color turquesa, a reserva de escribiros en el futuro para acordar precisamente lugar y hora."

Por este tipo de gente mi familia no respeta mi profesión y piensan que estamos todos locos y no somos confiables. En primera, ¿por qué no empieza con "Estimada fulana"? ¿Qué en las escuelas de España no enseñan que las cartas formales tienen que tener encabezado? ¿O será que sí enseñan, pero el tipo no fue a la escuela? Aunque se me hace que sí, porque usa mucha frase dominguera, como lo del bello y exótico nombre; si supiera cómo me llamo en realidad, seguramente no opinaría lo mismo, pero por eso no se lo voy a decir.

Claro que con lo de Isabel Medina se aventó un diez. La mujer tiene fama de ser una loca peligrosa que maltrata a toda la gente que trabaja con ella; no me puedo ni imaginar lo que debe haber sido ser su asistente. Bueno, tal vez sí puedo: hasta eso, trabajar con Jaime no es muy distinto. Lo que está increíble es que no dice nada y al mismo tiempo dice todo, sólo si sabes qué onda te das cuenta de que en realidad la odiaba.

Bueno, pero ya. Basta de análisis. Contesta, Coco.

No voy a poner "estimado", ¿verdad? Si él no lo puso, está raro. Y qué tal que piensa que, además de mentirosa, soy una cuadrada que no puede salirse tantito del molde y escribir lo que se le ocurra. ¿Entonces?

Le voy a decir que justamente ahorita me avisaron que me necesitan en México para esas fechas (porque soy súper indispensable y la fábrica nomás no puede funcionar sin mí) y que siempre no voy a ir. Y que voy a mandar a mi asistente (jajaja, si se entera Ana, me saca los ojos; mejor pongo "mi colaboradora", que como que no quiere decir nada) para que me represente.

A ver, entonces, "estimado", no. Pero algo así, definitivo, de "ni te emociones, chiquis, porque te tengo malas noticias". ¿Qué será?

"Es con profundo pesar..." Dios santo, ¿de dónde me salió eso? Es como de esquela. No, pues no. "Es para mí una tristeza informarle..."

Guácala. Parece que me tragué a una secretaria y la estoy escupiendo. Nada que ver con lo que él puso.

Pero es que a mí no me sale lo que él puso. O sea, sí fui a la escuela, pero las monjas nomás me enseñaron que se ponía sujeto, verbo y predicado, ninguna cosa así, elaborada. Y pues en la escuela de diseño, menos; se conformaban con que supiéramos escribir nuestros nombres y si escribíamos "izquierdo" con zeta, ya les parecía que éramos unos genios.

No, a ver. Va de nuevo. "Desafortunadamente..."

Ay, no. Qué feo. ¿Cómo le voy a salir con que todo su esfuerzo y sus frases domingueras no sirvieron de nada? Pobre. Él que acaba de empezar, todo entusiasta, con su tinta turquesa y todo. Seguramente a Ana ni le va a parecer chistoso: ella no tiene nada de paciencia para este tipo de cosas. Además, tampoco es que lo de Barcelona esté tan, TAN, decidido, ¿no? Toda la oficina sabe que Jaime puede tomar una decisión el martes y ya para el jueves se le olvidó y toma otra completamente distinta.

Eso. Mejor voy a ser fiel a mi estilo: minimalista y positivo.

"¿Turquesa? Eso es de la temporada pasada; ¿qué tal violeta?"

Y aprieto "enviar".

CAPÍTULO 5

Alfredo no se ve nada contento, parado en la entrada del departamento.

—Me habló mi mamá —chin—. Me preguntó si no habías pagado tu teléfono o por qué ya no servía.

—¿El mío? —intento hacerme la loca—. No, para nada. Pásale. Dame tu saco.

Me hago a un lado para que pase a la sala. Alcanzo a quitar del sillón verde la bolsa de tejido de Pili antes de que se le siente encima; si algo me desespera de convivir con las Del Olmo son las laborcitas de Pili y las revistas de Monse regadas por toda la casa. Y, por el suspiro enorme que suelta antes de sentarse, se nota que a Alfredo también.

—¿Quieres algo de tomar?

—Hijo, pues... una cerveza, ¿no? Con este calor, es lo único que se antoja.

Tuerzo la boca. Temía que esto iba a suceder.

—Ay, Cuqui, ¿qué crees? Es que se acabaron.

—¿Cómo que se acabaron? —pone una cara, como si le hubiera avisado que se murió su mejor amigo—. Si quedaba una. ¿Qué? ¿Pili ahora bebe en secreto?

Por lo menos, se lo tomó con humor.

—No, ¡peor! Se la dio a unos hombres fuertes y musculosos que trajo el otro día. Ya ves cómo es esa muchacha de loca.

Nos reímos ante lo absurdo de la propuesta.

—No, pues es que entre Monse y yo le dimos lata hasta que limpió el refri y cuando me di cuenta ya se había ido también tu cerveza por el fregadero. Me juró que había sido un accidente, pero con lo rara que es, vete tú a saber.

Otro suspiro.

—Pues ni modo, dame aunque sea una coca. Pero con hielos.

Cruzo los dedos para que eso sí haya. Hace como dos semanas que no voy al súper y hoy en la mañana tuve que desayunar cereal sin leche y un restito de jugo de manzana que se salvó de la purga frenética de Pili.

Abro el refri. Menos mal: queda un poquito de una botella de un litro. Y hasta tiene gas, y todo, qué suerte. Si no, me expongo a que Alfredo me tire una hora de rollo sobre por qué tengo que ser más organizada y planear las cosas con anticipación. Y ya lo sé, y tiene razón: soy un desastre y todo lo hago en el último minuto. Ahora sí, juro que nomás se vaya Alfredo, hago la lista y pido el súper.

Y, mientras llega el súper, voy a ordenar el cajón de los cubiertos. Por más que lo revuelvo todo, no puedo encontrar los fondos de vaso que compré cuando fui con mi mamá y mis hermanas a San Antonio y tengo que usar los que les hizo a Pili y Monse su tía Queta: son unos discos de acrílico forrados con una carpetita tejida a gancho color beige. Horribles.

Alfredo no dice nada cuando pongo sobre la mesa los esperpentos *Made in Queta* y encima su vaso de refresco y uno de agua para mí, pero no en balde lo conozco hace tantos años: todo lo que parezca remotamente "de viejas" le da horror. Estoy a punto de echarle otro ojo al cajón, pero estoy demasiado cansada. Mejor me siento.

—¿Y cómo te fue hoy? ¿Tuviste que ir a tribunales?

—Ay, sí —pone cara de agobio—. Y con el tráfico que había, no sabes lo que me tardé en llegar.

—Pobrecito —me muerdo los labios para no decirle lo que le he dicho mil veces: que se vaya en Metro y llega en dos patadas, si tiene una estación a dos cuadras de su oficina. Pero siempre dice que ahí hace mucho calor, hay puro malviviente y que yo no lo puedo entender—. ¿Y qué pasó con Escoto?

Escoto es su jefe y últimamente se llevan de las greñas.

—Nada —arruga las cejas y se le hace un surco entre los ojos—. Me salió con que mejor le va a dar el asunto a Murguía, porque siente que yo no estoy avanzando tan rápido como debería. Hazme el favor. Ya me urge irme de ahí.

—No, Cuqui —le agarro la mano; con todo y el calor que hace, está fría y seca. Pili jura que Alfredo no tiene poros, porque no suda nunca—. Ya te dije que no está bien que tomes esa actitud, porque ni te vas a ir, ni nada.

—¿No? —se ríe—. ¡Claro que me voy a ir!

Le suelto la mano.

—¿A dónde? ¿A poco encontraste otro trabajo y no me contaste?

—No, claro que no. Pero después de la boda ya me dijo mi hermano que van a necesitar gente para la campaña.

—¿Qué campaña? —no estoy entendiendo nada. Si su hermano trabaja con el presidente municipal de San Juan del Río.

—Pues la de su jefe. La de gobernador, ¿cuál otra?

—Ah —sigo sin entender—. ¿Y a poco la puedes hacer desde aquí?

Se vuelve a reír.

—Claro que no, pero no importa: de todos modos, ya para entonces vamos a estar viviendo allá.

Ya entendí. De pronto, se me puso la boca seca. Le doy un trago a mi agua.

—Bueno, pero tú no te preocupes por eso, bonita. Cuéntame mejor qué hiciste tú. Seguro te la pasaste todo el día de comadre con tus amigas, ¿verdad?

—Noooo... —me río de la forma más culpable.

—Uy, sí. Cómo no. Ya me lo imagino: con esa oficina de pura vieja, se la han de haber pasado en el güiri-güiri todo el día.

Eso como que ya no me dio tanta risa.

—Pues no, ¿eh? Ni creas. De hecho, me la pasé un ratote viendo qué onda con el viaje a Europa. Tengo que arreglar un montón de citas.

No le digo que arreglé una sola cita a la que de todos modos no voy a poder ir. Ni que para "arreglarla" tuve que escribirle siete correos a un tipo que no conozco y que ya el último, según mis cálculos, me lo mandó a las once de la noche de España. O tienen unos horarios de trabajo muy raros, o le caí muy en gracia. No le digo porque, aunque no tiene nada de malo, se le va a hacer raro: a Alfredo esas cosas no le gustan, dice que son poco profesionales. Pero a mí sí se me hizo muy chistoso.

—¿Qué? ¿De qué te ríes, pillina? —me pica una costilla y me retuerzo. Soy súper cosquilluda— Sí estuvieron chismeando todo el día, ¿verdad?

—¡Claro que noooo! —digo, entre carcajadas.

—¡Claro que sí! —él me hace más cosquillas y yo más me río, pero al rato ya nomás se convierte en manoseo: Alfredo me acaricia y me trata de meter la mano por debajo del vestido, aunque no lo dejo, pero claro que llegamos a los besos. De pronto, escucho que sube el volumen del radio en el cuarto de Pili. Me quito y le doy un manazo a Alfredo para que se esté quieto. Nunca hemos hablado del asunto, pero estoy segura de que mi compañerita de departamento ha decidido resguardar mi virtud y vive espiándonos a Alfredo y a mí. Ya sé que es raro, pero tiene sus razones: es también su casa y no tiene por qué aguantarlo y, francamente, a estas alturas ya se me hace inútil pelearme por eso. Si total, como dice todo el mundo, ya nos vamos.

—Bueno, y ¿qué te dijo tu mamá? —le pregunto a Alfredo, bien fuerte, y el volumen del radio regresa a su estado normal.

—Ah, pues eso; que si tu teléfono no sirve o por qué no le contestas. Le dije que seguramente te habías quedado sin pila, ¿no?

—Seeee, claaaaroooo. Fue eso. Me quedé sin pila —mentira cochina: la verdad es que ya me dio flojera seguirle contestando y estaba muy entretenida, así que decidí darle "ignorar" durante toda la tarde.

—Qué mentirosa — Alfredo hace la finta de volver a empezar con las cosquillas y le echo ojos de pistola, señalando con la cabeza la puerta del cuarto de Pili. Hace como que se enoja y cruza los brazos—. En buena onda, ya contéstale, ¿no? Me habló cinco veces.

Le digo que se dé de santos: que le podía haber ido peor. Le cuento de los millones de llamadas y de los manteles color salmón.

—Estás de acuerdo en que de ninguna manera podemos tener manteles y servilletas color salmón, ¿no?

—¿Por qué? —de veras no tiene idea—. ¿Qué tienen de malo? ¿Es feo?

—¡Cuqui! ¡Por Dios! ¡Es feísimo!

—¿Sí?

—Sí. Es horrible. Es... —tengo un arranque de inspiración—. Es el equivalente en color a esas cosas.

Señalo los fondos de vaso. Alfredo pone cara de horror.

—Entonces, no. Es más, dile a mi mamá que gracias, pero que tú lo vas a arreglar todo solita.

—Es que ése es el asunto, Cuqui —le vuelvo a coger la mano—. Que está muy rudo que yo se lo diga.

—Pero, entonces, ¿cómo le hacemos?

Le acaricio la muñeca con el pulgar, bajo un poquito la barbilla y levanto los ojos.

—¿Quieres que yo hable con ella, bonita?

¡Ja! Esa maniobra nunca falla.

—Ah, pues... —finjo que no se me había ocurrido—, la verdad, sería muy buena idea. Contigo tiene mucha mejor comunicación.

Entiéndase: "contigo no se va a enojar y, si se enoja, no es mi problema".

—Bueno, no te preocupes —pone su mano sobre la mía—. Yo mañana hablo con ella.

—¡Perfecto! Porque mira, ya estuve hablando con Ana y me contó de una boda a la que fue ella en Cuernavaca donde sirvieron todo como con tema tailandés...

Finjo no ver cómo voltea los ojos al revés cuando menciono a Ana. Si algo he aprendido en tantos años, es que tengo que escoger mis batallas.

Nunca había visto que a Alfredo le diera tanta emoción ver llegar a Monse. En cuanto escuchó que se abría la puerta, dejó de ponerme atención y brincó a saludarla. O tal vez sea que ya está harto de que yo lo esté atosigando con su lista de invitados. Pero no es mi culpa: Ana me pidió que le averiguara por favor a qué hombres solteros va a invitar, para ver si alguno le late o conseguirse una *date* por su cuenta. Yo le dije que no creía que ninguno de los amigos de Alfredo le fuera a gustar ni tantito, porque ella siempre anda con puros niños que parecen modelos, pero me contestó que si alguno de ellos era la mitad de guapo que mi novio, con eso se conformaba. Qué chistoso; nunca hubiera pensado que Alfredo fuera el tipo de Ana.

Pili salió de su cuarto en cuanto oyó la voz de Monse, por si no estaba yo segura de que nos estaba espiando. En cuanto puede, le encanta armar la chorcha. En dos minutos, ya sacó una charolita con galletas saladas y, claro, queso Filadelfia.

—Tráete las servilletas, Monse —dice, mientras empieza a untar queso sobre las galletas, con la misma concentración de su mamá cuando éramos chiquitas y nos llevaban los sábados a comer a su casa—, y unos platitos.

¿Será que yo también voy a tener que acostumbrarme a tener en mi casa una charolita de plata lista (con carpeta que combine con los posavasos, obvio), galletas saladas y quesito por si entran en mi casa dos invitados? No sé si a estas alturas pueda lograr que me entre ese espíritu; si pasé tantos años en casa de mi mamá, que es básicamente gemela de la de Pili y Monse, y no se me pegó, se me hace que ya es demasiado tarde. Entonces, ¿qué voy a hacer cuando tenga visitas? ¿Rezar por que en el refri haya algo y no esté viejo?

—¡Coco!

—¿Eh? ¿Mande?

—Ay, niña —se ríe y voltea a ver a Alfredo—. ¿Ves, Freddy? Te dimos a nuestra amiga medio distraída y nos la dejaste en la luna, de plano.

Alfredo y yo hacemos "jeje". A mí, porque me choca que me diga distraída y a él porque le repatea que le digan "Freddy". Alguna vez medio se lo insinué, pero Pili me salió con que ella era amiga de "Freddy" mucho antes que yo, porque ellos sí fueron juntos al kínder de la señorita Pliego, y que así se llevaban ellos. Era en lo único en lo que Pili se portaba mala onda conmigo: le encantaba recalcar que ella ya conocía a mi novio cuando él ni se había percatado de mi existencia, pero yo la verdad no la pelaba mucho. Querétaro estaba lleno de niñas medio ardidas de que Alfredo hubiera decidido andar conmigo. Pero ya habían pasado tantos años, que más valía que se hicieran a la idea.

—Coco... —Pili tuerce los ojos hacia el vaso de Alfredo. Está vacío y yo ni en cuenta.

Ojalá todavía quede coca.

Me paro y oigo a Monse decirle a Alfredo algo como que no se preocupe, que ella ha oído que después de casadas todas las mujeres vamos aprendiendo poquito a poco a ser amas de casa. ¡Y todavía el menso le contesta que eso espera! Me dan ganas de escupir en su vaso, ¿qué se cree esa escuincla mensa hablando a mis espaldas?

Pongo el vaso en la mesa y me siento, medio de malitas. Pili, que no puede soportar ni el más mínimo asomo de conflicto, reacciona luego, luego.

—Oye, Coco, ¿y ya sabes cómo va a ser tu vestido? Porque el otro día estaba pensando que seguro ya sabes perfecto qué quieres y va a estar increíble.

Ay, Pili. Tiene sus cosas, pero siempre le atina a decir algo perfecto para que se me baje el coraje.

Con eso tengo para arrancarme con una explicación de lo que llevo pensando desde que empecé a andar con Alfredo y de la noche a la mañana todo el mundo decía que nos íbamos a casar y yo decía que nada que ver, que era muy pronto y que apenas nos estábamos conociendo. La verdad es que yo ya tenía clarísimo que era un partidazo y estaba mega consciente de que con todo y que todo Querétaro le conocía dos, tres detallitos, valía muchísimo la pena. O sea, no se lo voy a confesar a nadie, por supuesto, pero yo desde el mes uno supe que me iba a casar con él y tenía desde entonces diseñando mi vestido.

Saco de mi bolsa mi cuaderno y empiezo a enseñarle bocetos.

—Pues mira, todavía no estoy segura del escote. Se me antoja que tenga cuello halter, como uno que vi el otro día de Vera Wang, como así —le hago un dibujo—, pero no sé si me va a hacer ver muy espaldona, ¿cómo ves?

—¿Espaldona? —me ve como si estuviera loca— ¡Ay, Coco, por favor! ¿Cómo espaldona? Si eres súper flaquita. Te puedes poner lo que quieras.

—No te creas, ¿eh? Sí me tengo que cuidar mucho a la hora de hacer pesas y así, porque si no me empiezo a poner onda Popeye, mal plan.

Es súper cierto. Yo no me di cuenta hasta que Ana me lo hizo notar y desde entonces tengo muchísimo cuidado con los ejercicios que hago.

—¡Estás loca! Ya quisiera yo ser de tu tamaño, con esa cinturita y esas piernas larguísimas. ¿A poco no, Freddy?

Alfredo ya sacó su celular y está revisando correos. Le choca hablar de estas cosas; dice que está bien que yo hable de ellas, siempre y cuando no le pida que participe.

—¿Eh? —levanta los ojos un microsegundo—. Sí, sí. Cuando se arregla, Coco se puede ver muy bien.

No era la respuesta que Pili estaba esperando, se me hace. Creo que su alma romántica quería algo más entusiasta y está desencantada, pobre.

—Lo que no sé —le digo, para distraerla— es qué hacer con mi pelo. Según las revistas, lo de hoy es suelto, igual con un par de brochecitos, con un tocado lindo y el velo, pero no sé si me va a dar mucho calor. ¿Cómo ven?

Me levanto el pelo en un chongo y luego me lo suelto, para que vean. Pili es la única que me pela: Alfredo sigue con su celular y Monse yo creo que se cansa de tanta frivolidad, porque dice no sé qué de una tarea y se para y se va a su cuarto.

—A mí se me hace que te ves muy bonita con el cabello recogido —dice Pili—. Siempre te lo he dicho. Además, creo que es como más formal, ¿no? Más elegante.

Alfredo ya ni levanta los ojos. Igual ni está oyendo.

—Bueno, no sé. También depende del vestido, ¿no?

Le digo que sí.

—¿Y ya sabes dónde lo vas a comprar? Enfrente de la escuela, ¿ves que pusieron un centro comercial nuevo? Tienen una tienda de vestidos de novia que se ven súper bonitos. Yo cada vez que paso pienso "Coco debería darse una vuelta". ¿Quieres?

Me ofrece una galleta. Bendito vestido, hasta me sirve de pretexto para decirle que mil gracias, pero no.

—Todavía no pienso en tiendas —confieso, mientras ella se resigna y se come no una, sino dos galletas, que seguro a estas alturas ya están bastante aguadas—; no te digo que no estaría padre ir y probarme varios modelos y que todo el mundo me aconseje y así, pero no sé si se me antoja más diseñarlo yo.

—¿Que quéee? —resulta que Alfredo siempre sí estaba oyendo—. Nonono, ¿qué es eso? El vestido lo paga el novio, ¿qué no? Si yo voy a pagar por algo, más vale que lo haya hecho un profesional.

—Ay, Cuqui —le doy un golpecito en el brazo, como si me pareciera súper chistoso—, ¡claro que yo soy profesional, ya lo sabes!

—Sí, claro que sí, bonita. Claro que eres profesional —toma mi mano y le da un beso—. Pero sería mejor alguien con más experiencia.

—¡Aaaay! ¡Se ven divinos juntos! —Pili nomás no se entera de nada—. No me puedo imaginar las fotos de la boda. Van a ser como de revista de modas. Y sus hijos... ¡bueno!

Le sonrío y me meto una galleta a la boca. Sí; aguadas y sebosas.

CAPÍTULO 6

Si algo odiaba Lola, era encontrar a Coco revolviendo sus cajones.

—¿Se puede saber qué estás haciendo?

En condiciones normales, Coco hubiera saltado hasta el techo, hubiera cerrado el cajón de golpe y hubiera inventado cualquier excusa, desde que se confundió de cajón hasta que un espíritu maligno se posesionó de su cuerpo, obligándola a violar la sacrosanta intimidad de su hermanita, pero nada en esta tarde era normal. Casi sin voltear, siguió frenéticamente haciendo a un lado los barnices de uñas ordenados por colores y los frascos de cremas y menjurjes.

—Estoy buscando tu pinza de cejas.

—¿Mi pinza de cejas? —en tres zancadas gigantes, Lola fue de la puerta al clóset y le dio tal empujón al cajón para cerrarlo, que por poco deja toda la mano de Coco adentro—. ¿Qué ya perdiste la tuya o qué?

—No, no la perdí —Coco hizo un intento por volver a abrir el cajón, pero Lola le dio un manazo—. Auch. Sólo no la encuentro, y me urge. Mira.

Le acercó la frente para que viera sus cejas.

—¿Ya viste el desastre? Parezco Jack Nicholson.

—Estás loca —haciendo a Coco a un lado, Lola abrió una de las puertitas que estaban encima de la hilera de cajones y sacó unas pinzas plateadas que tenían, en un extremo, un letrerito con letras rojas que decía “LOLA”. Se las dio a su hermana y empezó a acomodar su cajón de nuevo— ¿Qué no fuiste con Angelita la semana pasada?

—Sí, pero ya no la dejo que me haga las cejas —Coco se dejó caer en el banquito frente al tocador; con la cara a cinco centímetros del espejo y una expresión de concentración y sufrimiento, empezó a quitarse una a una las cejas que consideraba que estaban fuera de lugar—. La pobre se quedó como en los tiempos de Angélica María y le encanta eso de la ceja delgadita y el delineador.

Lola volteó los ojos al cielo. Y hacia sus cejas, que por cierto estaban sospechosamente delgadas y remarcadas con delineador.

—Ay, qué payasa —dijo—. Es que a ti no se te da gusto con nada, de veras.

—No es eso —sacó la lengua para concentrarse mejor—. Es que no me gusta...

—Ay, sí, ya sé —Lola repitió la misma frase que todos en la familia habían oído a Coco decir hasta el cansancio—: no te gusta que se te note lo provinciana.

A los dieciséis años, Coco tenía claro que si algo no quería parecer nunca era "provinciana"; se le hacía el peor insulto del mundo. Desde que a los seis años la habían llevado de vacaciones a la ciudad de México, se había quedado encantada: en su imaginación de niña, todo lo demás se quedaba chico y parecía feo y sin chiste, comparado con lo que se acordaba del DF, de las tiendas, los edificios y las calles enormes. Después, cuando era la única de todas sus amigas que se tomaba en serio las clases de costura de la mamá de las Del Olmo, empezó a hacerle vestiditos a sus muñecas y, después, a su mamá y a sus hermanas, y se dio cuenta de que lo suyo era el diseño de modas, comprendió que sus únicas opciones viables estaban en la capital, y eso le daba al mismo tiempo muchísimo miedo y muchísima emoción. Sabía que sus papás no iban a estar de acuerdo para nada con que se fuera, ya no digamos a Milán o a Nueva York, ni siquiera al DF, y ella misma no estaba segura de querer aventarse ese pleito y alejarse tanto, aunque dijera todo el tiempo que estaba harta de vivir en un pueblo bicicletero, mientras hojeaba las revistas de modas que religiosamente le apartaba don Gil el del puesto cada mes.

Cuando decidió que sus cejas estaban, si no perfectas, al menos presentables, Coco se levantó y fue al clóset, aventando de pasada las pinzas sobre la cama de Lola, quien lanzó un grito de indignación y se apresuró a recogerlas y guardarlas de nuevo en su lugar mientras le decía las frases de siempre sobre tener un poquito de consideración con las cosas de los demás.

Pero Coco ya no le estaba poniendo atención; en ropa interior, con los pantalones a cuadros y la camisa color pastel que acababa de quitarse hechos una bola junto a su pie derecho, contemplaba el contenido de su clóset y se mordía los labios. Con la uña del pulgar izquierdo, rascaba frenéticamente el barniz de la del derecho.

—No tengo idea de qué ponerme —volteó a ver a su hermana—. Ayúdame, Lolis, ¿qué me pongo?

—No sé, pero, por lo pronto, déjate esa uña en paz. Al rato me vas a estar pidiendo que te la retoque porque ya te la echaste a perder.

Como si eso le hubiera dado la idea, Lola sacó del cajón del buró una lima de uñas y se sentó sobre la cama.

—Por cierto que no sé qué me pasa en esta uña

—levantó su índice derecho— que a cada rato se me despostilla. ¿A ti no te pasa?

—¡Lola! —Coco agitó las manos, exasperada—. No me estás poniendo nada de atención, ¿no estás viendo que estoy en una situación desesperada?

—Ay, por favor —se rio Lola—. Qué más te da. Es Alfredo Loría.

Ahora fue Coco la que volteó los ojos al revés. Según su mamá, era una "modita" que habían agarrado las hermanas y le chocaba.

—No entiendes nada. No fueran tú y Dani, porque entonces sí, te estarías colgando hasta la mano del metate.

Coco sabía muy bien cómo echar a andar a su hermana.

—Dani es muy distinto, ¿sí? —alzó los ojos de su dedo y se puso muy seria—; para empezar, es más grande, mucho más culto y no llevamos toda la vida viéndonos las caras y soportándonos los berrinches.

—Alfredo no hace berrinches —Coco entrelazó las manos y las puso junto a su cachete—. Alfredo es guapísimo y perfecto.

—Alfredo está dos, dos; tiene tipo de galansucho de telenovela y a mí se me hace que es bien mosca muerta —Lola se llevó la lima a los labios, como si meditara—. No me sorprendería nadita que le saliera un hijo por San Juan del Río o algo así, bien truculento.

—¡Aaaay!, ¡maldita! —Coco le dio a su hermana un golpe en el hombro con la mano abierta—, ¡no digas eso ni de broma!

—Bueno, pues, ya —Lola hizo a un lado a su hermana y se paró. Las dos regresaron al clóset—. Seguro no tiene un hijo. Nomás un par de esposas, pon tú.

Coco le dio un último empujón a su hermana que la hizo trastabillar.

—Ya, no estés de maldita y ayúdame, ándale.

Para cuando Alfredo tocó el timbre, a las ocho en punto, Coco ya había resuelto su situación desesperada. A regañadientes, y después de horas de ruegos y promesas de no ensuciarlo, no sudarlo ni tantito ("caminas despacito y si sale con que quiere ir a bailar, regresas inmediatamente a cambiarte", había sido la advertencia) y mandarlo el lunes mismo a la tintorería, Márgara había accedido a prestarle su suéter morado de rombitos, la prenda más codiciada de todos los clósets de la casa, pero que la mayor sólo accedía a prestarle a sus hermanas en ocasiones muy especiales. A diferencia de Lola, Márgara sí compartía la emoción de su hermanita; Alfredo le parecía un partidazo, de muy buena familia y "monísimo".

—Es más, si su hermano Gabino no fuera tan patán y tan bueno para nada, hasta me lo imaginaría como prospecto —decía.

En lugar de eso, Márgara tenía a su novio Ernesto, que estaba estudiando para ser doctor. Sus hermanas, de burla, le decían "el Fantasma", porque como siempre estaba o estudiando o de guardia, sólo se aparecía como una vez a la semana, si acaso, y siempre andaba pálido, pálido, y con ojeras hasta el piso. Pero Márgara era muy feliz, imaginándose que todos sus sacrificios y sus fines de semana encerrada valían la pena a cambio de convertirse en la esposa de un médico.

Desde las siete y media, la familia entera estaba instalada en la sala. Todos menos Coco, que estaba sentada en su cama, con las manos sobre la faldita tableada azul marino que tanto le gustaba y que se veía tan bien combinada con medias azul marino y sus ballerinas, esperando a que se le secara la uña que, por supuesto, Lola había tenido que retocarle entre "telodijes" y "aversiaprendes". Le hubiera gustado bajar y platicar algo con sus hermanas, a ver si así se le calmaban un poco las mariposas —zopilotes, parecían, más bien— que le revoloteaban por la panza, pero su mamá les tenía terminantemente prohibido esperar a sus pretendientes en la sala: "que pase, salude y te espere, mijita", decía, cada vez que alguna se quejaba del escrutinio cruel y salvaje que ejercían sus padres sobre cualquier ser humano que pretendía cruzar el umbral con ellas; "cuál es la necesidad de salir corriendo". Sentada en su cuarto, con la oreja parada para oír el timbre, la pobre Coco no tenía ni la menor idea de qué iba a pasar; desde el viernes pasado, que Alfredo la había esperado a la salida de clases para proponerle que salieran, Coco había empezado a estar como ida y había dejado de pensar. Le dijo que sí, por supuesto, no sólo porque a Alfredo Loría ninguna mujer en su sano juicio, ninguna que no fuera su hermana Lola, al menos, le decía que no, sino porque básicamente no se le hacía como que el asunto estuviera siquiera en duda; como que se daba por sentado que ante la invitación de Alfredo a Coco lo único que le correspondía era sentirse la mujer más afortunada del planeta y acceder, sin oponer mayor resistencia. Obediente, Coco sólo dijo que sí, que feliz, y se hizo de una sonrisa lela de oreja a oreja que no se le quitaba ni con todos los zopilotes del mundo.

Cuando afuera de la casa se escuchó cómo se estacionaba un coche, y luego cómo alguien se bajaba, cerraba la puerta y caminaba unos pasos a la entrada, Márgara, Lola y sus papás se concentraron en su farsa de la familia que convive en la sala los sábados en la noche: el papá, sentado en su sillón, extendió el periódico; la mamá, instalada en un extremo del sofá verde, cogió el tejido que había tenido sobre las piernas la última media hora sin tocarlo, y Márgara y Lola fingieron estar absortas en un partido de ajedrez, con todo y que ninguna de las dos conocía del todo bien las reglas del juego. Normalmente, cada quien hubiera estado en su cuarto o viendo la tele en la salita de arriba, pero en las noches en que alguna salía por primera vez con un muchacho, nadie quería perderse nunca ni un detalle para comentarlo, con minuciosidad quirúrgica, en cuanto se cerrara la puerta. Con más razón si se trataba de Alfredito, el hijo de los compadres.

Sonó el timbre. Como de costumbre, el jefe de familia dejó pasar un minutito antes de levantarse a abrir.

—¡Alfredito! —puso cara de que lo tomaba completamente desprevenido encontrarlo parado en la puerta—; quiubo, mano, pásale.

Alfredo cumplió perfectamente con su papel de muchachito ejemplar. Saludó al papá de mano y repartió besos entre las mujeres, con todo y que Lola le hizo una cara horrible que él fingió no ver.

—¡Socorrito, mija! —gritó el papá desde el segundo peldaño de la escalera—, ¡ya llegó Alfredo!

A Coco casi todas las variantes de su nombre le parecían espantosas, pero "Socorrito" era, quizá, la que le chocaba más que todas. Se hizo el firme propósito de hablar con su papá al respecto en cuanto regresara.

Pero todo fue ver a Alfredo parado en medio de la sala, discutiendo con su papá planes y horas de llegada, para que a Coco se le borrara de la cabeza cualquier enojo o conversación pendiente. Todo en Alfredo —los pantalones caqui, la camisa azul de cuadros, la chamarra de gamuza, el pelo color cajeta y los ojos verdes— se veía reluciente y como recién planchado. Al contrario de sus otros pretendientes, que siempre se ponían nerviosos y terminaban viendo al piso cuando su papá empezaba a leerles la cartilla sobre horas de llegada y reglas superestrictas, Alfredo se veía de lo más cómodo y hasta se atrevió a negociar que los dejaran llegar no a las diez y media, como era la costumbre, sino a las once. A Coco ni siquiera se le hubiera ocurrido discutirle a su papá y, mucho menos, que éste fuera a ceder así, tan fácil, sólo con una risita y una sacudida de cabeza, y diciendo que "había salido abogado y retobado, igualito que su padre". Se despidió y salió tan pronto pudo, no fuera a ser que su papá lo pensara bien.

Tenía terror de pensar de qué iban a platicar. Ni modo que de la escuela; Alfredo era dos años más grande y estaba en sexto, a punto de salir, mientras que ella iba en cuarto y se le hacía que era una escuincla de secundaria con calcetas hasta la rodilla y coletitas comparada con las niñas con las que Alfredo seguramente estaba acostumbrado a salir; con las de su generación, que eran todas, o Coco así las veía, de lo más elegantes y maduras. Por suerte, Alfredo parecía estar lleno de cosas que contar: desde los campeonatos que había ganado en el golf, que enumeró cuando pasaron frente a la puerta del club, hasta un par de comentarios que a Coco le parecieron divertidísimos sobre las cosas que sucedían en las dos discotecas de moda los viernes en la noche.

—A mí mis papás casi no me dejan ir —dijo, sin percatarse de que eso la hacía ver aún más infantil—; sólo si van Márgara y Ernesto, y como Ernesto siempre tiene guardia o está muy cansado, nunca vamos.

—Vas a ver que conmigo sí te dejan —puso su mano sobre la de Coco y la volteó a ver un segundo—. Ya vas a ver, bonita.

Coco se sentía derretirse como helado de limón.

Fueron a Luigi's. Cuando se estacionaron enfrente, Coco se asomó para ver si no habrían abierto un lugar cerca, una pizzería o un restorán de hamburguesas, algo más normal y menos elegante, pero no. Cuando Alfredo le abrió la puerta y le tendió la mano para ayudarla a bajar, le comentó que seguramente, como a todo el mundo, le gustaba la comida italiana, pero Coco no respondió, estaba más preocupada por bajarse del coche con un mínimo de gracia que por mantener algún tipo de conversación. Su nerviosismo aumentaba por momentos; no estaba para nada acostumbrada a que la llevaran a cenar y menos a un lugar con manteles y velas, adonde iban sus amigas con sus papás a festejar sus cumpleaños. A sus dieciséis años, sus planes incluían comida rápida, cines, boliches o fiestas en casas de amigos, y que sus papás la regañaran por llegar media hora tarde o por haber ido a una fiesta donde servían alcohol, aunque ella no tomara ni una gota y, aunque no había pensado mucho en el tipo de lugar al que la iba a llevar, ni aunque hubiera dedicado la semana entera a intentar adivinarlo se hubiera imaginado que la cita con Alfredo consistiría en una cena formal, con meseros que le extendían la servilleta, le decían "señorita" y le servían agua en una copa.

Alfredo, en cambio, se veía que estaba acostumbradísimo; no sólo se sabía el nombre de todos los meseros, sino hasta el menú. Nada más sentarse, pidió un montón de cosas y no dejó a Coco ni ver la carta. Sólo le preguntó si "comía de todo" y a Coco le dio tanta pena hacer la lista interminable de cosas que no le gustaban (los champiñones, las espinacas, el huevo, los higaditos, la crema, los mariscos que sabían a liga, cualquier cosa que llevara jerez y los postres envinados, que fueron de los que se acordó primero) que sólo sonrió y dijo que sí, que de todo. Conforme fueron llegando los platos, Coco sintió que se le iba el alma a los pies; era como si le hubiera leído el pensamiento, pero para mal: cada uno de los platos tenía al menos una, si no varias, de las cosas que le chocaban.

Pero, al final, no le importó. Estaba tan feliz de estar sentada con Alfredo, de que le contara cosas y le dijera "bonita", y de que todos los que iban entrando (vio a los Del Olmo y a otras dos parejas de amigos de sus papás) se sorprendieran de verlos ahí, tan convertidos en gente grande, y hasta los saludaran, muy amables, que ni se fijó siquiera que esos circulitos empanizados que se estaba comiendo eran en realidad calamares y le hacían rechinar los dientes peor que chongos zamoranos. Le hubiera gustado que la vieran sus amigas, pero ni esperanzas; a menos que pasaran por enfrente de la ventana, de camino a la plaza o al cine, no la iban a ver, y ya sabía que esa noche iban todas a una fiesta en casa de Elmirita, que estaba exactamente en la dirección opuesta. Eso sí, se iban a morir de envidia cuando les contara, como quien no quiere la cosa, que su tan anunciada cita con Alfredo Loría, esa que llevaba presumiendo una semana, había sido bien cara y como de adultos. Estaba segura de que a Márgara jamás la habían llevado, ni Ernesto ni nadie, a un lugar tan elegante, y a Lola mucho menos. Por un momento, sintió pena por sus hermanas, que no sabían lo que era salir con alguien que te tratara bien y supiera hacerse cargo de ti.

Y se prometió a sí misma hacer todo lo posible por que Alfredo nunca, nunca, se arrepintiera de haberla escogido.

CAPÍTULO 7

No puedo creer que sea sábado en la mañana y yo esté en la oficina. O sea, claro que lo puedo creer, porque Jaime es un explotador; más bien lo que no entiendo es en qué momento se me ocurrió contestarle la llamada cuando sonó mi celular a las nueve y media de la noche del viernes.

Estaba cenando con Alfredo. Llevábamos una semana horrible, con la locura de la boda, sus malviajes de que no quería que yo me diseñara mi propio vestido y que yo me ponía de malas cada vez que me salía con que decía su mamá que por qué no me daba Dios licencia de cargar el bendito teléfono de una vez por todas (sí, ya sé: había dicho que ya le iba a contestar a cambio de que Alfredo se aventara el tiro de su amiga la de los manteles "mamey", pero Alfredo decía que quería hacerlo en persona y yo no tenía ningunas ganas de darle el avión en lo que eso sucedía), así que se me ocurrió que era buena idea que saliéramos nada más los dos a cenar a algún lugar decente. De por sí, no había sido fácil convencerlo, porque su amigo Pepe, que es un sonsacador de lo peor, quería llevárselo a no sé qué antro a ver el futbol o el beis o no sé qué demonios, pero yo lo convencí de que necesitábamos un poco de tiempo para nosotros. Me arreglé súper linda, con un vestido que ya sé que le encanta y unos tacones altísimos, y se notaba que él también le había echado ganitas, porque saliendo de la oficina pasó a su casa a bañarse. Sé que se oye insoportable, pero tengo que admitir que sí nos vemos muy bien juntos.

Pero claro, estábamos platicando de cosas que nada que ver con la boda; me estaba contando de una noticia que vio en la tele y de pronto, ¡zas!, que empieza a sonar mi celular con la canción esa de "Ojalá que te mueras".

Ya sé, ya sé; esas cosas no se le dicen ni se le desean a nadie. Mucho menos es apropiado para tenerlo de ringtone para el jefe. No es nada profesional, ni nada bonito, ni nada cristiano, ni nada de nada. Pero lo puso Gerardo un día que estaba yo furiosa con Jaime porque, después de que se fue Lucy, mi jefa, y que Jaime estuvo un ratote dándome atole con el dedo de que me iba a dar su puesto, salió con que mejor iba a contratar a una persona que tenía muchísima experiencia y que venía súper bien recomendada. Ya después llegó Ana y me cayó perfecto y nos hicimos las más amigas, pero la noticia, de entrada, me cayó como bomba.

Recuerdo que bajé a la oficina de Gerardo en el mocodrama. Y claro que Ger, lindísimo, como siempre, me hizo un té, me dio unas galletas de las que tiene para las emergencias y me puso esa canción, según él porque ayuda muchísimo para hacer catarsis. Y la verdad es que sí: ya para la parte donde dice "sé que no debo odiarte, pero es imposible tratar de olvidar lo que hiciste conmigo", ya estaba yo cantando a grito pelado y riéndome muchísimo. Y, obviamente, el siguiente paso lógico era programar la canción en mi celular como ringtone de Jaime; no porque se lo desee, ni mucho menos, sino porque cuando lo escucho me acuerdo de Ger, me da risa, y ya contesto un poquito más de buenas. O menos de malas, pues.

Pero sí entiendo que, así, sin antecedentes, pues saca de onda. Alfredo ya nomás pone los ojos al revés.

—Estoy esperando el día en que Jaime te cache en ésas, ¿eh, bonita? —dijo cuando empezó a sonar a la mitad del restorán, tan elegante.

Puse la carta en la mesa y saqué el teléfono de mi bolsa. Jaime, obvio, ni me dio las buenas noches ni se disculpó por llamarme a esas horas; sólo me ladró que se había dado cuenta de que había millones de pendientes para la presentación de la nueva colección y que nos quería a Gerardo y a mí al día siguiente a las nueve de la mañana en la oficina.

El "oye, pero..." se me quedó atorado en la garganta. Cuando me di cuenta, el grosero de mi jefe ya había colgado, sin darme chance de explicarle que ya había quedado con mi mamá, mis cuñadas y mi suegra de ir a ver lugares para la boda. Claro que, pensándolo bien, no le hubiera importado en lo más mínimo.

Colgué y tomé un trago largo de mi vodka en las rocas. Se había vuelto mi drink de confianza desde que Ana me dijo cuántas calorías tenían los cosmopólitans, que me encantaban. Tenía que encontrar una manera de convencer a Alfredo de que tenía mil ganas de pasar su sábado viendo jardines en Querétaro con su familia política y su mamá.

—¿Qué pasó? —dijo Alfredo —, ¿qué quería?

—Quiere que vaya mañana para que empecemos a ver lo de la nueva colección. Te dije, ¿no?, que quiere que hagamos algo en la página y un desfile al que invitemos prensa y millones de cosas más, ¿no?

—Ah, sí. Pero ¿tiene que ser mañana? — Alfredo movió la cabeza, como si todavía le sorprendieran los desplantes de mi jefe—. Ese tipo es un desorganizado.

—No me lo tienes que decir, ¿eh? —abrí mi menú, como muy quitada de la pena—; si ya lo sé. Y lo peor es que me moría de ganas de ir con ustedes.

—¿Con *nosotros,* kimosabi? ¿Nosotros quiénes, y a dónde?

Yo, firme: los ojos en el menú y sin darme por enterada.

—Pues mañana, a lo de los jardines. Ya ves que quedamos de ir con mi mamá y la tuya y mis hermanas...

—Noooo... NO. No. NO —muchos "nos" para mi gusto; esto no pintaba bien—. Quedaste tú de ir con ellas. Yo, si acaso, te iba a llevar a Querétaro, pero ya el tour se lo iban a aventar ustedes.

—¡Pero tu mamá se muere de ganas de que vayas tú! —por fin, alzo los ojos—, ¡me lo dijo el otro día!

—No te puede haber dicho nada porque ni le contestas el teléfono, ¡no te hagas!

Chin. Me cachó.

—Bueno, pero... ¡ay, Cuqui! ¡Ni modo que no vayamos ninguno de los dos!

—No, pues sí hay modo, Coco. ¿Yo qué voy a andar haciendo viendo manteles y pastitos con mi mami, mi suegra y mis cuñadas? Ni que fuera mariquita.

Le dije que eso era algo muy feo. Me dijo que más feo era que yo pretendiera endosarle mis obligaciones sólo porque no era capaz de decirle que no al naco prepotente de mi jefe. El pobre mesero, que llevaba quince minutos dándole vueltas a la mesa, tratando de tomarnos la orden, mejor se fue a esconder detrás de una columna.

Total, le dije que ni se preocupara y le llamé a mi mamá para decirle que mejor fuéramos el otro fin de semana. Me hizo la voz que esperaba que me hiciera: ésa que reserva para mí y, específicamente, para los muchos momentos en los que la he decepcionado. La que me hizo cuando le dije a los siete años que ya no quería volver a la clase de ballet, o cuando le confirmé que eso de querer ser diseñadora de modas era algo muy en serio y que me iba a ir a estudiar a México, o la que me hacía cada vez que se me salía un comentario como que creía que sí quería tener hijos, pero luego, cuando estuviera más grande y hubiera hecho más cosas. Estaba tan acostumbrada a esa voz, que ya casi ni me daba cuenta.

Colgué sintiéndome pésimo, y hasta eso Alfredo se portó bastante lindo. Me dijo que ya, lo olvidara, y que nomás hiciera lo posible por no cancelar el fin de semana. Y que si salía temprano de trabajar, igual podíamos ir al cine con Pepe y su novia.

Tampoco es que me encante la idea: la novia de Pepe es súper rara y siempre me está tirando unos rollos eternos sobre la moda como un instrumento de la opresión capitalista y pretende que yo le conteste y discuta con ella, así que ojalá no se armara nada con ellos. Más bien, iba a revisar todo lo que ya había hecho Ana, le iba a decir a Gerardo que hiciera todo, y me iba a ir a mi casa a descansar, que bien merecido me lo tenía.

Estoy sentada en el escritorio sin hacer nada. En cualquier momento llega Ger con los capuchinos —le tuve que encargar el mío con doble carga de café y doble cajeta: si mi vida sigue con este nivel de festejo, voy a terminar casándome envuelta en una lona de circo; me voy a poner inmensa—, y no tiene caso empezar nada hasta que él llegue.

Mientras, puedo ir revisando mis correos. Los revisé antes de salir de mi casa, pero... ¡sí! Hay uno de Andreu.

Se me sale un ¡yey! de emoción; qué pena. Menos mal que no hay nadie en toda la estúpida oficina, ¿verdad? Sólo la mensa de Coco.

Y, aunque hubiera, tampoco creo que deba sentirme culpable, la verdad. Sí, está bien: ya pasó toda la semana y yo no le he dicho que no voy a ir a Europa. Tampoco lo he puesto en contacto con Ana. Pero a estas alturas, ya ni siquiera estamos hablando de ese asunto: platicamos de cualquier cosa, y yo le cuento todos mis dramas existenciales con la boda. Bueno, si he de ser súper sincera, no le he dicho que soy yo la que se casa, sino que me inventé a una "amiga" que está histérica y pelea todo el día con su prometido y su suegra y su mamá y medio mundo. Y la verdad es que él es súper buen consejero y me dice cosas bastante útiles. No me he atrevido a preguntarle si tiene novia, pero yo creo que no, porque ya me hubiera dicho, ¿no? Claro que yo no le he contado de Alfredo, pero se me hace que con las mujeres es diferente, ¿no? Como que es más normal que una no diga, ¿no?

CAPÍTULO 8

—¿Coco?

—¿Mande?

—¿Todo bien?

—Sí, perfecto —Trato de pararme y se me resbalan los tacones. Tengo que detenerme del tubo del papel de baño y sale todo disparado. Osh. Me siento en la tapa del excusado y empiezo a enrollarlo de nuevo, pero no hay forma: me tiemblan demasiado las manos. Me aclaro la garganta y trato de que la voz me salga más o menos normal—. No te preocupes, Ger: ahorita salgo.

A ver, Coco, tranquila. ¿Cómo era eso que decían en la clase de yoga? Bien sentada, con la espalda derechita, las manos en las rodillas con las palmas hacia arriba y la mente en blanco. Inhala, exhala; inhala...

La mente en blanco, Coco. ¿Desde cuándo trapean con Fabuloso de lavanda? Me gustaba más el de pino, como que huele más limpio. La mente en blanco. Tengo que relajarme. Relajarme. Sólo así voy a poder resolver...

Es imposible. No puedo poner la mente en blanco. No puedo imaginar una playa con olas azul turquesa, arena blanca y gaviotas surcando el cielo, ni pensar que me baña una luz suave y se lleva consigo todas mis preocupaciones. Mi cerebro no puede decirle a mi corazón que deje de latir setenta mil veces por segundo.

Básicamente, porque mi cerebro está muy ocupado diciéndose a sí mismo ¡DEMONIOS!, ¡DEMONIOS!, ¡DEMONIOS!

O bueno, algo así, feo. Algo de lo que dice la gente a la que no le enseñaron que Diosito se enoja cuando dices groserías.

Repaso las cuentas de Ger; a partir de este momento, quedan trece días, dos horas y veintiocho minutos para la presentación de la nueva colección. Bueno, trece días, dos horas y quince minutos, porque faltaban veintiocho exactamente antes de que abriera el fólder que me dejó Ana con sus avances para la presentación y me topara con que estaba completamente vacío.

Bueno, tampoco completamente: tenía las listas de pendientes. Las veinte listas de pendientes que yo hice.

¿Será que me estoy equivocando? ¿Será que a mí me tocaba hacerlo todo y por eso Ana no hizo nada? A ver, no. Jaime decidió que este año yo me iba a encargar del desfile y la presentación porque corrió a Laurita porque según él era una incompetente. Que no era, sólo mascaba el chicle muy fuerte, pero eso no es ser incompetente, sólo que Jaime de pronto así se pone. El caso es que dijo que a mí me tocaba todo, y yo ya había hecho mis listas y lo tenía todo bastante organizado; hasta le conté a Ana mis ideas y me dijo que estaban súper bien.

Eso fue antes de la junta con los de ventas. Ahí Ana dijo, enfrente de todos, que si quería, ella me podía ayudar para que no se viera todo tan amateur. Yo hubiera preferido que me lo dijera antes, en corto, y no enfrente de todos y, desde luego, no enfrente de Jaime, que salió con que tal vez sería mejor que Ana se hiciera cargo y yo nada más le ayudara con los detalles.

Y sí me acuerdo de haberle mandado a Ana varios correos preguntándole si necesitaba algo, pero creo que no me contestó. Y ahora, a trece días, dos horas y doce minutos, resulta que no hay nada hecho.

¿Qué voy a hacer?

—¿Coco?

—Sí, sí. Voy.

Mojo una toalla de papel en agua fría y me la paso por la cara, con cuidado de que no se me corra el maquillaje. Con esta luz, me veo verdosa y tengo ojeras de delineador, como de mapache. Tendría que haber traído mi bolsita de cosméticos, pero apenas me dio tiempo de llegar al baño dos segundos antes de vomitar todo lo que traía en el estómago; por suerte, no era mucho.

Recojo el fólder, que se quedó tirado en la entrada, y las listas de pendientes.

—¿Todo bien?

—Sí, claro, ¿por qué?

Ger no me contesta. Los dos sabemos por qué, así que ni caso tiene decir más.

Mi oficina sigue como si nada: los dos vasos de café sobre el escritorio, las canciones de la computadora repitiéndose en orden aleatorio, el cuaderno de apuntes de Ger abierto en una página que dice la fecha y "presentación nuevas colecciones" con su letra toda parejita.

Me siento y trato de ganar tiempo. Saco mi bolsita de cosméticos y me veo en el espejo. Como lo suponía, tengo cara de Bambi cuando le acaban de matar a la mamá. Respiro profundo y me pongo otra capa de lipstick.

Supongo que alguien menos zen que Ger ya me hubiera dado unas cachetadas o, de menos, me hubiera pedido una explicación, pero él nada más está sentado en la silla frente a mí, cruzado de brazos. Le sonrío.

—¿Entonces? —me dice.

—¿Entonces qué?

—Pues ¿qué hace falta, en qué quieres que te ayude?

—Esteeee —me miro las uñas con mucha concentración—, ¿la verdad, la verdad?

Hace que sí con la cabeza.

—La verdad, la verdad.

—Falta todo —siento que me sube el pánico desde la boca del estómago. Me muerdo la punta de la lengua y respiro otra vez—. Ana no hizo nada.

Ger abre los ojos grandes, grandes.

—¿Cómo que falta todo? ¿Todo de qué?

—Todo —levanto las manos y las vuelvo a bajar—. Todo de todo. Todo.

—Nooo. No es posible —sacude la cabeza y me mira como si le estuviera diciendo una mentira—. Pero si Ana lleva meses diciendo que ya lo tiene, ¿no?

—Ajá. Pero no —le paso el fólder. Conforme lo va revisando se le va haciendo un surco más y más profundo entre las cejas.

—No —me lo devuelve—. No. No es posible. No es posible que de plano no haya hecho nada, ¿no?

Levanto los hombros, como diciendo "todo parece indicar que sí es posible, mijito".

—Nonono —sacude la cabeza otra vez—. No. No. Porque está bien que de pronto se pase de lanza contigo, pero esto sí está cañón. No.

Se queda callado. Puedo ver que el cerebro le está funcionando a mil por hora.

De pronto, se para de un salto.

—¡Ya sé! —truena los dedos, como de caricatura—,

¡ya sé! Seguro con las prisas de que ya se iba se le fue la onda y no imprimió toda la información. Seguro ya lo tiene todo. Y está en su computadora.

Le digo que no lo creo y que de todas maneras no tenemos su contraseña. Me mira con cara de que le doy pena.

—Claro que sí nos la sabemos. Es "ANNADARLING", con mayúsculas. Y doble ene. Qué mamila, ¿no se te hace?

Le pregunto que cómo se la sabe, pero después le pido que no me lo diga. No quiero ni saber. En cualquier otro momento, claro, le diría que por supuesto que no y que cómo se le ocurre ir a espiar los documentos confidenciales de otra colega, pero el menso ya logró contagiarme su esperanza: quién quita y sí logramos algo. Le digo que vaya y busque, pero que sólo busque eso y ya, y que a menos que sea algo relacionado con lo de la presentación, no me lo cuente.

Dice que está dispuesto a encontrar algo o morir en el intento y sale corriendo. Cuando me doy cuenta, tengo las manos entrelazadas, igualito que las amigas mochas de mi mamá cuando rezan por la salud del padre Chucho. Dios mío, si me concedes ésta, te juro que hasta pongo atención en misa y rezo por el padre Chucho, con todo y que una vez me corrió del catecismo por cruzar la pierna.

Miro el reloj. Han pasado tres minutos. Pego un grito que atraviesa el pasillo.

—¿Qué pasó, Ger?

Me contesta que apenas se está prendiendo la máquina. Las palabras me llegan como del fondo de una cueva; el cubículo de Ana está del otro lado de la sala de costureras, al final de la oficina.

Dejo pasar más tiempo y vuelvo a preguntar. Ger dice que no han pasado ni dos minutos, que no esté dando la lata. Que por qué no me voy a encerrar otro rato al baño.

Tengo ganas de encerrarme, pero en el de mi casa. O mejor todavía, en el de casa de mis papás. O en mi cuarto, debajo de las cobijas, con mi mami diciéndome que no pasa nada y que todo va a estar bien.

Qué ridícula. Mejor voy a ir avanzando, como si de veras no hubiera nada en la computadora de Ana. En una de ésas, el destino se confunde y piensa que ni me importa tanto y me lo concede. Así me pasa siempre: la fortuna me da puras cosas que la verdad me dan lo mismo; lo que de veras quiero no me toca nunca. Mi mamá diría que nada de fortuna, que es Dios Nuestro Señor y que me da lo que necesito, no lo que yo quiero.

CAPÍTULO 9

Coco se sentía como si fuera Navidad. Por fin, se había acabado su mes de castigo. Por culpa del maldito maestro de matemáticas, que la tenía agarrada con ella y seguía necio en no darse cuenta de que a Coco lo de la geometría analítica nomás no le entraba ni le iba a entrar nunca, sus papás ya se habían hartado de tanta reprobadera y la habían castigado un mes sin poder salir ni a la esquina y sin poder ver a Alfredo más que un ratito los fines de semana, y eso en su casa, sentaditos en la sala con su mamá dándose vueltitas dizque para ordenar la despensa. Tenía que pasarse las horas afuera del salón de Alfredo para verlo un poquito más, porque a la salida tenía que irse derechito a su casa. Y ni pensar en hablarle por teléfono a sus amigas para que siquiera le contaran qué estaba pasando y a dónde habían ido, ellas que sí podían. Nada. Estaba a punto de hacer una cuerda con sus sábanas y escaparse por la ventana.

A Lola también le había tocado castigo; pero lo de ella era más grave. El pretexto había sido que también había sacado malas calificaciones (de las hermanas, la única que nunca había llegado a la casa con un cinco era la aburrida de Márgara, y Coco y Lola siempre le echaban en cara que había malacostumbrado a sus papás), pero nadie se la creía; era obvio que el problema era, como siempre, Dani. O "el malviviente ése", como le decía su mamá. Es que Lola no entendía; otra vez la habían cachado en una mentirota, había dicho que se iba a ayudar al padre Chucho a dar el catecismo, y claro que el domingo a la salida de misa el padre le había dicho, enfrente de todos, "ay, Lolín, ora sí has tenido a tus niños reteabandonados, andan pregunte y pregunte por ti". Si Lola hubiera podido asesinar al padre Chucho y no le hubiera dado miedo condenarse, la ciudad de Querétaro se hubiera quedado en ese instante con un párroco menos. Pero nada, se quedó ahí con cara de susto, y sus papás apretando la boca, sonriéndole al padre como si no se acabaran de enterar de que su hija mediana andaba Dios sabía en qué malos pasos, y aventándole miraditas de "vas a ver orita que lleguemos a la casa cómo te va a ir".

Coco y Márgara nomás veían el piso y sufrían pensando en la que se iba a armar y el mal humor del que se iban a poner sus papás; y, claro, Coco además pensaba en las dieciocho millones de cosas que Lola podía haber dicho en lugar de tratar de usar al padre Chucho de tapadera. De entrada, podía haber dicho que iba con la tía Teresa a que le corrigiera una puntada; la tía Teresa no sólo era buenísima tejiendo y corrigiendo los puntos sueltos, sino que le encantaba ayudar a sus sobrinas en todas sus fechorías. Según ella, sus papás eran unos anticuados que no se habían enterado de que se había acabado la Edad Media y pretendían que vivieran como monjas, así que todo era cosa de echarle una llamada del teléfono público de la esquina y decirle "tía, voy a estar en tu casa toda la tarde haciéndote compañía, ¿oquei? Y, como soy muy mona, me voy a quedar a merendar contigo". Y ya, asunto resuelto. Era de las mentiras favoritas de Coco, porque era muy fácil y hasta sentía que a su tía le hacía ilusión ser su cómplice, pero le daba miedo usarla muy seguido, no fuera a ser que sus papás empezaran a sospechar o, peor todavía, a preguntarse si sería tonta o qué, cómo era posible que después de tanta práctica se le siguieran yendo los puntos a cada rato. En lugar de eso, tenía que decir que iba a casa de alguna de sus amigas, cuidando que sus mamás no se hicieran bolas, o a visitar a la señora Dueñas, a quien, como vivía sola y ya no se enteraba de mucho, nadie le hacía mucho caso ni confiaba mucho en lo que dijera. Gracias a lo difíciles que se ponían sus papás para los permisos, Coco se había vuelto una Houdini.

Aunque con Alfredo sentía que estaba perdiendo mucha práctica. A él no le gustaba nada eso de contar mentiras, ni de andarse inventando cosas. Cada vez que Coco salía con que dijeran que se les había ponchado una llanta y se quedaran otro ratito en el antro o con que dijeran que se iban a la playa cada quien por su lado y se fueran juntos, Alfredo le contestaba lo mismo: "Yo quiero ser de tu familia, bonita, y para eso me tengo que ganar la confianza de tus papás". Según Coco, Alfredo ya podía salir en las noticias como el robachicos, asaltabancos y narcotraficante más malo de México, que sus papás no iban a dejar de pensar que era el mejor yerno que podían haberse encontrado, pero ya no quería seguir diciéndoselo a Alfredo, no fuera a pensar que era una loca que se la vivía haciendo quién sabía qué cosas con quién sabía quién.

Por suerte, esa tarde no tenía que inventarse nada; sus papás le habían dado permiso de salir un rato, después de un siete en mate que tampoco los dejó precisamente brincando de emoción, pero que al menos los calmó un poquito. Como Lola quién sabe cómo había sacado nueve, a ella también le habían tenido que levantar el castigo. Las dos estaban sentadas en su cuarto pensando qué podrían hacer.

—Podemos ir a la escuela —dijo Coco, subiéndose el cuello de la camisa blanca frente al espejo de cuerpo entero y luego bajándolo de nuevo, no muy convencida—, hay práctica de futbol y Alfredo seguro va a estar ahí.

Lola, desde su cama, puso cara de horror.

—¿Que quéeee? —dijo— ¿Por fin podemos salir a donde queramos, y tú quieres ir a la escuela? No, perdóname. Vamos siquiera al centro comercial por un helado, ¿no?

—Ay, sí, ¿no? ¿No prefieres un café, de pura casualidad?

Lola le sacó la lengua. Hacía dos meses que Dani trabajaba de mesero en uno de los cafés de la plaza, y sus hermanas no perdían oportunidad de burlarse de ella cada vez que con cualquier pretexto se iba a dar una vuelta por ahí.

Se oyó un golpecito en la puerta.

—¿Márgara? —a Lola le hacía gracia que su hermana mayor fuera la única en toda la casa que tuviera la consideración de tocar antes de abrir una puerta. Su papá sólo decía "a'i te voy, mija", y su mamá, ni eso—. Pásale, hombre, qué necia.

Se asomaron los chinos de Márgara.

—Dice mi mamá que a dónde van, que yo las acompaño.

Coco y Lola se voltearon a ver. Era obvio que su mamá la mandaba de chaperona para que Lola no se viera con Dani.

—Ah, qué tu mamá tan chismosa, de veras —Lola se incorporó y metió los pies en unos tenis de tela blancos idénticos a los de todas las niñas de su edad—. Nomás no puede dejar de meterse.

—No le digas así, oye —Márgara se la vivía defendiendo a su mamá—; es que está preocupada por ti; dice que no quiere que te vayas a meter en un problema, ni que nos hagas pasar a todos un mal rato.

—Ay, pues que se deje de preocupar, francamente —se vio en el espejo y se acomodó el pelo—. Ni que fuera a hacer qué o qué. Vámonos, Coco.

Coco salió detrás de sus hermanas, pensando que pobre Márgara, que su mamá se la agarraba de su espía y ella ni cuenta se daba.

Se volvieron a pelear en medio de la plaza. En la heladería no había ni un solo lugar vacío y, en cambio, las mesas del café estaban todas desocupadas, menos una. Las tres hermanas estaban paradas enfrente, como tontas, con sus barquillos escurriendo.

—Ay, Márgara, no seas ridícula —decía Lola—; vamos a sentarnos y ya. Total, ¿qué puede pasar?

Márgara movía la cabeza.

—No, Lola, le prometí a mi mamá que no lo ibas a ver...

—Es el colmo, Márgara —Lola intentó otra táctica—, que te pongas del lado de mi mamá en lugar de ponerte del mío, que soy tu hermana. ¿No quieres que sea feliz?

—No, claro que sí, pero... —Márgara se mordió el labio—. Mi mamá dice que...

Lola tuvo un arrebato de inspiración.

—¡Seguro que a mi abuelita mi papá tampoco le caía bien! —dijo, apuntando a Márgara con un dedo flamígero todo pegostioso de helado de vainilla—, ¿no ves que según mi tía Teresa le decían "el ranchero"?

—No, bueno —intentó defenderse Márgara—; yo de eso no sé. No me consta.

—Luego le preguntamos, vas a ver que sí. Pero, a ver —Lola estaba encarrerada y Coco ya sabía, como tendría que haber sabido Márgara, que no iba a parar hasta salirse con la suya—, imagínate que fuera Ernesto el que no les cayera bien, ¿te gustaría que yo te hiciera lo que me estás haciendo?

Coco, por más que quería ponerse del lado de su hermana, nomás no pudo aguantarse un bufido de risa. Por Dios; si Ernesto cualquier año de éstos se volvía doctor, y a como estaban las cosas, no se veía que le quedaran muchas energías para portarse muy mal en lo que eso sucedía. Lo peor que se podía decir de él era que era mortalmente aburrido, pero nada más. El escenario que planteaba Lola era poco menos que imposible.

Pero a Márgara eso sí le pudo. Quién sabe si sería por lo de ponerse en los zapatos del otro, que siempre le había pegado, o si en el fondo de su corazón tan práctico y organizado le quedaba un poquito de romanticismo y se imaginaba la tragedia de no poder ver a su Fantasma, con todo y sus ojeras y sus guardias de tres días, el caso es que empezó a apretar la boca y a arrugar el ceño, señales inequívocas de que su voluntad estaba flaqueando.

—¡Ay, ya! —dijo Coco, aprovechando la oportunidad—, yo sí me quiero sentar, ¿sí? Además, ¿para qué nos hacemos mensas, si de todas maneras ésta va a terminar haciendo lo que quiera? Mi mamá no se va a enterar, y si sí, ps que la vuelvan a castigar, a ver si aprende.

Esto terminó de convencer a Márgara. Eso y que ella también ya estaba harta de tanto estar parada.

—Bueno, pero un ratito. En cuanto nos acabemos los helados, nos regresamos a la casa.

Se sentaron las tres en silencio, hasta que Lola se paró y dijo que tenía sed y que si a nadie se le antojaba un refresco.

—Ay, ya, ve y salúdalo —dijo Márgara, ya completamente rendida ante la imposibilidad de su misión y la necedad de su hermana—. Ándale, aquí te esperamos.

Lola salió disparada al interior del café, donde Dani estaba maniobrando con la máquina de expreso. Las dos hermanas se quedaron viendo cómo a los dos se les iluminaba la cara nomás de verse.

—¿De veras crees que sea tan malo como dicen mis papás? —preguntó Coco—. A mí hasta se me hace buena gente...

Márgara suspiró.

—Pues no sé... —se limpió las manos y la boca con una servilleta de papel y luego limpió la mesa—. A mí tampoco es que me caiga mal, pero tampoco se me hace como que a Lola le convenga. Ya ves que no tiene familia, y así...

A Coco se le ocurrió que eso no sonaba tanto a lo que Márgara pensaba, sino a lo que decía su mamá todo el tiempo. El hecho de que Dani hubiera llegado a vivir con una tía porque sus papás se habían muerto era una fuente de sospecha constante para sus padres. Eso de que no tuviera más familia que la tía, que tampoco era de lo mejorcito de Querétaro, para qué más que la verdad, les parecía sospechosísimo, como si Dani los hubiera matado con las mismas manos con las que espumaba capuchinos y limpiaba el mostrador todas las tardes. En realidad, lo que pasaba era que no les parecía suficientemente digno de una hija suya, de tan buena familia, vamos.

Coco se alegró, como siempre, de pensar que ella no tenía ese problema. Su familia y la de Alfredo se conocían de siempre y si de algo podía quejarse, si quisiera, que no quería, era de que Alfredo les caía demasiado bien a sus papás y luego se ponían de pegostes cuando la iba a visitar a ella. Pero prefería mil veces eso a que le prohibieran verlo, como a su hermana.

Márgara vio su reloj.

—Bueno, yo creo que ahora sí ya estuvo, ¿no? —se levantó—. Le prometí a mi mamá que no íbamos a llegar más tarde de las siete, y ya son seis y media.

Se fue al café, muy decidida, con sus pantalones de mezclilla que le subían hasta las costillas y su blusa de algodón con florecitas rosas. Coco ya se había cansado de lanzarle indirectas sobre su ropa y más bien se había resignado a que su hermana más grande era un caso perdido. Con Lola tenía un poco más de chance, aunque no mucho.

Coco las vio discutir, Márgara golpeando exageradamente su reloj y Lola mirándola con cara implorante, como de "ándale, otro ratito", pero al final algo convenció a Lola —Coco supuso que la vergüenza de que la estuviera arreando su hermana grande—, que se despidió de Dani con un abrazo un tantito más largo de lo que hubiera sido conveniente y salió con cara de niña regañada detrás de Márgara.

En el camino de regreso, pasaron por delante de la escuela. A Coco se le aceleró el corazón. Venían saliendo Alfredo, su hermano Gabino y Beto, uno de sus primos.

Alfredo tenía el pelo mojado y toda la pinta de que se acababa de bañar. Cuando la saludó, Coco respiró profundo, todo lo que pudo de su colonia, que era medio dulzona, pero le encantaba, igual.

Les preguntaron que a dónde iban tan solitas, y las tres respondieron que a su casa. Les ofrecieron acompañarlas y Márgara dijo que no, gracias, al mismo tiempo que Coco dijo que sí, que estaba bien. Márgara le dio un pellizquito, discreto, pero enérgico, en el brazo.

—¡Auch! —dijo Coco, sobándose—, ¿qué te pasa?

—Noqueremosquenosacompañen —dijo Márgara, con los dientes apretados y cara de que aquí no pasaba nada—, qué tal que pasa Ernesto y nos ve con puros hombres.

—¡Pero si el pobre de Ernesto ni sale! —dijo Coco, subiendo la voz y ganándose otro pellizco— ¡Oh, pues! ¡Ya estuvo!

Quitó el brazo del alcance de su hermana y se volvió a sobar.

—Además, pongamos que te ve y que no está taaaaan, tan dormido que hasta te reconoce, ¿qué tiene de malo? Son Alfredo y su hermano, ya los conoce.

Márgara nomás no aprendía a no discutir con sus hermanas. Habían tenido tanto entrenamiento con sus papás, que podían discutir durante horas hasta que el otro pidiera piedad o se cayera desmayado, cualquiera de las dos. Y Márgara no tenía tanta resistencia. Se encogió de hombros y dijo que sí, que gracias, que igual ya se estaba haciendo de noche.

Alfredo y los demás no pusieron cara de que se habían enterado de toda la discusión —que habían seguido paso a paso— y sólo siguieron caminando.

Coco se acomodó junto a Alfredo y aprovechó para decirle que ya le habían levantado el castigo, que si quería podían hacer algo el otro viernes.

—Híjole, bonita —chasqueó la lengua—, se me hace que no se va a poder. Vamos a ir a despedir a este bato, ¿verdá? Que se nos va con los regios...

Volteó a ver a Gabino, que caminaba detrás, junto a Lola.

—¿Por fin sí te vas a ir a estudiar? —preguntó Lola. Todo el mundo sabía que a Gabino su papá llevaba meses tratando de convencerlo de que ya se metiera a alguna universidad.

—Sí, ya —dijo Gabino—, pero a Monterrey. Voy a buscar carnita fresca...

Intentó compartir la broma con todos, pero se hizo más bien un silencio incómodo, que por fin rompió Lola.

—Pues a mí se me hace buenísimo que te vayas —dijo—; lo que yo daría por poderme ir de este pueblo bicicletero, lleno de chismosos...

—Qué se me hace —dijo Gabino, sonriente, como acostumbraba— que tú lo que quieres es irte con el meserito ése y que te ponga casita y te haga unos hijitos, ¿verdá, Lolita?

Gabino no era la persona más oportuna sobre la tierra. Lola apretó los dientes y clavó la mirada en el piso. Ahora le tocó el turno a Coco de decir algo para aliviar la tensión.

—Yo te entiendo, Lola —dijo, solidaria con su hermana—, a mí también me encantaría irme. No sé si a Monterrey, la verdad, pero a México, por lo menos, o a Europa.

—¿Cómo a México, bonita? ¿Y para qué? —Alfredo tomó la mano de Coco y la besó—. Si lo que quieres es dar clases de costura y hacer vestiditos, como la mamá de las Del Olmo, pues te quedas aquí y tomas clases con ella, qué necesidad de irte a otro lado. Hasta le heredas el negocio y todo.

Coco se dijo que no tenía caso discutir por algo para lo que faltaba tanto. Al fin y al cabo, tenía mucho tiempo para hacerlo cambiar de opinión, y todavía no había podido ni explicarle lo que quería hacer.

Cuando llegaron a su casa, las tres hermanas alcanzaron a ver un levísimo movimiento de la cortina, que pasó desapercibido para los demás, pero no para ellas. Les dijo que su mamá ya llevaba un rato esperándolas y que no iba a estar de muy buen humor.

"Ora nomás falta que nos castiguen a las tres", pensó Coco. Y se despidió.

CAPÍTULO 10

Por quinta vez, le doy "ignorar" al teléfono. Mi mamá nada más no entiende que no es no. En mala hora mis hermanas le compraron un celular y, no contentas con eso, le enseñaron a usarlo y la malacostumbraron a contestarle cada vez, no fuera a ser que ahora sí fuera importante. Yo ya me cansé de tener que responderle en mayo qué voy a querer de Navidad como para creerme el cuento de que sólo usa el teléfono para las emergencias y casos de estricta necesidad. Y ahora, con todo lo de la boda, está fuera de control.

—Si quieres, contesta, ¿eh? Por mí no hay problema.

Le digo a Ana que mil gracias, pero que está bien. Que seguro no es importante.

Obvio, vuelve a sonar. Para ya no oírlo, lo pongo en vibrador y lo meto debajo de un montón de bocetos. La mesa de la sala de juntas —o sea, de la única oficina que nadie quiere porque es helada y se cuelan por una rendija las cumbias del radio del vigilante— está hecha un desastre. Llevamos dos días encerradas revisando ideas para la nueva colección y a duras penas hemos salido al baño y a dormir a nuestras casas. Al principio, yo traté de hacerme la modosita y de hacer lo posible por recoger los miles de vasos desechables de café y las servilletas sucias, pero como Ana no coopera nada y, eso sí, sigue tirando como si le dieran premio, ya me di por vencida; si a ella no le importa, a mí menos.

El bonche de bocetos vibra. Mi mamá de veras que es insistente.

—Hijo, no sé quién sea, pero ya contéstale, ¿no? —Ana tiene esa cara como de que te está hablando en buena onda, pero no tanto—. Se ve que sí le urge.

Claro. Lo que le hace falta en este momento a mi imagen profesional es que mi nueva jefa se aviente una conversación entre mi mamá y yo sobre por qué no tenemos más remedio que invitar a los suegros de Gabinito aunque no le caigan bien a nadie ni nadie los aguante. Claro; Ana, con sus leggings de cuero negro y sus blusas de seda con escotes hasta el ombligo tiene toda la pinta de tener escondida una mamá que la mangonea y le plantea cada diez segundos un problema distinto relacionado con su boda. De hecho, todavía no hemos llegado al nivel de confianza de que me cuente si tiene novio nuevo o qué, pero ella no ha dicho nada. Seguro ya tiene como tres.

Le digo que no, que todo bien y le aviento todavía más papeles encima al teléfono.

—¿Es tu prometido?

¿Mi quéee? Ay, qué cursi. Ni mi hermana Márgara dice esas cosas.

—No, es mi mamá.

Sonríe como si le diera ternura.

—Ay, qué linda. Debe estar vuelta loca con lo de la boda, ¿no?

Soy la peor. Lo único que necesitaba era un pretexto chiquitito para arrancarme con que sí, de veras, está loca e incontrolable, y de mi suegra mejor ni te cuento, porque dizque no se quiere meter en nada, ya sabes: dizque es tu boda, mija, y tú decides lo que tú quieras, pero no hay de que no le contesto, porque entonces, la muy mustia le habla a Alfredo para quejarse y encima de todo me hace aventarme el drama de "es que a mí se me hace que lo que pasa es que tú no quieres a mi mami", ¿te imaginas? Así que, ni modo, me tengo que aventar horas y horas de "pero tú crees que algo en color chedrón se me verá bien, mija?", y yo sin otro remedio que decir "ay, seguro sí", sin poder explicarle que ese color lo descontinuaron como en los setenta y que, si todavía encuentra algo en algún lado, se va a ver todavía más verde de lo que de por sí ya es.

Por suerte, algo veo en los ojos de Ana que me detengo, si no a tiempo, porque a tiempo hubiera sido ni empezar con mi monólogo interminable, por lo menos antes de que fuera demasiado tarde. O eso espero.

—Bueno, pero eso no importa —me siento derechita en la silla y agarro mi pluma, para que vea que puedo ser profesional—, mejor te cuento lo que estuve pensando ayer.

De eso sí me siento muy orgullosa, la verdad. Ayer estuvimos rebotando ideas, viendo como qué podíamos hacer y qué estaría bueno presentarle a Jaime. Fue muy chistoso, pero Ana como que no aportaba mucho. Creo que lo que pasa es que acaba de llegar y todavía no se acostumbra muy bien a la línea de la empresa; es lógico, porque según dijo Jaime, ella viene de un lugar mucho más grande y con un perfil mucho más elevado, mucho más elegante y *nice* que el nuestro. Pero sí se me hizo raro que no dijera nada: ni sí, ni no, ni "cómo se te ocurre, Coco, si eso está espantoso". Lucy sí lo decía muy seguido, no en mal plan, pero como que ya sabías que así era y era mucho más fácil corregir.

La cosa es que se quedó callada como ostión, nomás escuchando lo que yo decía de todo lo que habíamos platicado con Lucy y lo que yo pensaba que se podía hacer: hasta me desesperé un poquito, si he de ser muy sincera, porque yo tenía, como siempre, mil cosas que hacer y tres millones de asuntos de Jaime que resolver y correos que contestar, y sentía que de nada servía que estuviera ahí metida todo el día. Por fin, a las tantas, salió con que ya se tenía que ir porque tenía un compromiso, que por qué no "le dábamos una pensada" entre las dos y nos veíamos al día siguiente, ya súper frescas y con ideas nuevas.

Todavía me quedé en la oficina haciendo las cosas más urgentes y después llegué a mi casa con ganas de no hacer nada. De decir "pues que Ana se haga bolas, porque total, ella es la jefa, ¿no? Que se aplique". Pero como que me empezó a dar pena. Me imaginaba llegando al día siguiente sin nada y se me hacía de lo más mediocre. Así que saqué mi cuaderno y me puse como a dibujar y a ver lo que habíamos hecho con Lucy. Tampoco es que me encantaran precisamente sus ideas —o sea, era buena y todo, pero la neta es que no todo en esta vida necesita llevar millones de botones y cierrecitos para verse innovador e interesante—, así que las fui cambiando hasta que quedaron como yo quería.

Me emocioné un poquito de más. Me terminaron dando como las dos de la mañana, y si no hubiera sido porque Pili se levantó por un vaso de agua, quién sabe hasta qué hora me hubiera seguido.

En general, en esas circunstancias no nos hacemos mucho caso. Sobre todo con Pili, porque ella dice que si a esas horas se pone a platicar, se le espanta el sueño y ya no se puede volver a dormir jamás, y eso quiere decir que al día siguiente está insoportable y no hay quien la aguante, pero esta vez andaba como desesperada por platicar.

—¿Qué andas haciendo a estas horas, criatura?

Le expliqué.

—Ah, ¿a ver? —cogió mi cuaderno y empezó a verlo—, ¿es esto?

Me dio un poco de pena mostrarle mis garabatos. Me choca que la gente los vea porque son como de niña chiquita y se me hacen horribles y sin chiste.

—Ay, mira, ¡qué mono está éste! —estaba viendo uno de los mejorcitos, la verdad; un vestido de noche con un solo tirante y un drapeado en la cintura que además de que estaba bonito, favorecía muchísimo y escondía la lonja—; claro, yo no me lo pondría nunca, pero está monísimo.

Me sentí mal de sentirme bien de que Pili dijera que no se lo pondría nunca. Digo, me cae súper bien y es la más linda, pero para vestirse la verdad es que tiene un gusto horrible... bueno, más que horrible, como que para ella lo más importante es que algo sea cómodo: la única vez que abrí su clóset porque andaba buscando un zapato que traía perdido y sospechaba que Pili había guardado por equivocación, casi me echo a llorar. Puras faldas debajo de la rodilla y blusas de cuellito. Y mocasines con suela de goma. Todo igual, en tonos negros, grises y beiges. Ah, y una blusa de seda rosita, que se me hizo conocida de los días de fiesta.

Le dije que qué linda. Que mil, mil gracias.

—No, pues de qué. Están bien bonitos, oye —siguió pasando las páginas del cuaderno con mucho cuidado, como si estuviera viendo cuadros en un museo. Me puse un poco nerviosa, pero vi que seguía sonriendo. Qué más daba; era Pili—. Éstos van a entrar, seguro, con tu nombre y todo, ¿no?

Le dije que no creía, que, para empezar, todo dependía de Ana, que seguro tenía mejores ideas, y de Jaime, que seguro me decía a todo que no, nomás por darse el gusto de hacerme enojar. Y que de todos modos suponía que Ana traería algo muchísimo mejor y terminaríamos usando algo de ella en lugar de algo mío. Que confiaba en que ya me tocaría, que no se preocupara.

—Pues no a fuerzas, ¿no? ¿Qué tal que te estás equivocando muchísimo? —Pili es la persona más optimista que conozco, pero a veces se le van las cabras durísimo—. ¿Qué tal que te pasa como en las películas y Ana se vuelve haz de cuenta como tu hada madrina y mira tantito tus dibujos estos tan bonitos y descubre que eres la mejor diseñadora de modas del país, o del mundo, y te deja diseñar toda la colección y al rato en todas las revistas de modas está tu nombre y vienen a entrevistarme porque, bueno, en esos casos siempre buscan gente como muy cercana y yo digo "claro, yo la conocí cuando no era ni famosa y dibujaba en la mesa de la cocina, con un foco pelón y un lápiz sin punta..."

Lo del foco pelón no es cierto; nomás la mesa sigue coja y hace semanas que no nos da Dios licencia para cambiar el mantel, que tiene manchas de cosas que ya no quiero ni saber qué son. Pero daba lo mismo: ya para esas alturas, Pili tenía una cuchara de madera a manera de micrófono y me pedía, mirando a la cámara y con lágrimas en los ojos, que dejara la vida de drogas, alcohol y excesos a la que me había llevado mi tremendo éxito; que pensara por favor, por lo que más quisiera, en mi marido, que me quería tanto y era tan bueno, y en mis hijos, que no se merecían una madre que los abandonara tan jóvenes.

Me tomó un poco de tiempo regresarla a la realidad y recordarle que ni tenía hijos, ni tenía todavía una vida de éxitos y desenfreno y que básicamente los únicos excesos a los que me "entregaba", como ella decía, eran a los mismos que ella: chocolates de vez en cuando y un par de cosmos, bueno, vodkas ahora, los fines de semana.

Se desconcertó un poquito al principio, pero luego ya se acordó. De todas maneras, mientras iba rumbo a su cuarto, arrastrando las pantuflas rosas, a juego con su piyama de franela que la hacía parecer un malvavisco gigante, me seguía pidiendo que por favor, ahora que fuera muy importante, porque hacía cosas tan bonitas que seguro iba a llegar a serlo, no fuera a dejar que la fama se me subiera a la cabeza; que me acordara de hablarle a mis papás de cuando en cuando y que nunca fuera a negarlas, a ella y a Monse. Nunca, nunca.

Le prometí todo lo que quiso y me fui a dormir. Estaba muerta.

El caso es que llevo toda la mañana sobando mi cuaderno y esperando que sea el momento de enseñárselo a Ana, a ver qué me dice. Tampoco es que me haya tomado muy en serio lo que me dijo Pili. Digo, tampoco. Es Pili. Pili, que cuando anda ya de plano en el colmo de la elegancia y la sofisticación, se pone el suéter de cashmere que le trajo su mamá de Europa y el collar de perlas de sus quince años. Pero algo pasó que como que me la creí y dije pues total, en una de ésas, ¿no? En una de ésas Ana ve mis dibujos y decide que soy lo máximo.

Por fin me dice que veamos lo que trae cada una. Hago a un lado la basura y el desorden y abro mi cuaderno en medio de la mesa. Le voy enseñando cada uno de los bocetos con muchas ganas, esperando que diga algo.

Y no dice nada.

Pero nada. Yo parada, con mi cara de "mira, Ma; te hice un dibujo para el Día de las Madres, dime algo para que sienta que me quieres", y aquélla sólo pasaba las hojas del cuaderno y hacía ruiditos, como "mmmhh, mmmmhhh", o "ajá, oquei". Me recordó esa vez que estaba viendo si me contrataban en una chamba y me hicieron hablar con una psicóloga que nomás se me quedaba viendo cuando le contaba historias de mi mamá y mis hermanas que a mí me parecían de lo más chistosas y curiositas, pero a ella como que no tanto.

Hasta que de plano ya no puedo más y, como va, le pregunto:

—¿Y? ¿Qué opinas? —Eso sí, trato de poner tono despreocupado, como si me diera lo mismo su respuesta.

Pone la mismita cara de la psicóloga cuando después de un rato le pregunté si acaso pensaba que yo estaba loca.

—Están... eeeeh... lindos —se mete el fleco detrás de la oreja y desvía la mirada, que según yo es el signo universal de que te están contando una mentirota.

—¡¿Lindos?!

No lo puedo evitar. Si algo odio, es que la gente diga de algo que está lindo. O sea, lindas, las florecitas; lindos, los pajaritos, pero nada más. ¿Qué es eso de "lindo"? Seguro a Lagerfeld nadie le dijo nunca que sus diseños estaban "lindos". O a Picasso. Claro que ni yo soy Picasso, ni esas monas con tres narices le pueden parecer lindas a nadie, pero de todos modos.

Ana suspira, como si la estuviera obligando a decir cosas que no quiere.

—Oquei, Coco, ¿qué quieres que te diga? —coge mi cuaderno y empieza a pasar página tras página—, ¿que esta falda me parece escalofriantemente derivativa? ¿Que este top ya lo vimos, y mucho mejor resuelto, la verdad, en la colección de Dior de hace tres temporadas? ¿O que, *Oh, my God!*, esto es lo más cursi y provinciano que he visto en mi vida y si no lo pusiste como elemento irónico, hazte un favor y tírate ahorita mismo por el balcón?

Tiene el dedo sobre un vestido. El vestido de noche que tanto me floreó Pili y que me hizo sentir tan orgullosa. Bajo los ojos.

—*Sorry*, querida —me pone una mano en el hombro. Según yo, trae un barniz de uñas que no es el que traía ayer; ¿a poco de ayer a hoy le dio tiempo de cambiárselo?—. Pero yo creo que lo más importante entre dos personas que trabajan juntas es la honestidad y la confianza, ¿no crees?

Hago que sí con la cabeza. Me da horror echarme a llorar si abro la boca. Qué ridículo.

Me sonríe.

—Perfecto. Así sí vamos a poder ser amigas, ¿ves? —coge mi cuaderno—. Mira, te propongo algo; ¿por qué no me dejas esto, le echo un ojo y te digo si hay algo que podamos usar, no sé, algo que sí funcione? Quién quita y, con un poco de ojo y tantitas ganas, me encuentro algo, ¿te parece?

Le digo que sí, que lo que quiera. Me dice que no le ve

el caso a que sigamos trabajando, si lo que traigo no sirve. Estoy a punto de decirle que podemos trabajar con lo que ella tenga, pero me doy cuenta de que no trae ni un cuaderno, ni una compu, ni nada. Y ni modo que le pregunte así, de plano, porque me da miedo que se vaya a oír feo. Digo, es como de ardida, ¿no? Como si le estuviera diciendo que y ella qué o qué, como si la fuera a criticar yo también, y me da pena. Mejor me quedo callada y recojo mis cosas.

Y claro que cuando vamos de salida pasa Jaime por delante de la puerta y sale con que a poco vamos a dejar así la sala de juntas, que qué cochinero, que si no nos da pena con la pobre gente de limpieza que tiene que recoger nuestra basura. Ora resulta que le preocupan mucho los de la limpieza, como si no les gritoneara todo el día y les dijera cosas espantosas. Ana dice que le da muchísima pena, pero que tiene muchísimo trabajo y se escurre hasta su oficina. Claro, porque yo no tengo nada que hacer, ¿verdad? Intento aplicar la misma, pero Jaime me está viendo con ojos de pistola, así que ni modo, agarro el bote de basura y me pongo a ordenar.

Y qué bueno, porque me encuentro mi celular sepultado en el fondo del desastre. Tengo veinte llamadas perdidas, todas de mi mamá, y el buzón de voz lleno de mensajes.

Ni para qué los escucho. Qué flojera. Le marco.

—Sí, ¿bueno?

—¿Qué pasó, Mami?

—¿Quién habla? —se oyen unos gritos como si estuvieran matando a alguien de manera lenta y violenta. Claro; la pesqué a la mitad de la jugada con sus amigas—. Espérame, Mali; esta mano no me des.

—¿Sí, bueno? —vuelve a decir—. ¿Quién habla?

—Soy Coco, ma. ¿Quién más?

—Ah, vaya —oigo que cierra una puerta. Seguro se encerró en la cocina para regañarme a gusto—. Hasta que te dignas, chiquita...

—Ya sé, Ma. Pero no te enojes. Ni tampoco me regañes, ¿sí? Te juro que hoy ya tuve suficiente...

—Ay, tampoco te me hagas la mártir, ¿eh? No me salgas con eso de que tienes problemas en el trabajo; ya estás como los señores. Es imperdonable que seas tan grosera, hijita.

—Sí, mamá.

—Digo, yo lo único que quiero es ayudarte y cualquiera diría que te hablo para pedirte dinero o para que me dones un riñón. ¿Qué trabajo te cuesta contestar a la primera y ya, tú te liberas y yo también?

Le explicaría, pero sé por experiencia que no tiene ningún caso.

—Sí, mamá.

—Lo único que quería, chiquita, era preguntarte si este sábado sí podrás dignarte a venir. Te lo digo no porque quiera tenerte aquí amarrada, sino porque estamos atrasadísimas y necesito que decidas un millón de cosas. Además de que el padre Chucho te mandó decir el otro día, a ti y a Alfredo, que si creen que se van a escapar de hablar con él antes de la boda, están muy equivocados.

Sí, cómo no. Que me espere sentado, el padre. Le prometo a mi mamá que el sábado llegamos despuecito del desayuno y cuelgo.

Qué día, caray.

CAPÍTULO 11

Odio el autobús. Huele horrible, se tarda años y siempre te toca junto a una viejita que quiere platicar. O un viejito que respira chistoso, como me pasó una vez, y tienes que pasarte todo el camino dándole codazos discretamente para asegurarte de que no se haya muerto, hasta que se da cuenta y se queja con el chofer y todo el camión te ve feo porque eres la loca que les pega a los viejitos.

La culpa la tiene Alfredo. Dice que no le gusta que me venga manejando sola. Y yo le digo que lo he hecho miles de veces y que mi papá nunca tuvo problema, siempre y cuando fuera de día y bien descansada, y él dice que tal vez el problema fue que mi papá me dio demasiadas libertades cuando era chiquita y yo digo que, la verdad, tampoco fueron tantas. El caso es que dice que no se queda tranquilo y que preferiría que no lo hiciera, y ahí si ya ni modo, ¿no? Ni modo que le salga con pues me vale lo que prefieras, lo voy a hacer de todos modos. Se me hace una pésima manera de empezar nuestro matrimonio, como dice mi mamá; además de que qué maldita necesidad hay de pelear todo el día.

El problema fue que entonces le dije "va, pues; si va a haber que estar yendo y viniendo a Querétaro para las cosas de la boda (porque él es el primero que se puso necio con que nos casemos ahí, por cierto, pero eso ya no se lo digo, porque para qué), entonces tú vas conmigo, aunque sea para llevarme y traerme". Lo ideal sería que me acompañara a todo, para que siquiera tuviera a su mamá y a su cuñada tantito a raya, pero entiendo que eso sí es demasiado pedir. Siquiera, entonces, que me sirviera de chofer de lujo.

Por supuesto, cuando se lo dije me dijo que sí, que claro, que ya sabía que contaba con él trescientos por ciento para todo lo que necesitara. Y, por supuesto, yo le creí.

Le dejé de creer, obvio, ayer en la tarde que me habló para avisarme que se iba a ir con unos de la oficina a cenar con unos clientes.

Me choca el asunto ese de los clientes. No sólo porque en automático eso quiere decir que no estoy invitada —a menos que alguno venga con esposa y entonces sí, mi reina, péinate, vístete y pórtate muy mona, porque hay que lucirse—, sino porque quién sabe qué cosas misteriosas hacen que Alfredo no me cuenta, pero al día siguiente casi siempre está en calidad de bulto y no quiere hacer nada.

—Pero igual quedamos para mañana, ¿verdad? —le pregunté, porque lo conozco—, ¿sí te acuerdas que quedé con tu mamá y la mía de ir a ver el salón y hablar con la del banquete?

Me dice que por supuesto que se acuerda, si tampoco necesita nana, mil gracias, y que por favor esté lista al cuarto para las ocho porque quiere llegar a jugar golf con Gabino.

Así que me quedé sin plan para el viernes en la noche. Bueno, más bien con mi plan de siempre, de cuando no salgo con Alfredo y sus amigos y desde que Lola ya no está disponible para que le llame y platiquemos horas: me quedo viendo una película con Pili y Monse. A veces pienso que debería buscarme amigas aquí, pero después de tener tantas hermanas, como que no sé cómo.

Por lo menos, a las tres nos gustan las mismas películas de amor súper cursis. Y últimamente andan necias con que tenemos que ver todas las que tengan bodas, para ir tomando ideas, así que nos hicimos una bolsa de palomitas cada una (ya sé, somos unas gordas, pero al menos las mías son sin mantequilla) y nos sentamos en la cama de Monse, que es la única que tiene una cama donde cabemos las tres. Pusimos mi computadora encima de un carrito de té que la señora Del Olmo juró que nos iba a servir muchísimo y que yo creo que nomás quería sacar de su casa, porque está todo rayado y las ruedas le rechinan horrible, pero no debería quejarme, porque nos sirve para ver películas.

Cuando terminó, las tres estábamos instaladas en el colmo de la cursilería, con suspiros y todo.

—¡Está súper linda! —dijo Monse, en un tono como de quinceañera, nada que ver con el que usó dos horas antes para decirnos que si tirábamos aunque fuera media migaja en su cama, nos iba a sacar los ojos.

—Con uno así, ¡hasta yo me enamoraba! —dijo Pili.

—Sí, ¿verdad? Yo quiero un marido así. ¡Es perfecto!

Las hermanas se voltearon a ver entre ellas y luego a mí.

—¿Qué? ¿A poco no es perfecto? Si ése es todo el chiste...

Monse se puso muy seria.

—Sí, Coco, pero... —se quitó las moronitas de la falda y las tiró con mucho cuidado en el basurero—, tú ya tienes un marido. No puedes querer otro distinto.

Pili puso cara de que sí, de que la cosa era muy grave. Me reí.

—Ay, cálmate —voltee a ver a Pili—. Cálmense las dos. En primera, no tengo un marido.

Las dos protestaron.

—No todavía —alcé las manos para apaciguarlas—. Ya casi, pero todavía no.

No se veían muy convencidas.

—Además, no tiene nada de malo decir que prefieres a un personaje de una película. Digo, obvio son perfectos.

—¡Alfredo también! —ya salió Monse, la porrista de mi novio.

—Sí, está bien, sí. Supongo que Alfredo también.

Pero no me pareció tan perfecto el sábado a las ocho y media de la mañana, cuando después de cuarenta y cinco minutos de esperarlo y de mandarle mensajitos de "¿ya casi, mi amor?", llamé a su casa y ¡me contestó, el menso!

—¿Mi amor? —le dije, tratando de conservar la calma y el buen tono—, ¿qué onda? ¿No quedamos que al cuarto para las ocho?

Era obvio que lo había despertado. Me dijo que mejor me fuera en autobús, que le había salido algo y que iba a tener que ir a la oficina.

—Ay, amor, ¡pero habíamos quedado! Y si me voy ahorita voy a llegar tardísimo. Tu mamá se va a poner como pantera.

A ver si con eso cambiaba de opinión. Porque, que no fuera cuentero, lo que "le salió" fue una cruda espantosa y una flojera horrible.

Estuvimos así un rato hasta que se le acabó la paciencia y me dijo en muy mala onda que si decía que tenía que ir a la oficina, era porque tenía que ir a la oficina, y que tampoco era por gusto; que él qué daría por poderse ir a pasear a Querétaro todo el día y tomar té con su familia, pero que tenía que trabajar, ¿sí? Que si no era yo capaz de entender eso.

Por lo menos, conseguí que me dijera que le iba a hablar a su mamá para explicarle por qué iba yo a llegar tan tarde.

Estuve a punto de despertar a Pili y a Monse para que me acompañaran a la estación. A ver si Alfredito les seguía pareciendo tan perfecto o ya no tanto, pero me dio pena y no le vi el caso.

Lo bueno es que el autobús, con todo y que huele feo y se tarda años, venía vacío. Me subí de las primeras, puse mi bolsa enorme en el asiento de junto y me hice la dormida. Nadie me pidió que la quitara, y lo tomé como una señal de que el resto del día iba a mejorar muchísimo.

Ah, qué equivocada estaba.

A las diez, cuando apenas vamos a la mitad del camino, suena mi celular. Mi suegra. Supongo que para tener un momento de solidaridad femenina sobre el desastre que es su hijito, así que contesto.

—¿Bueno?

—Bueno, ¿mija? Estoy tratando de marcar al teléfono de Alfredito, pero no contesta. Dice Gabino mi marido que es porque seguro viene manejando. ¿Ya vienen?

¿Perdón?

—Eeeeh... Buenos días, Rosa, ¿cómo estás?

—Bien, mija. ¿Ya vienen? Es que no sé si Alfredito va a querer desayunar antes de irse al club.

Me quiero morir. El angelito ni siquiera tuvo la delicadeza de avisarle a su mamá que no venía.

—La verdad es que no viene, Rosa —le digo—. Yo vengo en el camión.

—¿Por qué no? ¿No le dijiste con tiempo o qué?

—No, para nada. Si sí le avisé. Pero es que... —si le salgo con que Alfredito, su principito, está cayéndose de crudo no me lo va a creer o, peor todavía, me va a echar la culpa—, es que se le complicó algo en la oficina. Ya sabes cómo son estas cosas.

—Claro que sé cómo son —se oye indignada—. Sobre todo cuando les da por casarse y de la noche a la mañana se llenan de gastos. Es que me lo estás acabando, mija.

Ya no contesto. Claramente, no es mi día.

—Bueno, ¿y tú a qué hora vas a acabar llegando?

Le digo que como en unas dos horas y suspira.

—Pues ojalá nos dé tiempo de algo, mija. A ver si puedes apurarte.

¿Qué quiere que haga? ¿Que soborne al chofer?

—Sí, Rosa. Te aviso cuando llegue.

Por suerte, a la estación van sólo Márgara y mi mamá, sin mi suegra. Y sin Lola. Aprovecho cuando mi mamá está distraída encontrando y volviendo a perder su boleto de estacionamiento para preguntarle a Márgara por mi hermana.

—Dijo que te saludara de su parte, pero que tenía mil cosas —dice—. Pero que nos ve en la tarde.

—¿Y tú crees que sea cierto o nomás no le da la gana verme? —pregunto.

Márgara sólo se encoge de hombros, sin querer meterse en nuestras broncas, como acostumbra.

—¿Qué están diciendo, niñas?

—Nada, mami. ¿Ya nos vamos?

Todavía nos tardamos un rato más porque ya para la salida mi mamá había vuelto a guardar el boleto y entra en pánico porque no lo encuentra. Y luego me preguntan por qué seré yo tan distraída.

Luego, luego, se veía que mi suegra quería pleito, pero se tenía que aguantar porque estaba ahí mi mamá.

—Ay, comadre —le dijo a mi mamá mientras le daba un beso en el cachete y le dejaba una mancha de lipstick color berenjena—, ¡qué horas!

Estaba, como siempre, elegantísima. Un poco pasadita, si hemos de ser muy sinceros. Se veía que acababa de ir al salón —seguro esa misma mañana; seguro había hecho que Angelita llegara a las ocho y media para peinarla y hacerle las uñas— y traía un juego de suéteres color coral, uno sin mangas y uno abierto arriba, que no le conocía, y una mascada de mariposas de Pineda Covalín. Me dio pena voltear a ver las fachas de mi mamá y Márgara. Sobre todo, de Márgara, aunque los pantalones de mi mamá parecían como de payaso. ¿Cuándo me iría a hacer caso de tirarlos?

—Pues sí, ¿verdad? —dice mi mamá, tratando de apaciguar los ánimos—. Pero ya estamos. Vámonos, pues.

Hubo otro momento tenso cuando se trató de decidir quién manejaba. Era obvio que mi suegra daba por un hecho que íbamos a ir en su coche y ella iba a ser la dueña de la situación, pero mi mamá, como quien no quiere la cosa, le soltó un "creo que es el derecho de la mamá de la novia", o sea, básicamente, "yo pago y tú te callas, chula".

—Pero tú te vienes adelante conmigo, comadre; para que me vayas diciendo por dónde.

Mi suegra nomás apretó la boca. Márgara y yo nos volteábamos a ver, muertas de risa y sin poder hacer ruido, desde el asiento de atrás.

—Mira, mija.

—Mande, Rosa —chin. Ojalá no me hubiera cachado haciéndole caras a Márgara.

—¿Ves esa casa de ahí enfrente? ¿La de las columnas?

Con su dedo recién pintado y sus manos llenas de anillos, me está enseñando una casotota dizque estilo griego, con jardín y fuentecita, horrible y pretenciosa como todas las de este fraccionamiento. Nunca he entendido por qué se vinieron a vivir aquí.

—Ah, sí. ¿Qué tiene?

—Figúrate tú que la están vendiendo. Y no tan cara, ¿eh?

—Aaaah —sueno como mensa, pero no sé qué quiere que le diga. No termino de compartir su entusiasmo.

—Sí, fíjate. Ya le dije a Alfredito, y por eso quería que viniera él también, para que la viera. Qué pena que no le dijiste, de veras. Está perfecta para una pareja joven.

Oh, qué necia. No iba a haber forma de convencerla de que yo no había tenido vela en ese entierro.

A ver, pero...

¿Cómo?

¿Lo que me estaba diciendo era que le parecía una gran idea que Alfredito y yo nos fuéramos a vivir a esa especie de templo griego? ¿Eso quería decir con lo de la pareja joven?

Volteo a ver a Márgara con cara de horror.

—Pues no se ve nada mal, ¿eh? —dice, la muy traidora—. Se ve hasta más grande que la mía.

Ay, por favor. Todo el mundo sabe que no hay una casa más grande en todo Querétaro que la de mi hermana Márgara. De algo le valió esperar al Fantasma todos esos malditos años hasta que se convirtió en un pediatra exitosísimo, que atiende a todos los escuincles del estado, casi. Ahora tienen una casotota, dos muchachas y un chofer.

—Pues sí deberían pensarlo, ¿eh, Coco? —dice mi mamá—. Está un poco lejos, eso sí.

Y un poco cerca de mi suegra, ¿no? Por no hablar de que Gabino y su bruja de esposa también viven aquí. Siguen hablando del asunto y comentando cómo ha cambiado el barrio, y yo mejor me quedo calladita. Pero voy a hablar con Alfredo, eso sí. Que ni se crea que me voy a venir a vivir a veinte metros de sus papás.

La cita con la del salón de banquetes suena a mero trámite. Todo va a ser igualito que en la boda de Lola, que fue igualito que en la boda de Márgara. Yo no tengo más remedio que sonreír y decir que todo me encanta y está perfecto, hasta las sillas y sus fundas cursis, porque ya cuando dije que igual y me gustaría buscar otras opciones, un día que estábamos comiendo con mis papás en un restorán, mi mamá puso el grito en el cielo y dijo que no había otro lugar decente para bodas en todo Querétaro que no fuera con Esperancita Godoy. Y mi papá punto menos que me había dicho si esperaba que él pagara, las cosas se tenían que hacer exactamente como mi mamá quisiera.

Era mi oportunidad de ponerme súper digna y decirle

que por mí podían ahorrarse los miles de pesos que se iban a gastar y que estaría más feliz pidiendo pizzas y un DJ, pero ¿a quién quería engañar? La verdad es que sí me hace muchísima ilusión lo de la boda enorme y esas cosas.

Y diseñar mi vestido, obvio.

Lo que me da exactamente lo mismo, en cambio, es si las copas van a ser lisas o de pepita, o si será mucho servir el timbal de atún y luego el salmón.

—Ay, comadre —dice mi suegra—; ¿no les irán a salir escamas a los invitados, oiga?

—Eso dimos cuando Lolín, ¿no, Esperancita?

Esperancita trae cara de que le duele una muela. Es obvio que está de acuerdo con mi suegra, pero no quiere hacer enojar a mi mamá; después de todo, ella es la de la chequera.

—Bueno —dice—, es que ésa fue en verano, ¿no? En agosto. Ahora podemos aprovechar que está más fresco y dar mejor de plato fuerte un filete o una pechuguita Cordon Bleu, que siempre viste mucho.

Me chocan las bodas donde te dan un pollo como de hule. Y el de Esperancita parecía que lo hacían con ligas. Pero bueno, seguro que entre tanto nervio, yo ni voy a comer. Digo a todo que sí, sí, me parece perfecto; mi mamá entrega un chequesote de anticipo y nos paramos para irnos.

Esperancita nos acompaña hasta el coche, muy anfitriona.

—¿Y ahorita a dónde van? —pregunta, mientras nos empacamos las cuatro—, ¿qué les falta?

—Vamos a dejar a esta niña con el padre Chucho —dice mi mamá—, a que platiquen.

¿Que a mí qué? No. No, no, no. La última vez que "platiqué" con el padre Chucho, fue cuando me corrió tres meses del catecismo por cruzar la pierna en misa.

—Oye, no, Ma, pero...

—Ay, me lo saludan, por favor —Esperancita también era de las mochas del pueblo—. Tan adorado. Y si anda por ahí Evelina, también. Ella está dando ahora el catecismo.

Sopas.

A duras penas, mi mamá se contiene para no decir las cosas espantosas que siempre dice cuando alguien menciona a Evelina. Dice cualquier cosa y arranca, a punto de atropellar a la pobre de Esperancita.

Nadie dice nada. Márgara y yo nos vemos de reojo.

Evelina es la tía de Dani.

CAPÍTULO 12

Los sábados por la mañana transcurrían siempre más o menos igual: desayunaban todos juntos, en el comedor, y todos a la misma hora, no como entre semana, que cada quien iba apareciendo por la cocina a la hora que se le ocurría y le pedía a Aurelia, la muchacha, su desayuno; a veces, a las niñas no les daba tiempo más que de tomarse un café y un pan y salir corriendo porque Márgara, que era la encargada de llevarlas a la prepa antes de irse ella a la universidad, no dejaba que salieran ni cinco minutos tarde. Los sábados, en cambio, el desayuno se ponía en la mesa a las nueve en punto, y de la puntualidad y asistencia de las hermanas dependían, en buena parte, los permisos y concesiones de la semana; era una modita que le había dado a su mamá hacía unos diez años, después de una conferencia que dio una señora en su grupo de Biblia sobre la importancia del tiempo en familia, pero la verdad es que terminaba pasando lo mismo de entre semana: cada quien estaba en lo suyo y nadie se pelaba demasiado. Sentados en la mesa del comedor, entre vasos de jugo de naranja y platos de papaya con limón, cada uno de los cinco hacía algo diferente.

El papá de Coco leía el periódico, sentado en una de las cabeceras. A cualquier otra persona le hubiera resultado imposible concentrarse, pero se notaba que tenía años de práctica, los suficientes para abstraerse del ruido y el caótico ambiente femenino, además del sentido común necesario para entender que era inútil pretender seguir ninguna de las conversaciones que sucedían a su alrededor. Hacía mucho que había renunciado a descifrar la gritería que lo rodeaba, así que optaba por atrincherarse detrás de su periódico y no salir más que para tomar de cuando en cuando un bocado o un trago de café. Ya las mujeres se encargarían de llamar su atención si requerían de un servicio, un permiso, una sentencia o las llaves del coche.

A su izquierda, Márgara y su mamá, doña Catalina, discutían el difícil tema de la tía Teresa. Concretamente, si la señora estaría obligada a asistir esa tarde a un café en su casa. Era un tema delicado, porque por más que Márgara fuera la confidente de su mamá, y fuera, de sus tres hijas, a quien sentía más cercana, tampoco era cosa de que pensara que estaba hablando mal de su hermana; era importante no dar mal ejemplo a las niñas, sobre todo ahora que todavía estaban chicas. Pero ¿a quién más, si no a Márgara, podía confesarle que preferiría cualquier cosa, hasta los rosarios de millones de misterios que le gustaban a las señoras de la parroquia, que pasarse la tarde del sábado tratando de mantener una conversación y ser amable con las amigas de Teresa? No era que tuviera nada en contra de ellas, ni de su hermana mayor, por supuesto, pero desde que estaban en la escuela nomás no habían podido llevarse, eran todas rarísimas, hablaban muchísimo de política y de películas que Carlos y ella habían visto en la cartelera y habían dicho "Dios nos libre de ver una cosa tan horrible y, seguro, aburridísima; si al cine uno va a divertirse, no a sufrir", y, para colmo, veían a la hermana chiquita de Teresa como con pena, como si Catalina fuera una niña pobre a la que invitaban por lástima.

—La verdad es que me da una flojera espantosa —dijo Catalina, tomando un sorbito de café con leche.

—Pues sí, Ma —el tono de Márgara era, como siempre, el de la cordura—, pero ni modo; tienes que ir.

—Pero ni les caigo bien —dijo Catalina—; me invitan sólo por compromiso. Si todavía viviera aquí tu tía Carmina, pues íbamos juntas y, en una de ésas, hasta nos divertíamos. Pero así, no.

Carmina era la esposa de su hermano Pancho. Con ella, y con Pancho sí se llevaba bien. Lástima que se hubieran ido a vivir a Puebla.

—Seguro que no les caes mal, Ma. Y es una grosería horrible que no vayas.

Catalina suspiró. Era el único argumento contra el cual no tenía defensa. Podía tolerar que dijeran de ella casi cualquier cosa, menos que era grosera.

Normalmente, las conversaciones de Lola y Coco, cuyos lugares en la mesa eran contiguos, por más que su mamá llevara años y años amenazando con separarlas si no aprendían a comportarse, se centraban en quién iba a ir a dónde y con quién, y, lo más importante, con qué; era cuando se medían las lealtades y se ajustaban las cuentas de la semana: si Lola se había rehusado a ayudarle a Coco con su exposición de Anatomía, por ejemplo, ya podía olvidarse de que su hermanita le ayudara a escoger qué ponerse, porque se le ocurrían combinaciones insospechadas y buenísimas, o si, por el contrario, Coco había sido la que le había negado algún favor a Lola —o, simplemente, le había "hablado feo", porque luego Lola era buena de sentida—, Lola podía experimentar alguno de sus raros momentos de inquina y deslizar sutilmente a sus papás que quizá no sería del todo conveniente que dejaran salir tanto a su hermana con Alfredo sola. Bueno, eso sólo lo hizo una vez, pero le ganó que Coco le dejara de hablar, y de asesorar en sus atuendos, diez días completos.

Pero esa mañana pasaba algo raro; Lola estaba calladísima. Nada de discutir qué se iba a poner cada una, ni de intercambiar frases en clave para que, si acaso alguno de sus papás estuviera oyendo, no se fueran a enterar de que Coco y Alfredo pensaban ir a San Juan del Río al cumpleaños de un amigo de Alfredo, o que para variar Lola tenía planes con Dani y no quería que sus papás supieran y le armaran un drama por insistir en juntarse con ese malviviente. Nada. Coco se tardó, pero terminó por darse cuenta de que llevaba cinco minutos hablando de un vestido que había visto en una revista y que estaba pensando en copiar para la fiesta de graduación de Alfredo, explicándole detalladamente a su hermana cómo eran las mangas y hasta dónde quedaba de largo, y se quedó callada a la mitad de su explicación.

—No me estás oyendo nada, ¿verdad?

Lola despegó con trabajos la vista de la pared de enfrente. Vio a su hermana como si la sorprendiera encontrarla en el asiento de junto, el mismo de todas las mañanas.

—¿Eh? —dijo—. No, sí... El vestido que vas a comprar para la graduación, ¿no?

—¡No lo voy a comprar! —Coco movió las manos, exasperada. Siempre era lo mismo con Lola—. Lo voy a copiar. Y, si quieres, te copio algún otro a ti.

—Ah. Sí. Si quieres.

Coco estaba a punto de decirle que tampoco, que no era a fuerzas, cuando se oyó el teléfono adentro de la cocina.

Hubo unos segundos de silencio en lo que Aurelia, la muchacha, asomó la cabeza por la puerta.

—Señora —dijo—, que le habla la señora Evelina.

Lola se puso roja, roja, y se concentró en su plato, y Catalina hizo lo posible por disimular su molestia. Era lo que le faltaba.

—Gracias, Aurelia. ¿Me pasas el teléfono? —Aurelia le dio el aparato, y estuvo a punto de contestar, pero lo pensó mejor. Estaba segura de que lo que fuera que Evelina le tuviera que decir, eso tan urgente que le hacía llamarle a esas horas tempranísimas del sábado, cuando nadie decente hablaba a las casas, no era algo que quisiera que escucharan sus hijas. Digo, no es que no se fueran a enterar, porque para eso se pintaban solas, para lo de escuchar detrás de las puertas y sacar información de hasta debajo de las piedras, pero al menos que se tardaran un poquito. ¿Contestaría en la cocina? No. Aurelia se hacía la mustia, pero estaba segura de que no perdía detalle; ya bastante tenían con que el numerito de su hija Dolores los tuviera convertidos en la comidilla de todo Querétaro, como para además dar oportunidad para que chismearan las criadas; no, muchas gracias.

Subió la escalera y se oyó cerrarse la puerta de la recámara principal.

Unos minutos después, bajó su voz desde el piso de arriba.

—Carlos —dijo—, ¿puedes venir tantito, por favor?

El padre de familia lanzó una mirada de advertencia a Lola, antes de doblar con cuidado su periódico y dejarlo sobre la mesa.

—Voy, Catalina. Ya voy.

Las tres hermanas se quedaron en silencio. Fue Coco la primera en romperlo.

—¿Qué onda, eh? —le preguntó a Lola—, ¿qué está pasando?

Lola no contestó. Ni siquiera levantó los ojos. Sólo se encogió de hombros.

—¿Qué? —insistió su hermana—, ¿no vas a decir nada? ¿Ni siquiera a nosotras? Ándale.

—Déjala, Coco —dijo Márgara—; ella sabrá su cuento.

—No, pues que nos diga, ¿no? Igual le podemos ayudar. Si para eso somos sus hermanas, ¿no?

Pero era evidente que Lola no iba a soltar prenda. Coco intentó hacerla hablar, siquiera hacerla levantar la cabeza, un par de veces más y, al ver que sus esfuerzos no daban ningún resultado, se dio por vencida. Pasaron un rato en silencio antes de escuchar a su papá pedirle a Lola si era tan amable de subir un segundo.

Sin una palabra ni un ruido, Lola hizo su silla para atrás y se levantó. Sus dos hermanas la vieron caminar hasta la escalera como sonámbula. En cuanto escucharon sus pasos en el piso de arriba, se voltearon a ver y, sin necesidad de ponerse de acuerdo, salieron disparadas.

Ya estaban grandecitas para andar escuchando detrás de las puertas, pero, en honor a la verdad, hacía mucho que no lo hacían. Más que nada, porque se había vuelto aburridísimo; ¿cuántas veces podía uno escuchar que Coco ya no podía seguir reprobando Matemáticas o se iba a quedar castigada para siempre?, ¿o que Márgara era, como siempre, un modelo de conducta, pero bien haría en poner más atención a lo que hacían sus hermanas y tratar, en lo posible, de "bienaconsejarlas"? No tantas, la verdad. Y, sin embargo, esa mañana el clóset que comunicaba el pasillo con el estudio de su papá era el lugar perfecto para enterarse de lo que estaba sucediendo con su hermana. Las dos pegaron la oreja a la puerta y trataron de escuchar.

Aparentemente, ora sí Lola se había metido en una buena. Por lo que alcanzaban a escuchar, por lo que repetía su mamá una vez tras otra y a los gritos, Dani llevaba dos días desaparecido y no tenían idea de dónde podía estar. Desesperada y sin saber qué más hacer, Evelina había llamado para preguntar si de casualidad Lolita no sabría algo de dónde podía estar su sobrino o, al menos, una idea de dónde buscarlo.

—¡Por supuesto que le dije que no teníamos la menor idea! —decía su mamá, con la voz temblorosa—, ¡nada más eso me faltaba, que acuse a una de mis hijas de solapar a ese malviviente! ¡Vete tú a saber en qué andará metido que tiene que esconderse!

Coco y Márgara, las dos, voltearon los ojos al revés. A su mamá le encantaba el melodrama y las frases tremendas.

—A ver, Catalina, con calma —decía su papá—; lo importante ahorita es ayudar a Evelina a encontrar al muchachito. Dolores, ¿tú sabes algo?

Las dos hermanas se pegaron más a la pared. No se oía nada.

—Dolores —otra vez su papá, que sólo les llamaba por sus nombres verdaderos cuando las cosas se ponían muy tremendas—, tienes que decirnos algo. ¿Qué sabes?

Silencio de nuevo. Y de nuevo su mamá gritando y poniéndose intensa y su papá tratando de hacerlas entrar en razón. Y así, un rato largo, hasta que Coco sintió que se le dormía la oreja que tenía contra la pared. Tenía hambre. Con tanta emoción, casi no había desayunado.

—Voy a bajar por un pan —le dijo, muy quedito, a Márgara—, ¿quieres algo?

Convinieron en que le subía una concha blanca a cambio de que Márgara pusiera mucha atención y le contara de qué se había perdido.

Cuando Coco volvió a abrir muy despacito la puerta del clóset, con una concha blanca en una mano y una mantecada entre los dientes, Márgara la volteó a ver y agitó una mano con una mueca de angustia.

—Se iban a fugar.

Coco casi tira la mantecada del susto. Le pasó la concha.

—¿Quiénes?

—Pues cómo que quiénes, mensa. Lola y Dani.

—¿Cómo sabes?

—Lo acaba de decir Lola —Márgara arrancó un pedacito de pan y se lo metió a la boca—; dijo que habían quedado de irse a México los dos, y que ella a la mera hora no había querido.

—¿De veras?

—Ajá —Márgara hizo que sí con la cabeza—. Y pues dice que igual él se fue de todos modos y por eso no lo encuentran.

—¡Desesperado porque el amor de su vida le dio la espalda!

—Ajá, sí. Ándale.

Pero a Coco se le quitó el ánimo burlón en cuanto entró a su cuarto y vio a su hermana sacando ropa y zapatos de una maleta que tenía sobre la cama.

—¿Y eso? —preguntó—, ¿de verdad te ibas a ir?

Lola volteó a verla. Tenía toda la cara hinchada y por los cachetes le corrían dos hilos de lágrimas.

Coco se arrepintió de ser tan brusca. Se acercó a su hermana y la abrazó. Las lágrimas de Lola se convirtieron en francos sollozos, lamentos y sorbidos. Coco pensó que de haber sabido se hubiera cambiado; traía puesto su suéter de tintorería y la tragedia de Lola se lo iba a dejar lleno de mocos. Le sobó la espalda como a un bebé.

—Ya, ya —con trabajos, logró que se sentara en la cama y ella se sentó junto. Lola se tapó la cara con las manos y siguió llorando.

Coco se quedó ahí sentada. De vez en cuando, le volvía a sobar un poco la espalda, sin saber qué más hacer.

Por fin, después de un rato, y probablemente al borde de la deshidratación, Lola se incorporó.

—Nos íbamos a ir a México —dijo, entre hipidos y suspiros—; íbamos a conseguir trabajos y nos queríamos casar.

—¿Casarse? —se asustó Coco—. Ay, Lola, pero...

—Ya sé —dijo, otra vez encogiéndose de hombros—. Era una locura. Él tenía muchas ganas. Y yo también. Pero la verdad es que no me atreví...

Y vuelta al llanto. Esta vez, Coco mejor optó por ponerse a hacer algo de provecho y ayudarle a su hermana a terminar de desempacar. Cuando vio el contenido de la maleta, sintió que se iba a echar a llorar ella también: Lola había metido todo lo que ella en algún momento le había dicho que se le veía bien, exactamente con las mismas combinaciones que le había enseñado. En ese momento entendió lo que no había entendido antes; que aquello era en serio y que su hermana había estado, al menos en un momento, dispuesta a dejarlo todo.

—Lo quieres mucho, ¿verdad?

Lola asintió, mordiéndose el labio inferior.

—Pues entonces seguro vuelve, vas a ver.

—No, no creo —dijo Lola—; además, ya lo eché todo a perder. Mis papás ora sí ya no van a parar hasta verme de monja.

—¡Ay, no! ¿No ves que mi mamá dice que, que Dios la perdone, pero que primero muerta que quedarse sin nietos?

Lola se rio.

—Bueno, pon tú que no de monja —tomó un pañuelo desechable de una caja en el buró y se sonó—. Pero de que no van a parar hasta verme casada con uno del pueblo y enterrada aquí para siempre, eso sí.

—Pues vete —dijo Coco—; o sea, no ahorita. Espérate siquiera a terminar la prepa y luego ya te vas. Yo me voy a ir a la universidad, seguro.

Lola movió la cabeza.

—No, Coco —dijo—. Tú y yo somos distintas. Tú seguro sí puedes. Yo, ya ves que no.

Volvió a sonarse.

—Eso sí —dijo, una vez que se había sacado de la nariz hasta el cerebro—; cuidadito y te casas con Alfredo y te regresas, ¿eh?

—¡Ay, cómo crees! —dijo Coco, enrojeciendo con una mezcla de orgullo, emoción y pena de pensar en la perspectiva—; primero, vete tú a saber si me voy a casar con él...

Lola volteó los ojos al revés. Evidentemente, ella sí había ido a saber, y sabía que sí.

—¡No me pongas esa cara! —siguió su hermana—, y luego, si sí, claro que nos vamos a quedar, de perdis, en México. O en Europa, en una de ésas.

—Prométemelo.

De pronto, Lola se había puesto muy seria.

—¿Eh?

Pero MUY seria. Se levantó y tomó a Coco de las dos muñecas.

—Prométeme que no vas a regresar —le dijo, viéndola a los ojos—. Ni aunque te cases con Alfredo y te insista en que aquí van a ser más felices porque están sus familias.

—Pero ¿por qué...?

—Porque éste es un mugre pueblo donde no pasa nada, Coco —entre los ojos hinchados y la mirada fija, Lola tenía cara como de poseída—. Porque aquí no vamos a ser más que unas señoras ociosas que tienen hijos y maridos. Y ya.

—Ay, qué exagerada —Coco intentó zafarse, pero Lola la tenía prensada.

—Prométemelo.

—Bueno, sí, ya —dijo, con tal de que la soltara—. Te lo prometo.

Se frotó las muñecas adoloridas y siguió con la maleta. Sacó una playera de rayas grises que le resultó tremendamente familiar.

—Oye, ¿qué ésta no era mía?

Lola la miró con cara de culpabilidad e hizo como si

fuera a empezar a llorar otra vez. Coco enrolló la playera y le dio un latigazo. Lola empezó a reírse, tratando de taparse con las manos.

—¡Maldita! —dijo Coco, también riéndose—, ¡no chilles!

Siguió pegándole y Lola siguió riéndose.

—¿No te da vergüenza? —dijo Coco—, además de collona, ¡ratera!

CAPÍTULO 13

Tengo un dolor de cabeza espantoso. Tendría que estar prohibido eso de que los sacerdotes se sientan con derecho a interrogarte de todo, con el puro pretexto de que te conocen desde chiquita, y a tu futuro marido también, de paso, y quieren cerciorarse de que estás tomando la decisión correcta.

—Ay, padre, pues ¿cómo cree que no? —le dije, porque eso fue lo primero que me preguntó.

Me sentí como cuando mi mamá nos llevaba al dentista. De hecho, fue casi igualito, nomás que en lugar de montar el teatrito en la puerta del consultorio, con la recepcionista parada en la puerta con cara de "a ver a qué horas", fue enfrente del atrio de la iglesia y de todas y cada una de las señoras decentes de Querétaro. Pero por lo demás, todo fue lo mismo: yo aferrada a la puerta del coche, diciendo que no quería y no quería y que no me podía obligar, y mi mamá jaloneándome y diciendo que por favor ya no la hiciera pasar más vergüenzas y mi hermana Márgara en el asiento de atrás, roja de vergüenza y queriendo que se la tragara la Tierra. O que me tragara a mí, de perdis.

En mi descargo, he de decir que intenté la salida de la gente grande y madura. Una vez que a todas en el coche se nos pasó el shock de que Esperancita mencionara a Evelina y a todas se nos vinieran encima como costal de piedras los recuerdos nefastos de Lola y su telenovela, intenté decirle a mi mamá que tal vez eso de ir a ver al padre

Chucho no fuera del todo necesario. Todavía si hubiera ido conmigo el menso de Alfredo, como quiera, nos aventamos juntos el oso de que el padre se metiera con nuestras intimidades y nos preguntara por nuestras costumbres, y luego igual hasta nos reíamos y ya, pero así, de a tiro, solitita, se me hacía súper mala onda y súper injusto. Si de por sí, una vez que Lola más o menos se redimió, la que quedó como la oveja descarriada del rebaño familiar fui yo, sin mis hermanas para distraerlo, el padre Chucho se me iba a ir a la yugular. No era que tuviera nada que esconder, la verdad; si soy la más ñoña del mundo, pero el padre siempre me había puesto muy nerviosa e incómoda con sus preguntas y sus insinuaciones de que todos en este mundo somos carne de demonio.

—A ver, Ma —le dije, con la voz más adulta que pude—; me parece que Alfredo y yo ya estamos suficientemente grandes como para decidir por nosotros mismos cómo y en qué términos preparamos nuestro matrimonio, ¿no crees?

Me contestó que si pensaba que la iba a hacer quedar mal frente al padre, después de que había tenido que mover cielo, mar y tierra para conseguir una cita en sábado en la tarde, estaba muy, pero muy equivocada.

—Mira, chiquita —ugh. Detesto que me diga "chiquita"—, ya bastante malo es que no hayas conseguido que viniera el atrabancado de Alfredo...

—Pero...

—Ya sé, ya sé —quitó las manos del volante y me las pasó por enfrente, como para que me callara—, que no fue tu culpa y que él a la mera hora te quedó mal y todo eso... Ya sé. Pero si algo tienes que aprender de la vida de casada, y esto no te lo va a explicar ni el Papa mismo, así que ponme mucha atención, es que si tu marido no hace las cosas como tú quieres, no es culpa de nadie más que tuya.

Di gracias de que ya hubiéramos dejado en su casa a mi suegra. Estoy convencida de que ella piensa lo mismo y seguro hasta cosas peores, pero tampoco era cuestión de que se enterara de los consejos maléficos que me daba mi madre para controlar a mi marido, ¿verdad? Nos habíamos despedido con montones de besos y abrazos y una última insinuación, muy leve, de que a ver si para la próxima sí le avisaba con tiempo a Alfredito de nuestros compromisos y le evitaba tener que darle un disgusto. Me tuve que contener, por décima vez, para no decirle cosas horribles de su hijito adorado.

—Bueno, el caso es que creo que no hay ninguna necesidad de que yo vaya hoy, sola, a hablar con el padre Chucho. Y tampoco me parece que vayas a quedar mal, Ma; yo le hablo el lunes y le explico todo...

Pero mi aproximación adulta y madura sirvió para un cacahuate. Lo único que me da un poco de alegría —ya sé, ya sé, está muy mal que algo así me dé alegría, pero ni modo—, es que si a mi mamá le daba pena que yo le cancelara al padre, eso no hubiera sido nada en comparación con el escandalito espantífero que organicé. En fin; quién la manda a andarse entrometiendo en mi vida. Además, así le dimos tema de conversación a todas las señoras sin quehacer que estaban paradas en el atrio, dizque esperando a que salieran sus hijos del catecismo y nomás en el chisme. Por suerte, a Evelina ni la vimos; menos mal.

Márgara, ya sola, gracias a Dios, me está esperando a la salida para llevarme a comer a su casa. Le dije que no era necesario que fuera a casa de mis papás y regresara, que yo tomaba un taxi y la veía allá, pero nomás se rio y dijo que llevaba demasiado tiempo en el DF y ya se me había olvidado que todo en Querétaro se hacía mucho más rápido. Que aquí no tenían los embotellamientos de nosotros.

—¿Cómo te fue?

Le digo que súper bien, con una enorme sonrisa.

—No seas hipócrita —enciende el coche y el radio se prende en una de esas estaciones ochenteras; lo apago—; te fue fatal, como a todas. ¿Te citó esa parte de la Biblia de que las esposas deben obedecer a sus maridos?

—¡Claro! —me río—, y yo, acordándome de mi mamá y sus tips maquiavélicos. Estuve a punto de rajar y contarle todo, para que viera cuánto caso le hacen sus feligresas.

—¿Y te dijo lo del cofrecito? —me voltea a ver con un dedo levantado y la cara dizque seria—, ¿lo de las monedas?

El cofrecito. Me dan ganas de lavarme el cerebro con jabón nomás de acordarme. Era una cosa muy rara de que si la virginidad era como un cofrecito con monedas y no había que andarlas gastando a lo bruto porque luego te quedabas sin nada que darle a tu marido... Una cosa horrible. Yo me moría de pena y no me atrevía ni a verlo a la cara; me pasé todo el rato raspando con el tacón un chicle que alguien muy mala onda había pegado en la alfombra, de por sí, descolorida y viejísima, de la oficina del padre. Juro que ni en el dentista, ni cuando mi mamá le pidió que me tapara la muela sin ponerme anestesia porque era el cumpleaños de mi papá y ni modo que saliera en las fotos toda hinchada, había sufrido tanto. Estuve a punto de decirle que por favor ni le siguiera, que Alfredo y yo hacía mucho que habíamos hecho una promesa de que no íbamos a... a gastarnos nuestras moneditas sino hasta después de casarnos, y que, francamente, entre que yo vivía con las Del Olmo y él en casa de su tía, no daba para mucho, pero luego pensé que, bueno, tampoco era que hubiéramos sido precisamente santos y castos, ¿verdad?, así que mejor me seguí peleando con el chicle y esperé a que se terminara ese momento.

Según Márgara, a ella le fue todavía peor, porque le tocó que le dijera que, como esposa de un médico, tenía que entender que siempre el trabajo de Ernesto iba a estar por encima de todo, y que su deber como una buena esposa cristiana era aprender a lidiar con eso siempre poniendo una buena cara.

—Que no importaba lo cansada que estuviera, ni lo que tuviera que hacer, todos los días de mi vida tenía que recibirlo con comida caliente, una sonrisa y ningún problema.

Las dos ponemos los ojos al revés y nos reímos. Digo, mi hermana sí es una mujercita de su casa y todo, pero por más que ella se preocupe por lo de la comida caliente, se rumora que a Ernesto lo único que le gusta comer son sándwiches de jamón y queso y refrescos de lata.

—Ay, y a Lola, ¿te acuerdas de lo que le dijo?

—¿Lo de que, como todo el mundo sabía de las ambiciones políticas de Beto, iba a tener que velar y orar muchísimo para que su marido se mantuviera íntegro y del lado de los buenos? O sea, es que es como de *La guerra de las galaxias,* lo del lado de los buenos.

A estas alturas, y yo todavía como que no me hago a la idea de que Lola haya terminado casándose con el primo de Alfredo. Y, mucho menos, que se vaya a hacer cierto eso de que mi cuñadito se va a lanzar para gobernador. Márgara y yo creemos que fue porque fue el único que se vio buena onda y no la juzgó después de lo de Dani, y como de todas maneras ya no la dejaban salir más que con Alfredo y conmigo, convencimos a Beto, que acababa también de tronar con Laurita Ocampo, de que saliera con nosotros y así Lola se sentía tantito menos mal de tener que ir con nosotros a todos lados y nosotros teníamos un poco más de privacidad. No mucha, pero algo.

Total, que se cayeron bien y se hicieron novios. Yo nunca vi a Lola muy convencida, y hasta se lo dije una vez, muy al principio; que no se precipitara, que era normal que tuviera ganas de salir con alguien más y olvidarse de todo el rollo, pero que tampoco era cosa de tomarse en serio al primero que pasara. Me dijo que no era mi asunto y que las cosas no eran así para nada, y en menos de lo que nos vinimos a dar cuenta, salió en el segundo año de la carrera de Contaduría con que se comprometía y se casaba. Y yo ya no le volví a tocar el tema, pero cada vez que los veía, era obvio que estaban los dos en ondas completamente distintas; me daba un poco de pena.

El chiste de comer en casa de Márgara era que nos juntáramos las tres en la tarde y viéramos qué onda con sus vestidos de damas. Si he de ser muy sincera, ése era un asunto en el cual había preferido no pensar; no sólo porque me entraba el malviaje de qué demonios iba a hacer si a la mera hora Lola me salía con que ya lo había pensado bien y siempre no estaba dispuesta a ser cómplice de lo que ella llamaba "enterrarme en vida", sino porque cada vez que me sentaba dizque muy en serio a hacer una lista de candidatas, me caía horrible el veinte de que no tenía amigas mujeres.

O sea, no es que jamás en la vida haya tenido ni una. En la escuela tuve mis amiguitas que me invitaban a sus casas y que decían que éramos mejores amigas; Sofi Martín del Campo, por ejemplo, o las hermanas García. Pero todas ya se casaron y yo fui la única que se fue a estudiar fuera, entonces cada vez que vengo medio las veo y medio platicamos, pero están tan clavadas con que si sus hijos y sus maridos, y cuentan tantos chismes locales de los que yo ni me entero ni puedo entender, que ya siento que me dan tanta flojera ellas a mí como yo a ellas. Ahora que lo pienso, ya van como tres veces que vengo y ni les aviso. Qué mal.

Y luego en la carrera tampoco me fue mucho mejor, no porque no le echara ganitas, sino porque cada una estaba en su rollo, tratando de ser la próxima estrella de la moda mexicana, y digamos que el ambiente no se prestaba para ser mejores amigas. Medio me llevaba con una o dos, y de pronto íbamos al cine o salíamos a bailar, pero a Alfredo le caían pésimo, decía que eran súper raras y que no le gustaba que me juntara con ellas, así que dejé de buscarlas y ya quién sabe qué habrá sido de ellas.

Al final, creo que con las que más platico son con Pili y Monse y con las novias de los amigos de Alfredo. A ver, Pili y Monse son súper lindas y me apoyan muchísimo y Pili hasta se preocupa por mi alimentación y por darme apoyo moral y todas esas cosas, pero por más que quiero, como que no las veo siendo mis damas, la verdad. ¿Qué les voy a decir a mis hijas cuando vean las fotos de mi boda y me pregunten quiénes son ellas? Ni modo que les diga "son un par de niñas con las que por la meticheria de su abuela y mi afán de no pelear terminé compartiendo departamento, y no es que me cayeran mal, pero tampoco me terminaban de caer bien"? Me da mucha pena, pero ni al caso. Y qué onda con la desesperada que tiene que ir con las novias de los amigos de su novio para pedirles que estén en su boda. Pues no. Y ni me caen tan bien, la verdad; todas son como abogadas o economistas y tienen unos trabajos importantísimos y cada vez que me ven sólo me preguntan cómo va lo de los vestidos, además de que insisten en decir que soy asistente, por más que les digo que soy diseñadora. No es lo mismo, la verdad.

Entonces ya, voy a decir que es una cosa muy íntima y muy personal y que mejor sólo quiero que me acompañen mis hermanas. Eso sí, no me voy a salvar de la esposa de Gabino, que ya se da por incluida y me habla todos los días para preguntar si ya escogí la tela y el diseño del vestido porque le urge empezar a buscar los zapatos. Norteña había de ser, que tiene unos pies gigantes y le cuesta un trabajo horrible encontrar algo que le quede. Nada más por darle en la cabeza, me gustaría sorrajarle una tela amarilla, en uno de esos tonos que no le quedan bien a nadie, o de cuadritos lilas y rositas. Algo así, feo y mala onda. Pero no puedo; otra vez, luego qué hacemos con las fotos.

Me encanta venir a casa de Márgara; es como estar en un hotel de lujo, o en Disneylandia. Todo lo que mi hermana no se preocupa por arreglarse, se preocupa por tener su casa perfecta y todo funcionando. No es como en mi casa: aquí el refri siempre está lleno, los muebles están impecables y siempre hay una muchacha preguntándote si quieres tomar algo o si te trae algo de comer. Así es en casa de Lola, también. No sé por qué a mí eso de ser ama de casa como que no se me dio.

Pero se me va a tener que dar, ¿verdad? De mí va a depender que el refri esté lleno y los sillones bien tapizados, como éste en el que estoy tirada, aprovechando un poco la sombrita de la sala después del coche calientísimo; se nota que lo acaban de retapizar y se ve perfecto. A partir de que me case y me convierta en señora, nada de tener una mesa coja en la cocina, ni el piso del cuarto lleno de ropa tirada. Mi mamá tenía razón: de tanto vivir sola, ya me malacostumbré. Pero bueno, no ha de ser tan difícil; ha de ser cosa de irse soltando, como en todo, y en menos de lo que te das cuenta, ya estás instalada en la reina del hogar.

—¿Ya quieres comer? —Márgara acaba de bajar de ver que sus hijos estuvieran arreglados y listos para irse a una fiesta a casa de un vecinito.

—Pues yo me muero de hambre —digo—, pero ¿no vamos a esperar al... a Ernesto?

Hace mucho que mi cuñado nos dejó bien claro que nuestro apodo no le hace ni tantita gracia. Y a mí, claro, siempre se me olvida.

—No. Se va a quedar un rato más en el hospital, a ver si sale temprano y nos da tiempo de ir al cine.

Me hace señas de que pasemos al comedor. Tiene una mesa larga, muy parecida a la de casa de mis papás y, qué chistoso, ella se sienta en el mismo lugar donde se sentaba siempre mi mamá. Bueno, chistoso y medio raro, la verdad, pero cada quién.

Me siento enfrente de ella y extiendo mi servilleta, con la espalda muy derechita. Carmela, la muchacha, me saluda y me ofrece sopa. Yo quiero darle un abrazo, porque es la hija de Aurelia y nos conocemos de siempre, pero se me queda viendo raro y ya no hago más, por miedo a tirarle la sopera.

—¿Y qué película quieren ver? —trato de distraer la atención mientras Carmela me sirve.

Márgara tuerce la boca.

—Pues no sabemos bien —dice—. Y ni siquiera sé si vamos a poder ir, porque... —Se queda callada de pronto. Carmela termina de servir y se mete a la cocina—, porque aquí mis ojos salió con que su mamá está enferma y la quiere ir a ver.

—¿Aurelia está enferma? No sabía nada.

Márgara hace un gesto con la mano.

—Mira, ya está muy grande. Y seguro no es nada grave, pero ya sabes; cualquier pretexto es bueno para agarrar calle.

Me parece horriblemente injusto, pero no digo nada. Ni caso tiene.

—Bueno —propongo—, si se quiere ir, yo me puedo quedar con los niños. Sin problema. Así ustedes pueden irse al cine.

Se ríe con risita cínica.

—Ay, Coco, ¿cómo crees? Si hay que ver que se bañen —empieza a contar con los dedos—, que cenen, que se laven los dientes, que se acuesten a tiempo... No es tan fácil como parece, ¿eh? Ni creas.

—Ya sé que no, pero así agarro práctica.

Se vuelve a reír.

—Eso sí —se queda pensando—. Pues si quieres, y así...

La interrumpe Carmela.

—Señora —dice—, acaba de hablar la señora Lola. Que la disculpe, pero que le salió una emergencia y no va a poder venir.

¿Emergencia? Mentirosa.

CAPÍTULO 14

Yo sabía que mi hermana Márgara era medio obsesiva, pero no sabía que tanto. Cualquiera diría que sus hijos son los primeros niños sobre la Tierra y que yo soy un ente maligno sin el más mínimo asomo de sentido común.

Conforme se fue acercando la noche, se empezó a notar cómo se iba arrepintiendo cañón de haberme tomado la palabra de que yo cuidaba a los niños en lo que Ernesto y ella se iban al cine. Si algo tiene mi hermana mayor es que no sabe disimular.

—Ahora que lo pienso, tampoco hace tanto que no vamos al cine —decía. O:

—Bueno, tampoco es que me muera de ganas de ver esa película. Y, de todos modos, ya salen rapidísimo en DVD. Igual la podemos ver aquí, mucho más a gusto.

Pero para mí, a esas alturas, ya era una cosa de principios. Ora nomás faltaba que mi propia hermana no me tuviera confianza para dejarme a sus escuincles. Esos pobres que no se portan mal con tal de no ensuciarse, y que de todas maneras iban a estar tan agotados de todo el día, que ni un poquito de lata me iban a poder dar.

Terminé convenciéndola con el rollo de que era importante para su vida en pareja que pasaran tiempo juntos y que se dieran el tiempo de salir de vez en cuando los dos solos. Y funcionó; con todo y que a mí la verdad la idea de pasar ya no digas una tarde, quince minutos a solas con mi cuñado me da horror, porque así como es de buena gente, también es de aburrido y nunca sé de qué demonios platicar con él. Pero bueno, Márgara se casó con él, y ya llevan como quince años juntos, así que me imagino que alguna gracia le ha de encontrar.

—Pues sí, tienes razón —me dijo—; eso mismo escuché en una conferencia a la que fui con mis amigas el otro día.

Hasta intenté que se arreglara un poco más mona, pero ahí sí fracasé muy feo: la idea de mi hermana de atuendo mono para salir la constituyen unos pantalones de pana con la pretina en las axilas, una playera de algodón de manga larga y un chaleco de esos acolchonaditos, como si fuera a salir de cacería con la reina de Inglaterra en lugar de al cine con su marido en pleno verano. Le propuse que se pusiera un vestido y me vio como si le hubiera sugerido que se arrancara la cabeza.

—¿Un vestido? —dijo, con la nariz arrugada—, ay, no; qué raro.

Le dije que ni tanto, que no estaba mal vestirse mona de vez en cuando. Y cortarse el pelo con otro estilo que no fuera el de monja sesentera, pero eso ya no se lo dije. Se rio.

—¡Cómo crees! ¿Para ir al cine?

—O a donde sea —saqué de su clóset un vestido negro, nada feo, que seguro sólo usa para los velorios—. No te cuesta nada y se nota que hiciste un esfuercito.

—Ni al caso, hermanita —me lo quitó y lo volvió a guardar—. No todas tenemos tiempo ni energía para ser bellas y glamorosas como tú.

Ya no le insistí. Sobre todo, porque ya no me dio chance; se arrancó a darme instrucciones sobre el proceso de cena, baño y sueño de los niños. Era como militar: a las siete, cena; Ernestito me iba a pedir un yogurt de durazno y era muy importante que le dijera que no porque su papá decía que los lácteos no le caían bien al estómago y sólo podía comerlos un día sí y un día no.

—Y ayer se comió cuatro quesadillas en la cena y un vaso de leche, o sea que hoy por ningún motivo, ¿oquei?

Dije que oquei.

Para bañarlos, había que llenar la tina y hacerlos que pasara primero uno y luego el otro.

Yo, acordándome de cómo nos divertíamos las tres cuando mi mamá nos metía a la tina todas juntas, pregunté si no era mejor en paquete. Mi hermana me volteó a ver con cara muy seria; supongo que con niños y niñas la cosa es distinta o mi hermana está muy loca.

—De uno en uno, mejor, ¿sí? —no me estaba preguntando, así que le dije que sí, que no se preocupara. Tampoco era que quisiera traumar a mis sobrinos de por vida.

A decir verdad, yo no entiendo las neurosis de mi hermana. Sus hijos son como unos robotitos: se portan perfectamente y no le dan problemas nunca. Conmigo no se llevan tanto, con eso de que no vivo aquí y no me ven tan seguido como a Lola o a mis papás, pero Cati ya está en esa edad de ser la más cursi del mundo y no quererse vestir más que con faldas y vestidos de holanes, y le encanta que venga y le preste mis pinturas y mis zapatos. Y Ernestito, a los cuatro, ya es igual de serio y callado que su papá, una especie como de fantasmita que no puede dar demasiada guerra ni aunque quiera, creo.

Márgara me apunta a qué película van a ir y hasta la dirección del cine.

—O sea, lo conozco muy bien, ¿eh? —le digo—, ¿sí recuerdas que yo viví aquí?

—Ay, bueno, por si las dudas. Y en el refri está pegada una hoja con mi teléfono y el de Ernesto y los de emergencias. Y el del socio de Ernesto, por si pasara algo grave y te urgiera un pediatra.

Le digo que a quien le urge, pero un psiquiatra, es a ella, pero no me hace caso; está viendo su celular y poniendo cara de tragedia.

—Uf, lo que faltaba. Que van a traer a los niños más tarde, quesque porque la película a la que se metieron es más larga de lo que habían pensado. ¿Qué esta gente no sabe sumar o qué?

Está a punto de cancelar su salida, pero le digo que se calme.

—¡Es que ni modo que lleguen los niños y no haya nadie!

Cuando la vi feo, recapacitó y dijo que ni modo que no estuviera su madre. Pero le habló a Ernesto para plantearle el problema y mi cuñado se puso firme y dijo que ya tenía los boletos y ya había cancelado pacientes y que punto menos que ahora iban porque iban.

—No te preocupes —le dije—, yo les explico y los organizo; tranquilízate. Es más, si quieren después ir a cenar, por mí no hay problema.

Lo dije con cara de que me daba igual, para que Márgara no sospechara, pero ya le había echado el ojo a la tele gigante de su sala y a un par de temporadas de *Sex and the City*, que Pili y Monse nunca querían ver conmigo porque se les hacían muy inmorales.

Todavía de camino a la puerta, después de que Ernesto había tocado el claxon dos veces y mandado cuatro mensajes, Márgara se paró a decirme:

—Por cierto —dijo, poniéndose cremita en los labios—, si oyes cantar a Cati, ni se te ocurra entrar al cuarto ni hacerle segunda, ¿eh? Porque ya no te suelta.

De veras que está loca.

Creo que es la primera vez que me quedo sola en casa de Márgara. Generalmente, está ella o, de perdis, una muchacha que me sigue por todos los cuartos y no me deja sola, vaya a ser que se me ocurra abrir los cajones o probarme las piyamas de mi cuñado. Quién sabe qué se le ocurra que puedo hacer si me deja suelta.

La verdad, lo que me encanta de esta casa es la cocina. Y la despensa. Todo está súper bien acomodado y todo brilla. Aquí, obvio, no hay una mesa del antecomedor que baila porque tiene una pata coja, ni un foco que a veces no prende a menos que le des un golpecito. Para nada. De todas, Márgara es la que mejor aprendió a cocinar; creo que hasta tomó un curso con Esperancita de recién casada, y tiene miles de aparatos que yo no tengo idea de cómo usar, pero que se ven increíbles, todos relucientes y formaditos junto a la estufa.

Tampoco el refri tiene nada que ver con el de nosotras. No sólo porque es uno de ésos con mil cajoncitos y un congelador gigantesco (no como el nuestro, que compramos entre las tres a meses sin intereses y es chiquitito), sino porque está lleno. Y no de cartones de leche agria y botecitos de soya que nadie se atreve a tirar, porque dice Pili que desperdiciar la comida es pecado, no: el refri de Márgara está lleno de tópers con comida de verdad: albóndigas, arroz, sopa de verduras... Como de casa de grandes.

Ya sé que es lo más tonto del mundo abrir un refri y

quedársele viendo a lo de adentro con emoción. Ya lo sé. Pero es que de veras no entiendo cómo mis hermanas lo han logrado; si éramos más o menos iguales. Si las tres jugábamos a la casita sólo para hacer como que llegábamos de trabajar y estábamos muy cansadas. Sí, mi mamá se esforzaba porque la ayudáramos y aprendiéramos a "llevar una casa", pero no le hacíamos mucho caso: sobre todo Lola y yo, íbamos a ser profesionistas y no íbamos a tener tiempo de cocinar ni de pegar botones.

Pero ahora creo que estábamos locas. ¿Quién pensábamos que se iba a hacer cargo de todo? Obvio, no nuestros maridos. Bueno, yo creo que si le salgo a Alfredo con que sus camisas no están planchadas porque él no se ha ocupado, me mata. Ahorita las trae a cada rato a casa de su mamá o se las deja a la dueña de la residencia, pero claro que da por hecho que una vez que nos casemos eso va a pasar a ser mi responsabilidad. A mí me va a tocar que en mi casa haya tres tipos de detergente y suavizante, como tiene Márgara en su lavandería (sí, también ya esculqué esa parte de su casa, pero juro que no me he puesto ni una piyama). Creo que le voy a tener que pedir a ver si me enseña. Digo, tampoco puede ser tan difícil.

Todo es cosa de ponerse en el ánimo adecuado. Y de organizarse un poquito. A ver, si ahí vienen los niños, lo que tengo que hacer es tener todo listo para su cena y su baño. Así, nada de pleitos, nada de gritos y nada de que me agarran de bajada.

Para cuando por fin suena el timbre, yo ya tengo la mesa puesta con los manteles individuales de muñequitos, el cereal sin azúcar que sí pueden comer sin acelerarse, la leche de soya (que huele peor que la agria de mi refri, pobrecitos) y ya saqué las piyamas y las tengo en el baño, junto a la tina y hasta con las pantuflitas listas. No es nada difícil con tantita planeación, la verdad.

—¿Qué haces aquí? ¿Y mi mamá? —es lo primero que pregunta Cati en cuanto abro la puerta— ¿Dónde está?

—Se fue al cine con tu papá, pero me dejó a cargo.

—¿A ti? —claramente, no me tiene mucha confianza.

—Sí. A mí —me agacho y le sonrío—. Pero no te preocupes, todo va a estar muy bien.

Ernestito no dice nada, pero me mira con la frente arrugada. Tiene la misma cara de preocupón que su papá.

—¿Y no nos vamos a lavar las manos? —dice Cati—. Mis papás no nos dejan sentarnos si no nos hemos lavado las manos.

Ash. Es cierto. Y con el trabajo que me costó subirlos a las sillas y que se estuvieran quietos. Los bajo.

—Se me están mojando mis calzoncitos.

—Pues sí, Ernesto, pero es que no te estás quieto —les hubiera puesto gel antibacterial en lugar de cargarlos para lavarles las manos en el fregadero. Ernesto no para de retorcerse y ya está empapado.

—Mi mamá no nos deja quedarnos mojados —Cati mira con horror los pantalones mojados de su hermano—, dice que nos podemos enfermar.

Le digo que no sea exagerada, que no le va a pasar nada. Si estornuda, le voy a echar la culpa a la mamá que se los llevó; me tengo que acordar de comentarle a Márgara que la muy irresponsable los trajo sin suéter.

No, pero ¿y si sí se enferman?

—Espérenme aquí —les digo—, voy por un cambio para Ernesto.

Cuando regreso, con unos pants y unos calzones que saqué del bote de ropa sucia, porque así como las piyamas estaban debajo de la almohada, la ropa normal sabrá Dios dónde la esconden, Ernesto tiene alrededor de la boca unas manchas muy sospechosas.

Le pregunto qué se comió. Me dice que nada.

—¿Cómo nada? ¿Y esos bigotes? —me entra una sospecha terrible—, ¿te comiste un yogurt de durazno?

Niega con la cabeza, muy serio.

—Sí quería —dice Cati, metidísima en su papel de hermana mayor—. Pero no lo dejé porque mi mamá dice que no.

La felicito por su sensatez y le pregunto entonces qué le dio.

—Un yogurt de fresa.

Me quiero morir. Y Márgara que no quería que comiera lácteos. Bueno, es muy exagerada. Seguro ni le pasa nada y nomás son las ganas de mi cuñado de prohibirles cosas a sus hijos y de hacer como que sí sabe. Seguro no le pasa nada.

Pero sí le pasa. No vuelvo a poner en duda la palabra del Fantasma, me cae. El maldito escuincle se esperó a que lo metiera a la tina y lo remojara bien para empezar a volver el estómago como en *El exorcista*. Lo peor fue que ni siquiera hizo un ruido ni se puso verde ni dijo "creo que...", ni nada; sólo se esperó a que los terminara de bañar, a él y a Cati, y ya cuando los estaba secando, ¡zas!, como fuente de la Plaza de Armas. Se batió él, me batió a mí, y cuando Cati se metió al baño a ver qué era tanto grito y vio el regadero vomitó también, por pura solidaridad.

Me tomó años calmarlos, porque les entró la histeria de que querían a su mami y lloraban y todo era horrible. Los volví a bañar —juntos esta vez, espero que ninguno raje, porque les dije que era un secreto y Cati me salió con que los secretos no están bien; Márgara me va a matar—, les puse piyamas limpias, gracias a que Cati me dijo dónde estaban, y los acosté.

Resultó que, a pesar de tantos sobresaltos y actividades, el único agotado era Ernestito; él se durmió en cuanto puso la cabeza en la almohada, pero Cati no. Cati me dijo que si no quería cantar con ella y yo, olvidando las sabias palabras de mi hermana, caí como principiante; me hizo cantar todas las de Cri-Crí, hasta las que me sabía como a medias, hasta que se durmió. Cada vez que hacía como que ya me iba, se ponía a llorar y ni modo, me tenía que quedar.

Tuve que limpiar todo el maldito baño, que quedó oliendo horrible, y meter mi ropa en una bolsa de basura. Estoy a dos de tirarla toda, porque es un asco, pero la blusa me salió carísima y, claro, tanto que me reí de la ropa de Márgara, ahora me tengo que callar, que tuve que coger de su clóset unos pantalones y un suéter beige de algodón de ñora, horribles.

Voy a hacerme un té. Yo no vomité, pero eso no quiere decir que no traiga el estómago como lavadora, y todavía me falta un rato para que lleguen Márgara y Ernesto; me hablaron cuando los niños estaban hechos un asco a ver cómo iba y les dije que súper bien, que no había ninguna prisa y que por favor no fueran a regresar todavía. Pensaron que lo decía para fomentar su vida de pareja, pero en realidad lo decía porque si volvían en ese instante, me denunciaban por maltrato de menores.

Así que todavía me quedaba un rato para tomarme un té y ver un rato la tele gigante. Mientras se calienta el agua, le marco a Alfredo.

—¿Diga?

—¿Amor? Soy yo. A que ni sabes lo que...

—¿Coco? —se oye un escándalo espantoso. Punchis, punchis y un montón de gente gritando.

—Sí, mi amor, ¡SOY YO!

—Espérame tantito —se oye que se mueve a un lugar con menos punchis—. ¿Qué pasó?

—Hola, amor, ¿cómo estás?

—Bien, bien, ¿qué pasó?

—Nada —escucho que alguien lo llama—. Quería saludarte y ver cómo estabas.

—Pues bien. ¿Tú?

—Bien, pero no sabes qué día, mi amor. Primero, mi mamá me salió con que me había hecho una cita con el padre Chucho...

Le empiezo a contar mi día, pero es obvio que está en cualquier otro lado. Sólo hace "mmmh" y "oquei" de vez en cuando, pero ni me está pelando.

—Bueno, mejor ya no te interrumpo... —obviamente, lo digo para que él diga que para nada lo interrumpo, que le encanta platicar conmigo.

—Sale —¿qué queeé?—; mejor me cuentas mañana. O bueno, después, porque no sé a qué hora llegues. ¿Me avisas, no, bonita?

No le digo que pensaba que viniera por mí y comiéramos con mis papás. Para qué me arriesgo a que otra vez no llegue y me vuelva a poner de malas.

—Sí, yo te aviso, mi amor.

—Sale. Adiós.

—Adiós. Te quiero.

—Igual. Bai.

No me dijo con quién estaba. Y a mí no me gusta preguntarle, porque me choca quedar como la novia controladora. La verdad es que le tengo toda la confianza del mundo y aunque no me hace muy feliz eso de que salga sabrá Dios con quién, y hasta qué hora, yo sé que no tengo de qué preocuparme. Pero siquiera me podría haber consolado un poquito, ¿no? Digo, me vomitaron encima dos escuincles que ni son míos. ¿Será que los míos me van a hacer lo mismo? Qué horror.

Seguro Andreu se reiría muchísimo si se lo contara. Es súper simple y le encantan esas historias. Dice que soy la mujer más divertida que ha conocido y que se muere de risa con mis historias, aunque está seguro de que todo me lo invento. Le tengo que contar ésta.

Voy a la mitad del correo y me cacho sonriendo como tonta. Me entra una sensación rarísima y me pongo toda roja. ¿Qué demonios hago platicándole estas cosas a un tipo que está a miles de kilómetros de distancia y que ni conozco? ¿Y a poquititos meses de casarme, además?

Que no se entere mi suegra porque, entonces sí, me mata.

O me deja sin casarme.

CAPÍTULO 15

El elevador de la oficina es la cosa más vieja y lenta del mundo. Ni siquiera es que sea como los que salen en las películas, que se cierran con una reja y se ven súper monos; nomás es viejo. Si te descuidas tantito se te cierra encima y te deja sin un pie y se tarda años en subir y bajar.

Lo de menos es que se tarde. El problema es tener que pasarte horas en el lobby esperándolo; y con quién. Porque ni modo que estés ahí parada diez minutos junto a alguien y ni siquiera te des por enterada de su existencia. A menos que sea Jaime, que se pone a ver su teléfono o a hacer llamadas y no te pela ni para darte los buenos días, los demás siempre quieren platicar. Olga, por ejemplo, aprovecha cada vez que tiene a alguien junto para contarle con lujo de detalle todos sus achaques, que si ya fue al doctor, que le pidió más estudios, que si parece que ahora sí le van a tener que sacar la matriz (lleva desde que yo llegué amenazando con lo mismo y nomás nada; el malísimo de Gerardo hasta quería armar una quiniela a ver si no se la habían quitado ya y ella ni se había enterado, de tan distraída que estaba contando el asunto) y si te descuidas también te enseña su cicatriz de la cesárea, que nunca le terminó de cerrar y se le pone horrible. Horrible, me consta.

Por eso yo no la pelo mucho. Pero se me hace feo, entonces lo que hago es que llego al lobby, llamo al elevador y luego me meto rapidísimo al baño que está junto al escritorio del portero, hasta que baja. Lo único bueno de que sea tan viejo es que hace un ruido espantoso cuando baja y se alcanza a oír en toda la cuadra. Todo el mundo dice que soy una suertuda y que siempre le atino a salir del baño al mismo tiempo que el elevador. Todos, menos el portero, pero a él qué; mientras no lo moleste, ni le pida nada, él oye sus cumbias y no se mete con mis problemas de antisocial.

Pero hoy ya se está tardando más que de costumbre. Llevo como quince minutos parada frente al espejo, quitándome con las pinzas hasta las cejas que todavía no me salen, y nada.

—Coco, sal de ahí y siquiera salúdame, grosera.

No vi ni a qué hora Gerardo entró al lobby. Salgo del baño y lo saludo.

—¿Qué haces aquí tan temprano? Pensé que era la única esclava que llegaba a estas horas.

Gerardo tiene la misma pinta de que durmió en un basurero que siempre. No es que esté sucio, ni nada, sólo que le vale: trae una playera que un día fue roja y ora nomás es color jerga, con un hoyito en el hombro izquierdo y unos jeans grises con los bolsillos todos raídos. Y unos tenis de gamuza café. Yo ya le he dicho que si lo suyo es el look hipster, podemos resolverlo y hasta lo puedo acompañar de compras, pero me ve como si le estuviera hablando en chino. Estoy segura de que su ropa vive en un montón en el piso y nomás va jalando algo que ponerse todas las mañanas.

Cosa rara, tiene un vaso de café en la mano.

—¿Y ora, tú? —le pregunto—, ¿desde cuándo tomas café?

Bosteza como león de zoológico.

—Perdón —se tapa la boca—, es que estuve hasta las seis terminando una cosa.

—¿Qué era? No me digas que otra vez Jaime te puso a bajarle películas y canciones a su iPod.

Vuelve a bostezar. En la radio del portero un locutor dice que hay que aprender a ver lo bello en todas las cosas. Y que son las siete y veinticinco minutos. Me choca: llevo aquí horas y el elevador ni siquiera ha terminado de subir; se va parando en cada piso.

—No —dice Gerardo, tomando tragos enormes de café con cara de asco, lo odia—; era algo para Ana.

—¿Para Ana? ¿Qué? ¿La presentación?

—Ajá.

—¿Y por qué la terminaste tan tarde, irresponsable? ¿No te la dio hace años?

Mueve la cabeza.

—Para nada. Me dio las cosas ayer en la noche, apenas, y quería que quedara todo súper profesional. Haz de cuenta que me dio unos bocetos escancados, ahí, medio mal hechos. Eso sí, los quería perfectos.

—¿Ah, sí? —me daba curiosidad cómo bocetaba Ana. Yo hubiera pensado que era más tecnológica que eso—, ¿en papel y lápiz o qué?

—Sí. Como los que tienes tú en tus cuadernos, con unas monas medio deformes y unos vestiditos.

Se talla los ojos como niño chiquito.

—Tuve que volver a trazar todo y de ahí empezar.

—Pobre; qué lata.

Llega el elevador y nos subimos, junto con cinco costureras y tres de limpieza que fueron llegando mientras platicábamos. Gerardo se mete hasta el fondo, se recarga contra la pared, cierra los ojos y empieza a roncar suavecito.

No entiendo para qué llegué tan temprano. Si la reunión es hasta las diez y de todas maneras yo no tengo nada que hacer. Todo depende de Ana y de su presentación supersónica. Bueno, de la presentación supersónica de Gerardo. No es que haya un diseño mío que tenga que explicar, ni nada por el estilo.

De hecho, Ana se aparece por la oficina como a las nueve. Lo sé porque Gerardo me empieza a mandar un montón de mensajes por el chat quejándose de que encima de que lo puso a hacerle el trabajo, y a las carreras, se da el lujo de decirle que no le parece que haya quedado tan bien.

—¿De qué te ríes?

Pego un brinco. Ana está parada en la puerta de mi oficina. Trae un vestido de algodón negro sin mangas, que le llega justo arriba de la rodilla, y unas sandalias negras de tacón de aguja. Se ve altísima y flaquísima.

Cierro la ventana del chat.

—De nada —digo— de un chiste que me mandó una de mis hermanas.

Suspira y mueve la cabeza.

—Qué suerte tienes —dice—, yo he estado tan agobiada con esta junta, que tengo días sin leer ni un correo personal. Mucho menos uno de chistes.

Jaime tiene una forma de verte que te hace sentir que eres invisible. Una habla y habla y aquél nomás dizque te está poniendo atención, pero es súper obvio que está pensando en cualquier otra cosa; siempre me ha dado tentación lanzarme a decirle que en realidad soy una marciana que vino a la Tierra a conquistarlos o contarle una telenovela, nada más para ver si en algún momento se da cuenta y reacciona, pero nunca me he atrevido.

Hoy, en cambio, no despega los ojos de Ana, que está de lo más ocupada instalando su computadora y tratando de hacer que funcione el cañón. Me hubiera hecho caso cuando le dije que era mejor traer bocetos, que el cañón es viejísimo y, de por sí, chafísima, y que no ha habido poder humano que convenza a Jaime de comprar uno nuevo.

Mi jefe, el director general de esta empresa, suspira.

—Qué barbaridad, Anita —los hombros de Ana se tensan cada vez que Jaime le dice "Anita"; se ve que le choca—; Socorro, ¿cuántas veces te tengo que pedir que compres un cañón nuevo?

—¿Perdón?

—Sí —Jaime me pone cara de que le estoy agotando la paciencia; como si hubiéramos tenido esta conversación mil veces—, cada vez que hay problemas, te digo que te encargues de comprar un cañón nuevo. Y mira el caso que me haces.

Digo que oquei, y apunto en mi libreta, bien grande para que lo vea, "comprar cañón". Por supuesto que nunca me ha dicho ni una palabra, pero si me va a dar chance de reemplazar el vejestorio, por mí perfecto.

—Bueno, no importa —dice Ana, dándose por vencida—. Les propongo ponerlo aquí en mi computadora y lo vamos viendo, ¿sí?

Decimos que sí, pues qué otra, y acercamos las sillas a la parte de la mesa de juntas donde más o menos se ve la pantalla. Ana se sacude el pelo para atrás con las dos manos, para quitárselo de la cara, y todas sus pulseras suenan como campanitas.

—Bueno, pues bienvenidos —sonríe—. Antes que nada, quiero que quede bien claro que éste es un trabajo en equipo y que no se hubiera podido hacer sin la colaboración de todos.

Jaime se ríe.

—Claro —dice—, alguien tiene que encargarse del café, ¿verdad, Socorro?

Tarado. Lo veo tan feo como puedo.

—Nonono —dice Ana con otra de sus sonrisas—. En fin. Aquí va.

Le da play a su presentación. Tiene música y unas imágenes súper profesionales. Casi, casi, son como fotos. Y los diseños están increíbles.

Me llama la atención una blusa con cuello alto y sin mangas, con toda la parte de abajo en encaje...

¡Claro! ¡Si es el diseño que yo hice!

—Oye, pero...

—Socorro, ¿puedes dejar que Ana termine y ahorita comentamos, por favor? —Jaime tiene cara de que nunca había visto nada mejor en su vida.

Me quedo callada, viendo cómo pasan, en la pantalla y uno por uno, todos mis diseños: la falda con pinzas, el top de cuello asimétrico, el blazer con manga tres cuartos y sin solapas...

Cuando ya no puedo más, de plano, es cuando veo pasar el vestido drapeado de Pili.

—¡Nooo!

Ana se queda a la mitad de una explicación sobre la

nueva interpretación de lo femenino y no sé cuántas tonterías y los dos me voltean a ver.

—¿Ahora qué, Socorro?

Siento que me pongo roja, roja.

—Perdón, Jaime, pero es que... —¿cómo lo digo?—, es que todos esos diseños, todos, son míos.

Jaime se ríe otra vez. Ana pone los ojos al revés.

—¿Cómo tuyos, Socorro? ¡Si tú eres mi asistente!

Estoy a punto de decirle que soy asistente porque él es tan tarado que nunca me ha dejado diseñar en serio, pero que sí fui a la escuela y puse mucha atención; y que llevo años aguantando que me pasen por encima. Pero Ana me interrumpe.

—A ver, a ver, chicos —alza las manos como si nos estuviéramos peleando a golpes y nos tuviera que separar—; seamos civilizados. Respiren.

Nomás no se me da la gana calmarme. Las palmas de las manos, que tengo contra la mesa, me sudan y se resbalan.

—Coco —me vuelve a decir Ana con tono de miss de kinder—. Respira.

No me deja de ver, con las cejas alzadas y el gesto serio, hasta que respiro hondo.

—A ver —dice Ana—, no es cosa de ponerse paranoicos ni posesivos, Coco. Ya dije que éste es un proceso colaborativo, como todos los procesos creativos. ¿No me escuchaste?

¿Colaborativo? ¿O sea, yo diseño y tú me robas? ¿O cómo?

—¿Me escuchaste, Coco?

—Sí.

—¡Muy bien! Pues eso, las ideas no son de nadie, Coco. Y sí, Jaime, la verdad es que nuestra querida Coco aportó ideas y conceptos muy interesantes.

Jaime resopla.

—De verdad —dice Ana—, en serio. Claro, no todo servía, así que yo, ya con más experiencia, tomé lo que valía la pena y lo mejoré.

—Ay, Anita —dice Jaime—, se me hace que te pasas de buena gente, pero si tú lo dices, está bien.

Dejo de oír. Estoy furiosa. Bajo los ojos a mi cuaderno, porque siento que se me van a salir las lágrimas. Seguro no está bien que últimamente quiera llorar en la oficina todo el tiempo. Me viene a la mente una frase de Andreu, que dice que Ana no le da ni tantita buena espina. Si le cuento esto, se infarta.

Jaime termina de felicitar a Ana y dice que sigamos trabajando y le mostremos costos y avances. Cuando vamos saliendo, me dice que tengo suerte de trabajar con alguien tan profesional y que debería pagarle yo a él por todo lo que estoy aprendiendo, y no al revés. De veras, lo juro, que de todas las veces que he querido matar a Jaime, nunca lo había querido matar tanto y de forma tan lenta y dolorosa. Maldito.

Aprieto los dientes y me regreso a mi oficina.

Tengo un millón de cosas que hacer. Y, claro, no quiero hacer ninguna. Estoy entre abrir el solitario o escribirle un correo a Andreu cuando se abre la puerta y se asoma la cabeza de Ana. Parece que hoy está dispuesta a vivir en mi oficina.

—¿Tienes un segundito?

No, maldita traicionera. Claro que no tengo un segundito. Tengo que planear formas de torturarte sin dejar huella. Cierro el solitario.

—Claro, pásale.

Se sienta enfrente de mi escritorio y cruza las piernas. Las tiene súper bronceadas. Hasta la parte de atrás de las rodillas, que siempre es dificilísima de asolear bien. La odio más.

Se aclara la garganta y le da vueltas a un anillo con una piedra verde que tiene en el índice derecho, como si estuviera agarrando valor.

—Mira, Coco —dice, por fin—, no quiero que te quedes con la idea de que me apropié de tus ideas...

—¿No? —me tiembla la voz; estoy a punto de volver a llorar—, ¿y con cuál quieres que me quede, si eso fue lo que hiciste?

Siento hasta taquicardia. Nunca había dicho algo así.

Levanta la mano.

—No, Coco —dice—, no es así. Tú llevas muy poco tiempo en este negocio, pero no es tan fácil.

Le digo que sí es tan fácil, que le das crédito a la gente y ya. Pero ella sigue con su tono súper tranquilo y dice que no, que en realidad éste es un asunto tan subjetivo como cualquier otro y que la gente no sabe lo que le gusta.

—Nuestro trabajo es convencerlos, explicarles qué es lo que quieren, aunque ellos no lo sepan, ¿me entiendes?

Para nada, pero le digo que sí, que ¿y entonces?

—Pues eso —me enseña las palmas de sus manos—, si le presentábamos a Jaime tus cosas como tuyas, jamás las iba a aceptar, ¿no crees?

Me quedo callada.

—A ver, Coco —insiste—; tú lo conoces mejor que yo. ¿A poco no, si es algo tuyo como que se bloquea y en automático no le gusta?

Bueno, eso sí. Tuerzo la boca y digo que chance.

—En cambio, así, como piensa que son mías, le parece que todo está muy bien y es precioso, ¿viste?

Le digo que oquei y le pregunto si entonces el plan es decirle luego que siempre sí son míos. Dice que sí, que si el momento se presta, no ve por qué no.

Le pregunto si entonces ya me puede devolver mi cuaderno. Me dice que lo tiene en su casa, pero que nomás que se acuerde, me lo trae.

Se va. Y yo me quedo feliz. Por primera vez, a Jaime le gustaron mis diseños.

CAPÍTULO 16

Desde la ventana de la oficina, Coco podía ver a sus hermanas sentadas en la bardita del atrio comiéndose cada una una paleta helada. Se le hacía agua la boca nomás de verlas; la de Márgara era de limón y la de Lola, de grosella. La muy tonta estaba haciendo eso de chuparle primero todo el sabor y luego quedarse con un pedazo de hielo descolorido que no sabía a nada. Qué mensa.

Coco sospechaba que hoy no le iba a tocar paleta. La encargada del dinero siempre era Márgara, con todo y que Coco decía que ella ya tenía diez y ya podía hacerse cargo de su propio dinero para su propio helado después del Catecismo. Claro, el chiste no era el dinero, obvio, sino que Márgara decidía quién se había portado mal y quién no y entonces les daba o no permiso de comprar. La mayoría de las veces le lloraban tantito y la convencían o de que se habían portado definitivamente bien o de que estaban suficientemente arrepentidas de sus malas acciones. El problema era convencerla cuando te había mandado llamar a su oficina el padre Chucho, como a Coco.

Coco sabía, desde hacía mucho, que no era para nada de las consentidas del padre. Es más, no era la favorita ni entre sus hermanas: el padre prefería a Lola, porque le ayudaba con la preparación para la Primera Comunión y decía que tenía un alma pura y generosa. Con Márgara también se llevaba bien, aunque a veces decía que era demasiado buena hasta para él; que a veces hasta lo intimidaba. En cambio, con Coco peleaba todo el día; que si se la pasaba pajareando, que si nomás distraía a sus compañeros de banca, que se malportaba, que decía muchas mentiras... un día hasta la regañó desde el púlpito porque se le ocurrió sacar un dulce de su bolsa y empezarlo a desenvolver a la mitad del sermón; su mamá le dio tal pellizco, que el moretón le duró una semana.

Y ahora parecía que la cosa era más grave. Coco no sabía bien a bien ni por qué, pero después de que terminó la clase y que Elsita, la mamá de las García, les dijo que se podían ir, el padre Chucho se asomó y le dijo a Coco que ella no, que si era tan amable de esperarlo un momentito en su oficina, por favor.

—¿Quién, yo? —Coco se llenó de pavor.

—Sí, te dijo a ti, Coco —dijo Elsita, ya que el padre se había ido—. ¿Pues ora en qué problema te metiste, niña?

Coco se encogió de hombros. Se le ocurrían un par de opciones, pero pensó que era mejor no decir nada.

Así que ahí estaba, sentada en una de las sillas incomodísimas frente al escritorio grandísimo de madera del padre y pensando cómo le iba a hacer para que sus hermanas no la fueran a acusar con sus papás. Si su mamá se enteraba de que había hecho algo tan malo, tan malo, como para que la mandaran llamar sólo a ella, ni siquiera con Sofía Martín del Campo, que siempre le hacía segunda, la iba a poner como chancla y le iba a decir que nomás le daba disgustos. Y, en estricto sentido, eso no era justo; tampoco era que Coco disfrutara especialmente darle disgustos a su mamá, para nada, más bien era que, según Coco, su mamá se disgustaba por cualquier cosita: que si le cortaba el pelo a Lola o a alguna de sus muñecas, un disgusto; que si decía en casa de su abuela que si no tenían de casualidad alguna otra sopa que no fuera verde y con cositas, otro disgusto. Y así, todo el rato. Pero que la mandara llamar el padre iba a estar peor que lo de la sopa, seguro.

En la pared, detrás del escritorio, había un crucifijo. De madera, muy sencillo, sin Cristo sangrante ni nada, y eso le dio confianza; los otros le daban miedo. Pensó en rezar y pedir que el padre quisiera verla para felicitarla porque ya se sabía el Credo completo, pero pensó que para qué. Si ni se lo sabía, a duras penas llegaba a "Dios verdadero de Dios verdadero" y luego nada más movía la boca para hacer la finta hasta "confieso que hay un solo Bautismo", que de ahí ya se lo sabía. A Dios seguro no le iba a gustar que anduviera rezando a lo loco y, en una de ésas, le iba peor.

—¿María del Socorro? —Coco respingó. El único que se acordaba de su nombre completito era el padre, porque él la había bautizado, obviamente. Se paró. El padre había entrado a espaldas de ella y caminaba a su silla.

—Buenas tardes, padre.

—Siéntate, hija, siéntate —se sentaron los dos. Coco reconoció el suéter de rombitos del padre; se lo habían regalado las señoras de la Catequesis la navidad anterior. Ojalá le hubieran regalado también una camisa; la que traía tenía el cuello todo luido.

—¿Cómo estás?

Coco dijo que bien, que muchas gracias. Y le preguntó cómo estaba él, como le había enseñado su mamá. El padre se rio.

—¿Yo? —arrugó las cejas—. Yo estoy... Bien, creo, gracias a Dios. Aunque tendría mejores cosas que hacer con mi sábado en la tarde que estar aquí, platicando contigo de temas desagradables, ¿no crees?

Coco dijo que creía que sí.

—Los sábados en la tarde voy al cine con el padre Antonio —dijo—, y hoy lo tuve que mandar solo. ¿Cómo ves?

Coco agachó la cabeza, sintiéndose muy mal.

—Pero bueno —dijo el padre, cruzando las manos sobre el escritorio—, todo sea por una oveja descarriada. Una oveja que, aparentemente, no se sabe comportar.

—¡Sí sabe! —dijo Coco—, bueno, sí sé.

Pero el padre Chucho tenía pruebas. Muchas pruebas. Primero, claro, habló del numerito del dulce a medio sermón y Coco se tuvo que aguantar las ganas de decirle que ése ya lo había pagado y retepagado con el tremendo pellizcón y el regaño que le siguió cuando iban de regreso a su casa. Daba igual, porque ya estaba diciendo que si las catequistas se quejaban de que se distraía y de que preguntaba mucho.

—¡Pero es que no entiendo! —dijo Coco, moviendo las manos—. ¡Por eso pregunto!

—María del Socorro, es que ése es el problema. Lo único que tienes que entender es que en esta vida no todo se tiene que entender; mucho menos en lo tocante a la fe y a Nuestro Señor, ¿ves? Tienes que aprender a aceptar.

Coco se quedó callada. Seguía sin entender.

—A lo que voy, Socorro —el tono del padre era un poco menos brusco—, es que no tienes ninguna necesidad de estar peleando todo el día.

—¡Si yo no peleo!

—¿Me quieres platicar qué pasó el otro día con la hija más grande de Cuquita del Olmo?

Coco se puso roja de vergüenza. Pero es que, también, cómo iba ella a saber que lo que quería Pili del Olmo cuando le picaba y le picaba las costillas en medio de la hora de las preguntas era soplarle las virtudes teologales; ella nomás pensó que lo hacía para distraerla todavía más (de por sí, ya estaba distraidísima) y terminó por voltearse y gritonearle que la dejara en paz, que ya sabía que ella lo sabía todo, pero que no todo el mundo era como ella. La pobre Pili se quedó tan sorprendida, que se echó a llorar, nomás del susto. Cada que se acordaba, Coco se volvía a morir de pena.

—Veo con alivio que el asunto te provoca cierta zozobra, ¿no es cierto?

Coco asintió.

—Pues a mí también, obviamente. Y no sabes lo que me desagrada andar teniendo que prestar atención a chismes y habladurías; si me pusiera a escuchar todo lo que dicen de unos y otros, no terminaría nunca.

Suspiró.

—O terminaría perdiendo la fe, quién sabe.

Coco se asustó. Si además hacía que el padre Chucho perdiera la fe, entonces sí su mamá la iba a coser a pellizcos.

—No pongas esa cara, Socorro —el padre recapacitó—, es sólo una manera de hablar. Lo único que pasa es que tú, a diferencia de tus hermanas, tienes un carácter muy fuerte.

—¡Pero no es mi culpa! —se defendió Coco—. Mis hermanas son buenas y no se enojan, pero yo sí, ¿qué quiere que haga?

Se le ocurrió una gran idea.

—¿Qué tal que así me hizo Dios, eh? ¿Qué tal que me vio y dijo "tú vas a ser contestona para que tus papás no se aburran con pura hija tan buena"?

Coco estaba segura de que había visto medio reírse al padre. Pero se puso serio y movió la cabeza.

—No, hija —dijo—, si no dudo que Nuestro Señor te haya hecho así y te haya dado ese carácter...

—Ah, ¿ya ve?

—Pero —le levantó el dedo para que no lo interrumpiera—, pero no creo que haya sido para atormentar a tus padres.

—¿Entonces?

—¡Para darte la oportunidad de mejorar! —dijo, como un descubrimiento—. Para que cada vez que sientas que vas a decir algo que no debes, o en un tono que no debes, que también te pasa, te detengas, reconsideres y se lo ofrezcas al Señor como sacrificio.

—¿Cómo?

El padre suspiró otra vez.

—Sí, Socorro; que cuando tengas ganas de decirle cosas horribles a tu mamá o a tus hermanas, o inclusive a tus compañeras de clase, te detengas un poco y pienses que debes ser humilde como te enseñó Nuestro Señor Jesucristo, ¿entiendes?

Coco entendía, nomás lo veía muy difícil.

—¡Pero Jesucristo era hijo de Dios, padre! —dijo—. ¡Así qué fácil!

El padre levantó otra vez el dedo.

—Ah, pero se te olvida que también en parte era humano, hija, ¿te acuerdas? Por eso pienso que puedes seguir Su ejemplo y ser como Él, ¿ves?

Coco se quedó pensando y el padre aprovechó para seguir.

—Mira, hija; si en lugar de compadecerte y sentir pena porque pobrecita de ti, que el Señor te dio ese carácter, aprendes a controlarlo y a utilizarlo para convertirte cada vez en una mejor cristiana, tendrás una ventaja sobre tus hermanas.

Eso le interesaba. Coco se acercó a la mesa.

—Sí, María del Socorro; una ventaja. Porque si ellas, como dices, son dóciles por naturaleza, no les debe de costar nada de trabajo comportarse y no meterse en problemas, ¿no?

Coco asintió.

—En cambio, a ti, sí. Y en la medida en que logres triunfar sobre tu carácter, Nuestro Señor —apuntó ahora al cielo—, que todo lo ve, te lo va a tomar en cuenta y te va a recompensar, ¿sí ves?

Coco volvió a asentir, muy contenta.

—Además de que la vas a pasar mejor y te vas a evitar tantos pleitos, criatura. Para qué pelear, francamente. ¿Te suena eso de "Bienaventurados los mansos"?

—Sí, padre.

—Bueno, pues para que te suene más, lo vas a copiar cien veces, todo el versículo, para el próximo domingo, ¿estamos?

Coco pensó que ni modo de protestar. Dijo que sí.

—Perfecto —se levantó—. Ahora, vete a tu casa, que tus pobres hermanas llevan horas asoleándose allá afuera.

Coco se levantó. Cuando abrió la puerta, todavía el padre le dijo:

—Y me saludas a tu santa madre, por favor.

Salió lo más rápido que pudo. Márgara y Lola ya habían pintado un avioncito con gis del otro lado de la banqueta, porque ni modo de pintarrajear el atrio, y Márgara estaba tratando de brincar el número diez.

—¡Por fin! —dijo Lola—; ya estábamos a punto de dejarte.

A Coco le pasaron por la cabeza mil respuestas, empezando porque no la podían dejar o sus papás las iban a poner como chancla, pero se acordó de lo de los mansos y les pidió perdón.

Márgara y Lola se voltearon a ver, como si no entendieran qué estaba pasando.

—Vámonos, pues —dijo Márgara.

En la esquina, estaban esperando que a Márgara le pareciera conveniente cruzar (necesitaba ver que de veras no viniera nadie, ni de un lado ni de otro), cuando un coche gris se paró junto a ellas y les tocó el claxon.

—¿A dónde tan solitas, muchachas?

Era su tía Teresa. Les ofreció un aventón y las niñas se subieron felices, después de darle un beso cada una. Les costó trabajo acomodarse entre las montañas de papeles y periódicos que tenía su tía en el asiento de atrás.

—Ay, Lolita —dijo la tía, limpiándose el cachete y acelerando—. Estás toda pringosa, ¿qué te comiste?

—Una paleta de grosella, mira —Lola le enseñó su lengua, pintada de rojo sangre—. Márgara pidió una de limón y a Coco no le tocó porque la regañó el padre.

—¿De veras? —volteó a ver a Coco desde su asiento, con sus ojos azules, azules. Era la única de los hermanos que, como decía su mamá, "había sacado el colorido" del abuelo: güera y con ojos azules. A Coco le encantaba el color de sus ojos y le parecía que todavía se le veían más bonitos por cómo se maquillaba. Y le encantaba también que su tía siempre anduviera arreglada, aunque no fuera a ir a ningún lado.

—¿Y eso, Coco?

—Pues es que dicen que se porta muy mal —Lola estaba convertida en la vocera de su hermana—, hizo llorar a Pili del Olmo y luego el padre la cachó comiendo un dulce en misa y luego cruzó la pierna en la iglesia.

—¡Cht! ¡Lola! —Márgara, fiel a su papel de hermana mayor, hizo callar a Lola desde el asiento de adelante.

—Es que dice el padre —explicó Coco— que tengo el carácter muy fuerte.

Volvió a ver los ojos azules, pero ahora desde el retrovisor. La tía Teresa iba manejando, pero no perdía detalle de sus sobrinas.

—¿Cómo que muy fuerte? —preguntó—, ¿cómo estuvo eso?

Coco le contó, más o menos. Estaban las tres tan distraídas, que no vieron cuando su tía dio vuelta en U.

Márgara fue la primera en darse cuenta.

—Tía —dijo—, me parece que ya te equivocaste.

—¡Sí! —dijo Lola, viendo por la ventana—, ¡qué mensa! ¡Por aquí no es nuestra casa!

—Gracias, niñas, ya sé —dijo—. Si todavía no me vuelvo tan loca.

—¿Y entonces? —preguntó Coco.

—Vamos por un helado, ¿no, Coco? —de nuevo la vio por el espejo—. Si a ti no te ha tocado, por lo que escucho.

—¡Qué poca! —dijo Lola—, ¿y nosotras?

—¡Cht! ¡LOLA! —Márgara estaba horrorizada.

—Pues ustedes también, ¿no? ¿O qué?, ¿con esas paletas de agua puerca tuvieron?

—¡Nooooo! —gritaron las dos.

—Pues ahí está —puso la direccional para estacionarse—; además, puede ser que con dos helados se les olvide que a su hermanita la mandó llamar el padre, ¿no creen?

Lola dijo que sí, sin pensarlo dos veces. Márgara no se veía tan convencida.

Se sentaron en una de las mesas de la plaza y su tía entró al baño y a hablarle por teléfono a su mamá.

—Si no le aviso que están conmigo, capaz que cuando lleguemos ya rentó sus cuartos o se consiguió otras hijas.

Las tres se rieron y le dijeron que claro que no. Márgara dijo que igual hablara, por si las dudas.

Pidieron un helado doble cada una. Y en canasta de galleta de chocolate, porque su tía les dio permiso, ella se compró un barquillo chico de fresa y lo lamió hasta dejarlo hecho una bolita perfecta.

—Mi mamá nunca come helados —dijo Lola—, dice que son pura engordadera.

—Tiene razón —dijo Teresa—, por eso yo como muy poquitos. Eso sí, esos poquitos los disfruto muchísimo.

Cerró los ojos y le dio otra chupada a su helado, como para demostrarlo. Cuando salió de su trance, volteó con Coco.

—A ver, ahora sí, explícame —dijo, limpiándole la barbilla llena de chocolate con una servilleta de papel—, ¿cómo estuvo lo que te dijo el padre?

Coco le contó lo que recordaba, que no era mucho. Lo de que Jesús era hijo de Dios y a la vez humano la confundía muchísimo. Le dijo, eso sí, lo de los mansos y las planas. Teresa la escuchaba con muchísima atención.

—Bueno —dijo, cuando Coco acabó y volvió a centrar su atención en su heladote—; también hay quien dice que Jesús era un rebelde...

—¿Jesús? —los ojos de Márgara le ocupaban toda la cara—, ¿cómo crees?

—No, no, no, tampoco —reaccionó Teresa—, son teorías. No me hagan caso, ni las repitan.

Se quedó callada.

—Más bien, Coco —dijo después de un rato—, creo que no te debes preocupar tanto.

—¿No?

—No —dijo, moviendo la cabeza con energía.

Les contó que a ella también la regañaban de chiquita por contestona y le decían más o menos las mismas cosas que a Coco.

—Y ya ves —dijo, mordiendo su barquillo—, ahora me gano la vida peleando.

Y era cierto: la tía Teresa era abogada en México y sólo pasaba unos días al mes en Querétaro.

—Así que no te preocupes tanto, muchachita —le acarició un cachete lleno de chocolate.

Cuando las dejó en su casa, medio empachadas pero felices, Coco estaba mucho más tranquila.

Pero Márgara se encargó de echárselo a perder. Iban caminando a la puerta, peleándose por ver quién tocaba el timbre, cuando Lola le recordó lo de los mansos.

—Pues ya ves que ni tanto —dijo Coco, triunfante—; ya viste lo que dijo mi tía.

—Bueno —dijo Márgara—, pero tampoco.

Se adelantó y tocó ella.

—¿O qué? —dijo, parada frente a la puerta—, ¿a poco quieres terminar como ella, soltera, teniendo que trabajar y sin hijos?

CAPÍTULO 17

Pobres Pili y Monse; se ven incomodísimas. Ya sé que no tendría que haberles dicho que me acompañaran a la prueba del vestido, pero es que entré en pánico. Ni modo que quede para la posteridad que a la primera prueba de mi vestido de novia tuve que ir sola como hongo y confiar en el espejo porque a estas alturas de mi vida no he sido capaz de conseguirme ni una sola amiga que me haga el paro y venga conmigo, pues no. Está súper triste, así que les hice manita de puerco hasta que dijeron que sí venían, pero es obvio que no saben qué hacer ni qué decir; Pili sólo sonríe con sus manitas cruzadas en el regazo, como si estuviera en misa, y Monse tiene su bolsa sobre las piernas y aprieta la correa como si tuviera miedo de que saliera del baño un asaltante y se la arrebatara.

Obviamente, yo siempre pensé que iba a venir con mis hermanas. Yo fui a todas las de ellas. Me acuerdo todavía de cuando tuve que ponerme súper ruda y decirle a Márgara que si seguía con su necedad de cambiarle las mangas a su vestido para que fueran largas, no fuera a ser que enseñara de más, yo no desfilaba detrás de ella; que no sólo era un crimen que le echara a perder su diseño a alguien, sino que, entre otras cosas, se iba a morir de calor con esa especie de hábito que quería hacerse. Y todavía me lo agradece, porque en vista de que yo puedo ser bastante más necia que mi hermana mayor cuando me lo propongo, y Márgara lo sabe, decidió no pelear más y dejarle las mangas como estaban, y todos descubrimos que tiene unos brazos súper bonitos que ni le conocíamos. Para que digan que la vida no da sorpresas.

Con Lola fue más fácil; hacía todo lo que le decíamos. No era que no estuviera contenta con casarse y así, pero como que le daba igual. Si yo le decía que se hiciera un favor y dejara de probarse vestidos strapless y empezara a buscar uno con un poquito de manga, me hacía caso; ni falta hacía que le dijera que así como Márgara nos había resultado con unos brazos como de bailarina de ballet, ella tenía unos como de fisicoculturista y siempre era mejor hacer lo posible por disimularlos un poquito.

Por lo menos, yo me salvé del intento de mi mamá de enjaretarme su propio vestido. Lo intentó muchísimo con mis hermanas, y las pobres no sabían qué hacer para decirle que preferían conseguirse un costal de harina y hacerle un hoyo para la cabeza y dos para los brazos antes que ponerse eso; Lola hasta tuvo que ponerse dos semanas a dieta de engorda para que no le entrara, y luego dejar de comer otras dos para regresar a su tamaño normal. Bueno, ni Márgara, que es tan buena y en todo le da gusto, aceptó ponerse el vestido; salió con que la ponía muy nerviosa irlo a maltratar y que prefería que se quedara sano y salvo para que luego lo usara una de sus hijas. Creo que ésa fue la primera vez en mi vida que vi a Márgara hacer algo tan perverso: no sólo le mintió descaradamente a mi mamá, sino que condenó de pasada a su pobre hija a casarse con el adefesio ese como de merengue y cero favorecedor con el que se casó mi mamá. Supongo que pensó que para cuando Catita esté en edad de casarse, mi mami ya va a estar en el cielo preocupándose por otras cosas, pero de todas maneras me sorprendió que nos saliera tan maquiavélica.

Mi suegra y mi mamá, obviamente, eran buenas candidatas, en teoría, para venir conmigo a la prueba. Y ya sé que no me escapo; en algún momento las voy a tener que traer a que opinen y me pregunten si "no me irá a dar frío" con el escote de la espalda (la forma que tiene mi suegra de decirme que le parece que ando muy destapada y francamente indecente) o que si seguro quiero una cola tan larga, que me voy a andar tropezando, que es lo que seguramente va a decir mi mamá, porque piensa que todavía tengo diez años y no sé caminar con tacones y un vestido largo. Me queda clarísimo que van a tener que venir y opinar de todo, pero estoy tratando de posponerlo lo más posible para que cuando lleguen ya esté todo tan adelantado que no haya mucho que arreglar; van a poner el grito en el cielo, obviamente, pero no quiero que opinen de más ni quiero tener que estar peleando con que por qué no le pones una manguita abultadita o con que qué necesidad de meterte con esta costurera que se ve tan rara, si la señora Del Olmo te podría haber hecho algo mucho más bonito y moderno.

Ésa es otra: no me quiero ni imaginar la cara que van a poner las dos cuando les presente a Tania. Fuimos compañeras en la escuela y ella era la única de toda la generación que era capaz de coser y terminar las cosas como Dios manda; ahí donde yo empezaba a considerar echar mano de la engrapadora y el diurex, ella había hecho todo perfecto, con unos pespuntes microscópicos y unos terminados como de alta costura. El problema es que no se lo notas a simple vista; más bien, a simple vista lo único que te transmite son unas ganas tremendas de salir corriendo: le encanta vestirse de negro, con blusas de encaje, medias y plataformas, súper gótica. Y cada día trae el pelo de un color distinto; hoy, por ejemplo, lo trae fucsia de la oreja para abajo y de la oreja para arriba como naranjoso, decolorado. La pobre de Monse no puede dejar de verla y cada vez que Tania le dirige la palabra como que pega un brinquito de sobresalto.

—¿Dices que fue contigo a la escuela? —me pregunta Monse queditito en cuanto Tania nos deja para ir por el vestido.

Le digo que sí, y que es buenísima costurera.

—Y no sólo eso —digo—, tiene muy buen ojo. Y un toque súper femenino.

Ahí las dos se me quedan viendo con cara de que por favor me vaya a verle la cara a la más vieja de mi casa. Y no tienen por qué, la verdad; si tan sólo dejaran de aterrorizarse un segundo y vieran a su alrededor, se darían cuenta de que el departamento de la Escandón que Tania usa de casa y de taller está súper bien decorado: los sillones en los que estamos son de un gris clarito que combina perfectamente con las cortinas blancas con una rayititita gris y los cojines color turquesa, y el cuarto está dividido en dos por una cortina de terciopelo gris, para que del otro lado te pruebes y te veas en millones de espejos. Vamos, hasta nos ofreció de beber y me trajo a mí un vaso de agua (estoy segura de que si me dan un café, lo vacío en el vestido) y a Pili y Monse cafés en tazas y vasos que ni mi mamá, con todo y servilletita de tela y posavasos. Nosotras, dizque tan modositas, a duras penas llegamos a servilletas de papel, y eso no siempre.

—Como que ya se tardó, ¿no? —dice Pili—, hace un rato que dijo que ahorita venía con tu vestido.

—No sé —digo—, probablemente le está terminando algo.

—A lo mejor no tiene nada, o lo que tiene es un desastre —dice Monse, de lo más optimista—; oye, Coco, ¿y estás segura de que no prefieres un vestido de una tienda? ¿Uno que ya esté hecho por un profesional?

Me armo de paciencia y le digo que tanto Tania como yo somos profesionales.

—No, sí, claro, pero... —Monse trata de arreglarlo—, de alguien que haga vestidos de novia, haz de cuenta.

Le explico que, para fines prácticos, lo mismo da hacer un vestido de novia que uno de cualquier otro tipo. Se ve que no me cree, pero opta por callarse y seguirse aferrando a su bolsa.

Vuelve a entrar Tania cargando un gancho y una funda larguísima con mi vestido adentro, espero. Abre la cortina, cuelga el gancho en un tripié y abre el cierre de la bolsa; inmediatamente, se desborda de adentro una catarata de seda y tul y yo tengo que meterme el puño a la boca para no pegar un grito. Mi vestido.

Tania ve que me emociono como niña chiquita y se ríe. Con todo y el delineador negrísimo y los *piercings,* se ve hasta tierna.

—Adelante, por favor —hace un gesto con la mano para que entre al probador.

Antes de cerrar la cortina, me pregunta si traigo la ropa interior y los zapatos que me voy a poner el mero día. Le digo que por supuesto que sí; no hay nada más desesperante para una costurera que tener que arreglar todo de último minuto porque resulta que siempre sí se te asoma un tirante o tus tacones miden medio centímetro menos de lo que habías pensado.

Mientras me quito la ropa, la escucho contarle a Pili y a Monse que lo que más le gusta de su trabajo es ese momento de emoción de las novias cuando se prueban su vestido por primera vez. Pero creo que mis compañeras de casa están demasiado horrorizadas para contestar, porque no escucho que hagan ni un sonido.

—¿Cómo vas, Coco? —pregunta Tania del otro lado de la cortina—, ¿quieres que te ayude?

Le contesto que creo que sí, sobre todo porque me hice el firme propósito de no verme al espejo hasta que tenga todo acomodado y en su lugar. Quiero tener la experiencia completa y no irlo viendo nomás por partes.

—Es que no entiendo cómo va esto —le digo a Tania, que está abriendo la cortina y asomándose.

—Pues claro que no —dice, riéndose otra vez—; si estás metiendo el brazo por el cuello. A ver, espérame.

Trata de arreglarlo sin quitarme el vestido, pero pego un grito cuando está a punto de dislocarme el hombro derecho. Le digo que mejor me lo quito y volvemos a empezar.

—Ándale, pues.

Mientras me salgo del vestido, me pregunta que qué onda con mis acompañantes.

—Están súper raras, oye —dice, bajito—, y mega friqueadas, las pobres.

No le digo que más rara les parece ella, y que están esperando a ver en qué momento saca un machete y amenaza con cortarlas en cachitos. Sólo digo que no están familiarizadas con la ropa negra fuera de los lutos.

—¿Son de tu pueblo?

Hace mucho que dejé de pelear con los chilangos que dicen que Querétaro es un pueblo. Sólo le digo que sí y que si me hace favor de acomodarme el cuello.

Toma las dos cintas de la parte de enfrente y me las pasa alrededor del cuello.

—Tú me dices dónde te lo marco —dice.

Estamos un rato discutiendo el mejor lugar para coserlo; primero, me queda tan apretado que no puedo ni levantar la cabeza, y luego queda aguado y se cae todo. Finalmente, le atinamos y lo marca con unos alfileres.

Estoy desesperada.

—¿Ya? —pregunto—, ¿ya me lo puedo ver?

—Pérame —se hace dos pasos para atrás, inclina la cabeza y entrecierra sus ojos, delineados de negro que te quiero negro. Regresa y arregla un pliegue de la cola. Vuelve a hacerse para atrás y esta vez regresa a examinar un plieguecito del talle.

—¡Ay, yaaaa! —digo—, ¡lo estás haciendo a propósito! ¡Déjame verlo!

Me dice que está bien, que ya lo puedo ver, y me da la mano para que me suba en una plataforma. Las tres paredes a mi alrededor están cubiertas de espejos y me veo multiplicada por mil y desde todos los ángulos posibles.

Se me va el aliento.

Con todo y que todavía le falta muchísimo (falta que le pongan toda la pedrería al talle y le terminen una de las capas de la falda, además del cuello), no debería decirlo, pero está espectacular. Si no estuviera sintiendo cómo me pesa en la espalda y en los brazos, pensaría que es otra la del espejo: se me ve una cinturita y mis caderas enormes se disimulan con el vuelo de la falda, además de que el talle tan pegado y el corsé me hacen ver más espigada, aunque no me den mucho chance para respirar, la verdad. Y qué bueno que le hice caso a Andreu con lo del color; se me ven los hombros súper bronceados y me desaparecieron las ojeras como por arte de magia.

—¿Cómo ves? —pregunta Tania—, ¿te gusta?

No puedo decir nada, sólo muevo la cabeza muchas veces. Me advierte que va a abrir la cortina y le digo que sí. La abre en un solo movimiento mientras dice "¡taraaaaán!".

La verdad, Pili y Monse reaccionan como las grandes. Hacen todo lo que se podría esperar de alguien en sus circunstancias: dicen "aaaaah" y se tapan la boca con las manos, cuando se recuperan dice que está precioso y que me veo como una princesa, se paran y dan vueltas alrededor de la plataforma. Vamos, todo lo que una buena amiga haría en un momento como éste.

Les digo que mil gracias, que son unos encantos, pero que si no hay nada que como que no las convenza. Que, por favor, sean muy sinceras.

Las dos dicen que no, que para nada, y luego se quedan calladas. Obviamente, hay algo.

—Bueno —dice Monse, parada junto a mí y viéndome por el espejo; tiene su pose de las decisiones difíciles, con el codo derecho recargado sobre la mano izquierda y la mano derecha en el cachete—, ahora que lo dices, sí hay algo.

Le pregunto qué.

—Pues sí te ves divina, y todo, Coco —dice—, pero no estoy segura...

Pili truena los dedos.

—Ya sé —le dice a Monse—, es el cuello, ¿verdad?

—Pues sí —Monse tuerce la boca—, está... un poco destapadito, ¿no se te hace? ¿Qué tal que te da frío?

Me dan ganas de darme de topes contra la pared. ¿En qué momento se me ocurrió decirle a este par que me acompañaran? Son peores que Márgara.

Pero Pili se ríe.

—A ver, hermana —le dice, ya más seria—; di la verdad. Lo que quieres decir es que está destapadito para la iglesia, ¿no?

Monse clava los ojos en el piso y dice que sí, que un poco. Yo miro a una y a otra sin saber qué decir.

—¡Ay, Monserrat! —dice su hermana, manoteando—, ya estás como mi mamá. Eso de ir a la iglesia toda tapada es como del siglo diecisiete, ¿verdad que ya no se usa?

Nos pregunta a Tania y a mí. Las dos levantamos los hombros y no decimos nada. Francamente, no tenemos ni idea.

—Bueno —dice, magnánima—, ustedes no saben nada porque son herejes, con todo y que tu pobre mamá hizo lo posible por educarte, Coco.

Sigo callada. Creo que me estoy asustando.

—Pero yo —sigue Pili, segurísima—, que sí soy una mocha de aquéllas, te lo puedo decir: haz lo que quieras. Total, vas a llevar velo, ¿no?

Tania y yo asentimos.

—Perfecto. Entonces, ¿puedo hacer una sugerencia?

No es una pregunta, me hace señas de que me baje de la plataforma y, cuando me tiene a mano, coge las dos tiras del cuello y les quita los alfileres.

—Espérate, Pilar, ¿qué haces? —le digo, retorciéndome porque insiste en guardarme las tiras adentro del talle—, ¿estás loca o qué? ¡Me haces cosquillas!

—No —dice, sin inmutarse—; simplemente, creo que estaría mejor así.

Me suelta y volteo al espejo. Por mucho que me cueste admitirlo, tengo que reconocer que Pili tiene toda la razón: me queda mucho mejor un escote strapless. Los hombros se me ven más estrechos y el cuello, mucho más largo y afinado.

—¿A poco no? —dice, su cara cachetona llena de orgullo.

Monse no se decide.

—No sé, hermana —dice—; así, de a tiro...

Tania, quien había permanecido en silencio y sospecho que aguantándose unas carcajadas durante todo el numerito, empieza a darme vueltas con el ceño fruncido.

—Fíjate que creo que hasta tiene razón —dice—. El cuello halter lo vuelve muy pesado.

Yo no sé qué pensar.

—Pero ¿y qué va a decir mi suegra? —pregunto, por fin.

—¡Pues es que eso exactamente lo que yo digo! —dice Monse, como si quisiera hacernos entrar en razón—; tu suegra va a pegar el grito en el cielo si te apareces por la iglesia sin mangas.

O, de perdis, me va a querer enjaretar un "bolerito", como dice ella. Cada domingo que paso en Querétaro y voy a misa con ellos tengo que acordarme de llevar una blusa con mangas o, de perdis, un suetercito, porque si no, hace unos dramas que cualquiera diría que me presento en el templo como Lady Godiva.

Vuelvo a sacar los tirantes del talle y le pido a Tania otro alfiler del alfiletero que tiene amarrado en la muñeca.

—¡Ay, no! —protesta Pili, alzando la voz—, ¡no seas mensa, Coco!

Las tres volteamos a verla, sorprendidísimas. Se pone roja.

—Quiero decir —recapacita—, que no tienes por qué hacerle caso en todo. Es tu vestido, ¿no? Y tampoco es que digas ay, qué bárbaro, cuánta indecencia.

Flaqueo.

—Además —me apunta con el dedo índice—, si le das gusto en esto, le vas a tener que dar gusto en todo, ¿ya lo pensaste?

—No —dice Monse—, no necesariamente, ¿por qué?

—Ay, hermana —dice Pili, cargada de paciencia—, porque la malacostumbras. Luego va a querer que Coco no trabaje; luego, que tenga hijos...

Enumera con los dedos.

—Después, que le aguante todo a su maridito, que nos puede caer muy bien, pero es medio patán, de pronto...

Y así, sigue un rato. Haciendo una lista de todas las cosas terribles que mi suegra puede exigir de mí por el mero hecho de elegir un escote discreto para mi vestido de novia.

No sé qué me da más miedo; si esta nueva faceta de Pili o el futuro que me presenta.

CAPÍTULO 18

¿Un capuchino? Mejor un moka, con doble dosis de chocolate. Y una galleta de las de chispas. Bueno, dos galletas, aunque una sea integral. No, pero ¿y luego, el vestido? ¿Qué tal que no me cierra? Bueno, me como todo y mañana no como nada en todo el día. Total, ya mañana va a haber pasado la crisis y ni lo voy a necesitar.

Pero todos los premios y estímulos del mundo no me son suficientes. Dije que hoy no iba a hacer nada hasta que no llamara a los fotógrafos y consiguiera uno y ya se me pasó la mitad de la mañana sin levantar el teléfono siquiera. Si algo odio en la vida, es hablar por teléfono con gente que no conozco y, encima, tener que pedirles favores.

Ya sé que estrictamente no es un favor, pero hasta yo sé que pedirle a cualquier fotógrafo mínimamente decente que te agende con menos de un mes de anticipación es, casi casi, una grosería. De por sí, todos son unas divas que se dan una importancia loca, si les da uno motivos para decir que no y hacerse los muy ocupados, pues peor tantito.

Todo porque Ana no sabe quedarse callada. La semana pasada tuvimos una junta para ver en qué iba lo del catálogo, y todos íbamos como siempre, a darle por su lado a Jaime y a hacernos patos un ratito. Todo el mundo sabe que esas juntas son nada más para que Jaime se sienta importante y sienta que "está llevando" la empresa y que está de lo más involucrado con todo lo que pasa y con el "día a día"; en realidad, tenemos perfectamente claro cómo funciona lo del catálogo y las nuevas colecciones, cada quien sabe qué le toca hacer y a qué hora y básicamente vamos a las juntas a hacernos locos y dibujar monitos en nuestros cuadernos, mientras ponemos cara de que estamos tomando notas fundamentales.

O así era, al menos, hasta la semana pasada, en que a Ana se le ocurrió ponerse creativa. Entró a la junta ya que había empezado, con un montón de catálogos de las colecciones pasadas, todos marcados con post-its, en una mano y un vaso de café en la otra.

—¡Perdón, perdón! —dijo, mientras se sentaba y se arreglaba la falda—, es que me quedé revisando esto y se me fue el santo al cielo. *Sorry!*

Karina, la chica de ventas encargada de llevar las reuniones, sólo se le quedó viendo con ojos de pistola desde el fondo de la sala de juntas, pero no dijo nada. Los demás seguimos en lo nuestro.

Y así pensamos que íbamos a seguir hasta el final, pero nada. En cuanto Karina empezó a decir quiénes iban a ser las modelos, Ana levantó la mano, como en la escuela.

—¿Sí, Ana? —dijo Karina, que es tan mandona y tan organizada que no está acostumbrada a que la interrumpan.

—Gracias —dijo, Ana, con una sonrisota—, es que, no es que quiera dar lata, pero estaba pensando si las modelos...

—¿Qué tienen? —Karina arrugó sus cejas delgaditas.

—Mira, nada —Ana tomó uno de los catálogos y lo abrió en una página marcada con un post-it rosa. Era una de las fotos que más trabajo nos costaron el año pasado y, según yo, la chava y el vestido se veían espectaculares.

—Tal vez soy yo, que soy muy *picky* —dijo Ana, señalando la foto—, pero se me hace como que le falta algo, ¿ya sabes?

Los ojos de toda la sala de juntas iban de Ana a Karina, que escuchaba con las mandíbulas apretadas. Ella, junto con Lucy, había sido la encargada de diseñar y escoger todas esas fotos. Si Ana me hubiera quedado más cerca, le hubiera explicado; claramente, no sabía nada y sólo se estaba metiendo en un problema de a gratis.

—No, no sé —dijo Karina—, ¿me explicas?

Se escuchó un "uuuuuh", como si se fuera a armar el pleito. Ana levantó la mano. Intenté aventarle mi lápiz para que se callara, pero sólo llegó a la mitad de la mesa y rodó hasta el piso, frente a Gerardo, que sólo lo vio pasar.

—No, si no se trata de tomárselo personal, porfa —dijo Ana, con esa cara que pone como de hermanita de la caridad—, te juro que lo digo en súper buen plan y sólo para mejorar el trabajo de todos...

—Sí, ajá —Karina se estaba impacientando—, por eso; ¿me explicas?

—Mira, no es que sea un problema como tal —dijo—, las fotos están monas, ¿no? Como *cute,* haz de cuenta. Las modelos se ven bien, los vestidos, también, pero como que siento que están medio equis.

—¿Equis? —Karina levantó la voz peligrosamente. Sentí que alguien tenía que entrar en acción y decidí que tenía que ser yo.

—Se me hace que a lo que Ana se refiere —dije—, es a que aunque estas fotos están súper bien, Kari, y se nota cañón el trabajo que hicimos todos, este año podríamos hacer algo todavía mejor, ¿no?

Volteo a ver a Ana con cara de "no me lo eches a perder".

—Bueno, así como súper bien, tampoco —dijo Ana, y me dieron ganas de matarla—; dije que estaban monas, y hasta ahí.

Aaaargh. Tan bien que íbamos. Karina se ve como a punto de abalanzársele y jalarle los pelos, pero de pronto se acordó que ahí estábamos, pendientes de todo el asunto, y lo pensó mejor. Respiró profundo y se arregló el saco.

—Muy bien —dijo, con una sonrisa más falsa que un billete de dos mil—, ya que tienes tantas sugerencias, Ana, ¿por qué no te ocupas tú?

Ana se encogió de hombros.

—Pues si quieres —dijo, y paseó la mirada por toda la sala—; no acabo de entender por qué tengo que ser yo la que haga todo, pero si es la única manera de que las cosas salgan medianamente bien, supongo que está bien.

Ahí fue Gerardo el que casi se le va a los golpes, pero como él sí estaba sentado junto a mí, lo alcancé a pepenar. Escribí en mi cuaderno, bien grande, para que lo viera, "TRANQUILO, NO VALE LA PENA". Me hizo una cara horrible, pero se quedó callado.

—Y, ya que estamos en esto —Ana no escarmentaba—, ¿podríamos hablar del asunto del fotógrafo?

—¿Qué del fotógrafo? —esta vez fue una de las asistentes de Karina—, ¿qué tiene?

Ay, ay, ay. Intenté hacerle más señas a Ana para que no siguiera por ese camino, pero no es muy fácil transmitir el mensaje "no digas nada, porque es su novio" y pasar desapercibida.

Ana se rio.

—Nada —dijo—, sólo que es un mediocrazo, ¿no?

Cogió otro de los catálogos y lo abrió.

—O sea, mira —señaló una foto y se la enseñó; la chavita la miraba cruzada de brazos y con la boca fruncida—, no me digas que es una buena foto: es lo más soso y trillado del mundo, ¿o no? O sea, *boooring!*

Nos voltea a ver para que le hagamos segunda, pero ni locos que estuviéramos: esa niña tiene fama de que es rencorosísima; cuentan que una vez Olga le colgó el teléfono sin querer y desde entonces cada vez que puede la empuja en el pasillo. Ya parece que alguien va a criticar las fotos de su novio.

Que, aquí entre nos, a mí no me parecen nada malas. Está bien que no son como para exposición, de hecho, la foto que enseñó Ana es la típica donde la modelo está parada viendo a la cámara y lo único que se ve como de adorno es el vestido que trae puesto, pero están bien hechas y, para las miserias que paga Jaime, son una joya. Además de que Leonardo, el fotógrafo novio de la rencorosa, es de lo más cumplido y buenísimo para lidiar con las modelos cuando se ponen difíciles; es casi como encantador de serpientes.

—Por favor —insiste Ana—, no me pueden decir que esto les parece bien. O sea, si no hay narrativa, ni ironía, ni riesgo. ¿O de plano yo estoy mal?

Recorre la mesa con la mirada. Todos nos revisamos con cuidado las uñas o las hojas blancas de nuestros cuadernos, nadie la voltea a ver. No le queda más remedio que quemar su último recurso.

—A ver, Jaime —Jaime, que había estado viendo su celular desde antes de que Ana entrara por la puerta, levanta la cabeza con cara de que lo cacharon con los dedos contra la puerta—, dime si no tengo razón.

Es obvio que Jaime no tiene ni la más pálida idea de lo que está sucediendo, pero es incapaz de reconocerlo.

—Tienes toda la razón, Anita —dice—. Es más, que se haga todo como tú digas.

Si Jaime tuviera dos dedos de sensibilidad, se hubiera dado cuenta de que en ese momento sus puntos, que ya de por sí eran pocos, bajaron todavía más. La rencorosa puso cara de que le iba a escupir a su taza de café todos los días hasta el fin de los tiempos.

Ana dijo que perfecto y que no nos preocupáramos de nada; que ella conocía a millones de modelos y cientos de fotógrafos y que en cinco minutos conseguía a un equipo que nos ayudara a reformular toda la imagen y a demostrarle al mundo que ya no éramos una bola de mediocres, sino que estábamos dispuestos a proponer.

Después de la reunión, todas las personas con las que me crucé en el pasillo me dijeron pestes de Ana.

—Y yo que tú me cuidaba, ¿eh? —me dijo Gerardo más tarde, mientras comíamos en mi oficina, él una hamburguesa, yo una ensalada con un puño de lechuga marchita y un jitomate aguado que me encontré en el refri—. Porque ya clarito estoy viendo que te va a tocar conseguir hasta el último foco para la sesión de fotos.

Le dije que era un exagerado y lo regañé por tenerle tan mala voluntad a Ana.

Y, claro, cuando ayer en la tarde me llegó un correo de Ana pidiéndome que si por favor, por favor, yo le podía echar la mano hablándole al fotógrafo; que si le fuera posible lo haría ella, pero estaba saturada de trabajo y no alcanzaba a hacerse cargo de todo, casi me desmayo. No sólo porque era el colmo que Ana no se ayudara ni tantito y le siguiera dando argumentos a todos los que decían que no hacía nada y que quería que todo el mundo le resolviera las cosas, sino porque, a pesar de que la quiero (sí, digan lo que digan), sí se me hacía muy injusto que me pusiera a mí a hacer algo que ni siquiera era necesario.

Y lo peor fue que otra vez estaba Gerardo en mi oficina cuando me llegó el correo. No sé qué cara habré puesto, que me preguntó qué pasaba.

—Nada —dije, distraída por el coraje—, una cosa que me pide Ana.

Sonrió y movió la cabeza.

—No me digas —dijo—, ¿te pidió que consiguieras al fotógrafo?

—No...

—Coco —dijo, sentándose encima de mi escritorio y entrelazando las manos—, yo no soy tu novio, ¿te acuerdas? A mí no me tienes que decir mentiras.

Ni caso tenía negarlo; Gerardo me había visto mil veces contarle a Alfredo cosas que no eran tan ciertas, y le encantaba decirme de broma que si no me daba vergüenza que mi relación se sustentara en puras mentiras. Yo le contestaba que no eran mentiras, mentiras, sino puras verdades dosificadas; que todo el mundo sabía que la clave de la felicidad era la falta de información.

Pero en ese momento no estaba yo para chistecitos. Estaba furiosa. Y más furiosa me ponía que Gerardo se hubiera dado cuenta.

—Ay, es que me choca —me quejé, jalándome los pelos

de pura desesperación—, odio hablar por teléfono y más con gente que no conozco. Y los fotógrafos son todos unas divas.

—Pues dile que no, y ya.

—Ay, sí, tú —le dije—; como si fuera tan fácil.

—Pues sí es —se encogió de hombros—. Vas a su oficina, tocas...

Se le iluminó la cara.

—¡Es más! —dijo—, ¡vamos a hacer un ensayo! ¡Párate, párate!

Me cogió la mano y me hizo pararme de mi silla a jalones.

—¡Estás loco! —dije, riéndome.

—No, no, no —me empujó hasta la puerta y luego regresó y se sentó en mi silla—; vas a ver. Toca la puerta.

—¡No, qué toca la puerta! ¡Tengo muchísimo qué hacer!

Dijo que no se iba a ir hasta que no hiciéramos el ensayo y, conociéndolo, sabía que más me valía hacerle caso o nos íbamos a estar ahí hasta el día siguiente. Me salí, entorné la puerta y toqué.

—¡Ash! ¿Un momento, sí? —el tono fresa de Ana le salía igualito—. ¡Pasa!

Abrí y me entró un tonto de risa. El muy tarado se había quitado la camisa de franela y se la había amarrado, abrochada, debajo de las axilas, como un strapless; había sacado de mi bolsa mis lentes oscuros y se los había puesto encima de la cabeza, y hasta se había embarrado mi lipstick en los labios y en los cachetes. Se veía ridículo; me dolía la panza de tanto reírme.

—¿Qué se te ofrece, esclava? —dijo, moviendo muchísimo las manos.

Me tardé un rato en poder hablar, porque no podía parar de reír. Cuando pude, le dije que no estaba de acuerdo con hablarle yo a los fotógrafos.

—¿Sabes qué? —lo dijo igualito que Ana, algo como "¿s'es queeee?", súper fresa—, que me parece que eres cero amiga del *teamwork,* ¿ya sabes? Qué egoísta, la neta.

—¡No soy egoísta! —me lo tomé en serio—, ¡sólo que no me gusta hacer ese trabajo y creo que no es justo!

Gerardo puso cara de sorpresa.

—A ver, Coco —dijo, ya con su voz normal—; a mí no me lo tienes que decir. Yo ya sé que eres la menos egoísta del mundo.

—Bueno, tampoco...

—No, sí eres —me interrumpió—; la prueba es que todo el que quiere te agarra de tapete. Como la gandalla de Ana.

—Ay, no digas eso —le digo—; no es gandalla, sólo tiene muchísimas responsabilidades.

—¡Sí, pero no cumple con ninguna! —dijo—, ¡todo lo terminamos haciendo o tú o yo!

Me sentía la más traicionera de darle la razón. Le dije que tampoco es que fuera tan así. Y que en una de ésas me servía hablar con los fotógrafos para ir haciendo conocidos en el medio.

Me dijo que yo lo arruinaba todo y que se había acabado la diversión. Se volvió a poner la camisa y le ayudé a quitarse el lipstick como pude. Todavía en la puerta, alcancé a gritarle que se llevaba mis lentes en la cabeza. Regresó a dármelos y me volvió a pedir que le dijera a Ana que no.

Le dije que lo iba a pensar.

Ojalá sea cierto eso que dice Ana de que a la primera me van a decir que sí. Osh, pero no quiero. Bueno, ya sé, voy a usar la técnica que usábamos con mis hermanas cuando teníamos que ir a depilarnos antes de las vacaciones: un aliciente y un premiecito, como decía Márgara. Le voy a escribir primero a Andreu contándole mis penas y después ya, llamo, y cuando lo haya resuelto, salgo por el capuchino.

Le doy "enviar" al correo de Andreu, pero sigo sin tener ni las más mínimas ganas de llamar. Ni modo.

Marco el primer teléfono y cuelgo antes de que empiece a sonar. Concéntrate, Coco; piensa en el capuchino.

Vuelvo a marcar y, en cuanto escucho que una voz de hombre dice "¿Sí?", cuelgo. Soy una tarada: ahora van a saber quién soy. Marco de nuevo y cojo la bocina con las dos manos, como para evitar el reflejo de colgar.

—¿Sí?

—¿Arturo Breña? —pregunto.

—Soy yo —dice—, ¿quién habla, perdón?

Le explico. Me dice que si yo le había llamado ya y había colgado; le digo que las líneas están fatales, que desde el temblor no han vuelto a quedar bien.

—¿Cuál temblor? —pregunta—, ¿el del ochenta y cinco?

—Sí, no sabe qué problema...

Me presento y le digo de dónde le llamo y para qué. Me pregunta pagos y fechas y yo se las digo. De pasada, como quien no quiere la cosa, suelto el nombre de Ana, para terminar de convencerlo.

Pero pasa algo muy raro: en cuanto lo digo, siento que la temperatura baja unos dos grados.

—Ah —dice. Y se queda callado.

Yo hago como ejem, ejem, para ver si reacciona y sí, reacciona. Me dice que justamente esa fecha ya la tiene ocupada y quc lc da muchísima pena, pero que no va a ser posible. Casi le digo que entonces para qué me hizo tantas preguntas, pero ni para qué me hago de mala fama en el medio; si no quiere, pues no quiere y ya. El que sigue.

Lo chistoso es que con los siguientes cinco me pasa lo mismo: ponen voz de que igual y sí les interesa, pero cuando llego a "fíjese que mi colega Ana, que dice que es su íntima, me dio sus datos y me recomendó muchísimo su trabajo", se echan para atrás. Tal parece que se acuerdan de que siempre no podían o que tenían ya un compromiso que no pueden mover y me salen con que siempre no. Uno hasta me dijo que era cumpleaños de su abuelita y por eso no iba.

Hasta que otro, de plano, decidió ser sincero y decirme que si era con Ana, nomás no, muchas gracias.

—Lo siento si es tu amiga —me dijo, amable, hasta eso—, pero la verdad es que he tenido pésimas experiencias y, después de una terrible, juré nunca más trabajar con ella.

Me quedo hecha una mensa. Sólo digo "ajá...", y el tipo como que se arrepiente.

—Mira —dice—, me da mucha pena hablar mal de los colegas, pero sí te tengo que decir que te cuides.

—¿Yo?

—Pues sí —dice—, nada más eso. Abre bien los ojos.

Le digo que sí, que ajá y le cuelgo lo más pronto que puedo. Qué raro.

Al siguiente, por si las dudas, no le menciono a Ana. Sólo le digo que me lo recomendaron y que si quiere trabajar con nosotros.

Dice que sí, luego, luego.

CAPÍTULO 19

No aguanto los pies. En mala hora se me ocurrió sacar del clóset estos tacones, si ya sé que al ratito de traerlos puestos me empieza a doler el arco muchísimo y ya no puedo casi ni estar parada; pero es que no puedo evitarlo, son súper bonitos: altísimos y con una textura como de víbora, y hacen que las pantorrillas se me vean como si me la viviera en el gimnasio haciendo repeticiones.

Debería ponerles un letrero por adentro que dijera: "OJO, usar solamente para comidas y eventos que no impliquen estar de pie; evitar sobre todo usarlos para los días en que Ana está más instalada en capataz que de costumbre y está dispuesta a traerme de arriba para abajo cumpliéndole hasta su último caprichito." Es que yo siempre la defiendo, pero hoy sí se pasó; creo que me hizo ir a su oficina como veinte veces, no es broma. Con eso de que se acerca la presentación de la nueva colección, cada día está más nerviosita y demandante.

Me siento como cuando sales de una fiesta; estás perfecta de los pies, baile y baile, feliz de la vida, hasta que tu novio dice que ya estuvo bueno y que ya nos vamos. Y ahí es donde sientes que no puedes dar un paso más y que tienes los pies hinchados como zepelines. Así yo, igualito hoy: estuve corriendo por toda la oficina el día entero y ahora que por fin llego a mi casa, caminar del coche al elevador fue un triunfo, casi, casi, me fui arrastrando. Ahora, los seis pisos del elevador se me hacen eternos y estoy recargada contra la pared, peleando con las ganas de quitarme los zapatos y quedarme descalza. Si no fuera porque estoy segura de que el perro de los del siete se hace pipí aquí a cada rato, ya lo hubiera hecho.

Se abre el elevador y me arrastro hacia afuera. No tengo tiempo ni de sacar la llave cuando se abre la puerta del departamento y aparece Monse.

—¡Vaya! —dice—. ¡Hasta que por fin llegas! ¡Pásale!

Me toma de la mano y me arrastra para adentro. Estoy a punto de caerme con mis taconsotes.

—¡Espérate! —le digo, tratando de recuperar el equilibrio—, ¿estás loca o qué te pasa?

—Perdón, pero es que llevamos años esperándote.

—¿A mí? —Me quito los zapatos y los dejo debajo del mueble de la entrada, encima de todos los otros que he usado en la semana—, ¿y para qué?

—¡Ay, hasta que llegas! —dice Pili, saliendo de la cocina con un delantal de florecitas—, ¡ni te quites los zapatos! ¡Póntelos, póntelos!

—¿Qué? ¡No, ni loca! —creo que se me pasó la mano con el grito—, es que en buena onda me duelen muchísimo los pies.

—Bueno, ve por otros —me hace un gesto de que me apure—. Y, de paso, te llevas todos esos que están ahí y se ven horribles.

Creo que ahora sí las dos se volvieron locas. Dan vueltas alrededor de mí como abejitas.

—Hijo y hueles medio feo, además —dice Monse, husmeándome—, ¿no sería posible que aprovecharas para darte un regaderazo?

—No, ¿cómo crees? —dice Pili, y me olfatea, también—. Bueno, aunque sea cámbiate y ponte perfume, ¡pero ándale, que ya no debe tardar!

—¿Quién? —estoy tan hecha bolas que no me doy cuenta ni a qué hora me llenaron los brazos de zapatos—, ¿de qué hablan?

—¡Pues de Alfredo, boba! —dice Monse—, ¿quién más va a venir a verte a estas horas?

¿Alfredo? Ay, no, por favor. No tengo nada de ganas de hacerle la visita a estas horas y con este cansancio. De hecho, lo que realmente quiero en este preciso instante es ponerme la piyama, comerme el chayote con queso panela que me toca de cena según una dieta que saqué de una revista de novias y meterme debajo de las cobijas para ver un capítulo de *Sex and the City* en la computadora.

No puedo evitarlo; se me escapa un quejido.

—¡María del Socorro! —dice Pili, con las manos en la cintura—, ¿qué estás loca, o qué te pasa?

Me toma del codo y me va llevando hasta mi cuarto. Yo estoy tan sorprendida que dejo que me lleve por el pasillo y me siente encima de mi cama, sin dejar de hablar.

—Todavía que tu novio nos llama y nos pide que te pongamos en la puerta a las nueve con un vestido bonito porque te tiene una sorpresa, y tú te haces del rogar y sales con que estás cansada.

—¿Una sorpresa? —parezco mensa.

—Sí, fíjate —abre la puerta de mi clóset—, una sorpresa. Y te va a encantar.

—¿Cómo sabes? —digo—, ¡no me digas que ya te dijo lo que es!

Hace una mueca como que se está cerrando un cierre de la boca. Me paro de un salto, ya sin sentir dolor en los pies ni nada.

—¡Tú sabes qué es! —la tomo de los hombros—, ¡dime!

Mueve la cabeza.

—No, no, no —dice, mientras pasa rapidísimo los ganchos de mis vestidos—; le di mi palabra de que no te iba a decir nada.

Saca mi vestido azul sin mangas. Uno que siempre digo que es el de la buena suerte.

—¡Pero está bien padre! —le brillan los ojos—, vas a ver. Ándale, ponte este vestido que se te ve tan bonito. Y apúrate, que no debe tardar.

Se sale para que me cambie (a diferencia de mis hermanas y de mí, las Del Olmo no soportan verse en ropa interior), pero de camino a la puerta me da un abrazo rápido.

—Tiene razón Monse —dice, antes de cerrar la puerta—; un poquito de perfume, y de desodorante, no te vendrían mal.

Me pongo el vestido y unos zapatos con un tacón un poquito más manejable, pero que a cambio me aprietan el dedo gordo derecho. Ni modo, ya si me sale un moretón, me pinto las uñas de oscuro. Ya que estoy sola, aprovecho para olerme las axilas, y casi me desmayo. Con razón nadie quiso subirse al elevador conmigo en la tarde; creo que tanta carrerita entre mi oficina y la de Ana, con el calor que está haciendo, sí hizo estragos. Debería bañarme, pero si ahorita empiezo con eso, entre que me arreglo y me seco el pelo, no acabo nunca. Lo siento: me lavo como puedo y me pongo bastante desodorante y perfume.

En el espejo tengo ojos de mapache, con el rímel todo corrido y la cara de un tono verdoso que no se lleva nada con el azul cobalto del vestido. Y lo peor es que me siento tan agotada como me veo; suspiro de cansancio y me doy cuenta de que de tanta dieta este vestido ya me queda hasta flojo; cuando lo compré no podía ni respirar bien.

¿Qué será la bendita sorpresa? ¿Serán los boletos de la luna de miel? A lo mejor no, porque todavía no terminamos de decidir a dónde irnos; yo quiero Europa o África, algo exótico, vamos, pero Alfredo dice que eso de ir de turista le da mucha flojera, que mejor vayamos a la playa. Si por él fuera, usaríamos el departamento de sus papás en Puerto Vallarta y punto, pero yo la verdad no quiero que los recuerdos de mi luna de miel sean con la ropa de sus papás en los cajones y Mode, la muchacha, diciéndome que no puedo ni cambiar el camastro de lugar porque "a la señora eso no le gusta". Claro que eso no lo digo; sólo digo que preferiría algo un poquito más especial.

No, seguro que no son los boletos. Ojalá fuera eso y ya pudiéramos darlo por terminado, pero no veo a Alfredo lidiando con eso y revisando itinerarios y esas cosas. Siempre dice que yo tengo mejor cabeza para organizar y que a mí se me da mucho mejor eso de armar los planes; en realidad, es que más me vale tener cabeza, porque de otra forma de plano no saldríamos ni a la esquina ni haríamos nada nunca. Me queda claro que si pretendo que haya algún tipo de luna de miel que no sea ir a San Juan del Río a dar la vuelta, voy a tener que conseguírmelo yo, lo cual me da toda la flojera del mundo, pero espero que al menos me garantice que las cosas se van a hacer como yo quiero.

Pero, entonces, ¿qué será? Llevo un rato diciéndole a Alfredo que muero de ganas por conocer París. ¿Será que me va a regalar un boleto, como de despedida de soltera? Estaría increíble.

No, pero eso no es para nada algo que Alfredo haría. Él es mucho menos detallista que eso.

¿Será que convenció a su mamá de que me preste sus aretes de aguamarinas para la boda? Ya sé que es una cursilada, pero me encantaría que fueran mi "*something blue*", como dicen los gringos, pero ni modo que yo se los pida. La única vez que insinué algo como de que ay, qué bonitos eran y ay, cómo me retegustaban, mi suegra dijo algo de que uno tenía mal el broche y no le había dado tiempo de llevárselo al señor Rodarte, el joyero, para que lo arreglara.

—Mi marido dice que es el puro pretexto para no prestarlos, ¿tú crees, mija? —me dijo todavía, con cara de sorpresa—, nomás porque me ha oído decir que me da nervio prestar mi joyería; siempre he dicho que si se pier de una joya, se pierde la amistad, ¿no crees?

Entendí perfectamente bien la indirecta, pero de todas maneras le dije a Alfredo que si alguna vez, de pura casualidad, se prestaba la conversación, aprovechara para sugerirle que me diera eso de regalo de bodas. Cuando se lo dije me dijo que sí, que lo iba a intentar, pero estaba segura de que había sido por puro compromiso. Quién quita y en una de ésas sí me estaba pelando y ya hasta había logrado convencer a mi suegra.

Suena el timbre. Una milésima de segundo después, Pili golpea la puerta.

—¿Coco? ¿Ya estás lista? Ya está aquí Alfredo.

Le digo que ahí voy.

—¡Ándale, criatura!, ¿pues qué tanto haces?

Tengo perdido mi lipstick favorito; uno como rosa pálido que no se cae nunca, ni después de seis vasos de agua. Me pongo uno rojo cereza que está casi nuevo; me lo compré porque un maquillista me convenció de que se me veía súper bien, pero nunca me atrevo a usarlo. Me lo pongo y de inmediato se me ilumina la cara. Le lanzo un beso tronado al espejo y salgo.

Me arrepiento de mi decisión en el instante mismo en el que le veo la cara a Alfredo.

—¿Y ahora, tú? —pregunta—, ¿y esa boca?

—¿Por qué? —pregunto, metiéndome al baño de visitas—, ¿no te gusta?, ¿quieres que me lo cambie?

—No, no, ¡ya vámonos! —se asoma al baño y me ve por el espejo. Yo estoy a punto de quitármelo con un cuadrito de papel de baño—; déjatelo, ya, hombre, que se va a hacer tardísimo.

Eso me pasa por ponerme intrépida. Se me olvida que a Alfredo le chocan los cambios.

Ninguno de los dos dice nada hasta que nos subimos al coche. Me abre la puerta y yo le sonrío al pasar por enfrente de él para meterme al coche; me sonríe de vuelta, pero no con muchas ganas.

—Hice una reservación en el Toro, ¿está bien?

Le digo que claro, que ya sabe que me encanta. No puedo evitar pensar qué diría si le saliera con que no, con que me muero de ganas de cenar tacos y que mejor vayamos por una gringa de pastor. Seguro se desmaya de la impresión.

De camino, le pregunto cómo estuvo su día para que se le olvide lo del lipstick y se ponga de buenas. Me cuenta con detalle cada una de sus juntas y sus llamadas telefónicas.

—No sabes qué monserga—dice—; los de Bancomer me tuvieron horas en el teléfono por lo de los contratos esos que tenemos que revisar.

—¿Bancomer? —pregunto—, ¿no era Banamex?

—No, bonita —su tono es de paciencia—; con los de Banamex es lo de la fianza. ¿No te acuerdas que te dije?

Por supuesto que no, ¿yo cómo demonios me voy a estar acordando de esas cosas?

—Claro que me acuerdo, amor —miento—, pero es que yo me quedé con la idea de que eran los de Banamex; me acuerdo clarísimo que me lo dijiste. A lo mejor te confundiste.

—Yo no me confundo, bonita —sonríe—; lo que pasa es que, como siempre, estás pensando en otra cosa y no me pones ni tantita atención.

—¡Qué malo eres! —le doy un golpecito en el brazo—, ¡claro que sí!

Discutimos de broma un rato y luego le digo que en una de ésas sí es cierto y yo soy la que está equivocada. Ya me di cuenta de que con Alfredo siempre funciona hacer como que le estás dando la razón; yo creo que lo hace sentir muy importante.

Le encanta hacerme sufrir, al maldito. Obviamente, sabe que yo sé que todo este numerito es porque me va a dar una sorpresa, pero el muy mustio no ha dicho ni una sola palabra. Y yo, muriéndome de curiosidad, me tengo que soplar al mesero que dice que qué gusto le da vernos otra vez por aquí y que qué queremos de tomar.

—Para la señorita, un gin and tonic, mano, por favor —dice Alfredo, con esa seguridad que me hace pensar que siempre sí quiero que sea mi marido—; pero que sea con Bombay. Y te encargo que sea sólo un chorrito de agua quina y lo demás de mineral, ¿no?, porque yo para qué quiero una novia gorda. Y a mí me vas a traer una cuba pintadita con coca de dieta y Bacardí, ¿oquei?

Cuando se va el mesero, yo me tengo que contener para no brincar en la silla de los nervios, pero todavía tengo que esperar a que nos traigan las bebidas y nos tomen la orden de comida.

No me doy cuenta a qué hora empiezo a rascarme con el índice el barniz de la uña del pulgar; sólo me entero de que lo estoy haciendo cuando Alfredo me pone la mano encima para que pare.

—¿Qué? —dice—, ¿ya te urge saber cuál es la sorpresa o qué?

Le digo que para nada, que lo que me da nervios es que el restorán esté tan vacío; qué tal que nos corren. Voltea a su alrededor y, en efecto, sólo hay dos mesas ocupadas y se ve que ya están terminando.

—Qué más te da —dice—; que nos esperen. No todos los días se dan noticias así.

Se mete la mano al bolsillo y saca una cajita de joyería. A mí se me para el corazón; ¿serán las aguamarinas de su mamá? O, mejor aún, ¿serán unas iguales, pero sólo para mí y sin el broche defectuoso?

Me tardo años en abrir la caja, de lo que me tiemblan las manos. Varias veces, Alfredo está a punto de quitármela y abrirla él, pero, hasta eso, se aguanta. Dentro hay una llave, plateada y reluciente, con un llavero de Tous.

¿Una llave?

—¿Es de un coche, amor? —ojalá fuera una camioneta; me encantan las camionetas. Y roja.

—¿Cómo crees que de un coche, bonita? —la saca y me la enseña—, ¿de dónde sacas que esto puede ser una llave de coche?

Me encojo de hombros.

—No, Coco. Obviamente, es la llave de una casa —sonríe—, de nuestra casa.

—¿Nuestra casa? ¿Cuál casa?

—¡Aaah, eso es lo mejor! —saca su celular y busca una foto—, ¡ésta!

Siento que voy a vomitar el gin and tonic. En la foto se ve una casotota dizque estilo griego, con jardín y fuentecita, horrible y pretenciosa.

Es la casa del fraccionamiento de sus papás.

—¿No está increíble? —dice—, ¡me dieron un preciezaso! ¡Y está a la vuelta de casa de mis papás!

Trato de poner un tono de lo más despreocupado cuando le pregunto si la llave es para que la vayamos a ver y decidamos.

—¡Obviamente que no, mensa! ¡Ya la compré! ¡Ya es nuestra y ahí vamos a vivir!

Me paso el resto de la cena entre tratando de pasarme el sushi que se niega a bajar con el nudote que tengo en la garganta y haciendo lo posible por que no se note que no estoy nada emocionada. Pero no hay ni peligro de que Alfredo se dé cuenta: está encantado contándome lo abusado que se vio a la hora de negociar el precio de la casa.

—Le dije a la corredora, que no es de Querétaro, apenas se acaba de mudar y no tiene idea de quién es quién, la pobre —está diciendo, accionando con sus palillos—; le dije "mamacita, me perdonas, pero esta casa no vale eso; mi mujer va a tener que redecorarla completita, y eso se tiene que notar en el precio".

Le digo que qué padre y que qué listo.

—¿Verdad? —me da un beso en el cachete—, así que ya sabes, bonita: tienes permiso de cambiar muebles, cortinas, pintura... lo que tú quieras. Y así sirve que te entretienes y no tienes malos pensamientos.

Sólo de pensar en la cantidad de cuartos que puede tener esa casa, me quiero morir. ¿De dónde voy a sacar muebles para llenarlos todos? Ni postre puedo pedir, de lo angustiada que estoy.

Cuando entro al departamento, Pili y Monse están sentadas en la sala, esperándome.

—¿Y? —pregunta Pili, parándose de un salto—, ¿qué pasó?

—¿Hizo lo de la cajita? —dice Monse—, eso yo se lo aconsejé, ¿a poco no fue un detallazo?

Le digo que sí, que gracias, pero la voz me sale súper bajita. Pili se me queda viendo con toda la frente arrugada, como viejita.

—¿Qué pasa, Coco? —me pone la mano en el hombro—, ¿no estás contenta? ¿No te gusta la casa o qué?

—No, claro que estoy contenta —le digo—. Y la casa me encanta.

Y ¡zas!, que me suelto llorando como Magdalena.

CAPÍTULO 20

Ahora sí, creo que voy a acabar con los nervios de las Del Olmo; tienen una cara más asustada que cuando conocieron a Tania, que ya es decir.

—¿Coco? —pregunta Monse—, ¿qué te pasa?

—Ay, Monserrat, ¡no seas imprudente! —dice Pili, abrazándome—. Debe ser que está en shock, de tanta alegría.

Se me separa tantito, para verme a los ojos. Me da una pena horrible, porque me escurren mocos y lágrimas por toda la cara. Debo de tener una pinta espantosa.

—¿O no, Coco? —me dice—, ¿verdad que es eso? ¿Verdad que lo que pasa en realidad es que estás muy, muy emocionada y te abruma tanta alegría?

Me hace con la cabeza que diga que sí. Digo que sí, con tal de que me dejen en paz. Me vuelve a abrazar y yo hago lo imposible por no llenarle la bata de mocos.

—¿Ya ves, hermana? Te estoy diciendo que así es esto. Lo que pasa es que tú vives una vida muy aburrida y no estás acostumbrada a las emociones fuertes.

Monse dice entre dientes algo como que lo que pasa es que ella no es una payasa exagerada.

—Ay, no des lata, por Dios —la regaña Pili—; ¿por qué no mejor haces algo útil y pones agua a hervir para hacer un té? ¿Quieres un tecito, Coco?

Le digo que no, que muchas gracias y trato de limpiarme la nariz con la manga tan discretamente como puedo, pero Pili se da cuenta y me pasa un klínex todo arrugado que se saca de la manga.

—No, sí quieres —dice—, un tecito de tila te va a caer muy bien, vas a ver. Vete yendo a tu cuarto y ahorita que esté yo te lo llevo.

Me suelta por fin y me encamino a mi cuarto. Cierro la puerta y tengo ganas de meterme en la cama, así, vestida y maquillada, y dormir hasta que haya pasado la boda y todo. Lo malo es que este vestido se arruga facilísimo y luego es una monserga que quede bien planchado. Me lo cambio por la piyama, lo cuelgo en un gancho y lo vuelvo a guardar en el clóset.

Me siento en el tocador a desmaquillarme. No puedo creer que Alfredo haya comprado una casa sin consultarme; menos todavía, que haya comprado esa casa, enorme y completamente impráctica para nosotros. Y, para colmo, a la vuelta de casa de mis suegros. Si tan siquiera me hubiera preguntado, yo le hubiera podido proponer algo más, pero con las cosas así, no me deja chance de nada.

—¿Coco? —un golpecito en la puerta—, ¿puedo pasar?

Digo que sí, ni modo que qué, y me termino de desmaquillar. Sigo con los ojos hinchadísimos, pero al menos ya no parezco payaso diabólico.

Pili trae una charola perfectamente acomodada con una taza, una cucharita, una servilleta doblada en dos y hasta un plato con galletitas. Marías, pero galletitas, al fin. La pone encima de la cama.

—Te traje un tecito de tila y le puse un poquito de miel de abeja, para que no amargue tanto.

Le doy las gracias.

¿Qué?, ¿no se va a ir? Está ahí parada, retorciéndose las manos. Me mira.

La miro.

Le levanto las cejas.

Se retuerce las manos. No aguanto más.

—¿Pili?

—¿Sí? —camina dos pasos hasta donde estoy— ¿Qué pasó?

—Pues no sé, tú dime.

—Es que... —se sienta en la cama y coge una galleta de la charola—; es que creo que lo tuyo no son lágrimas de alegría, ¿vieras?

—¿Cómo se te ocurre? —le digo—, claro que sí.

—¿Sí? —pregunta—, ¿segura?

—Segura.

—¿Entonces por qué no estás brincando de contento? No creo que sea muy común que si tu futuro marido te regala una casota te eches a llorar desconsolada.

—Pero no estoy desconsolada —digo, sorbiéndome los mocos e intentando sonreír—, ¿no quedamos en que era de alegría?

Me mira con cara de que no me haga mensa.

—Eso dijimos para que la chismosa de Monse se estuviera en paz. Que, por cierto...

Se para y va a la puerta. La abre y, sí, ahí está paradita Monse, bien pendiente de toda nuestra conversación. Es una principiante: ni trae provisiones para aguantar la espera, ni se trajo siquiera un mísero vasito de agua para dar la excusa de que me lo traía para ayudarme a relajarme.

—¿Asunto? —pregunta Pili, que cuando quiere puede ser muy amenazante—, ¿te puedo ayudar en algo?

—No, bueno, yo... —Monse no sabe dónde meterse—, quería ver si...

—Si nada. ¿Por qué no te vas a dormir y si se ofrece algo yo te aviso? Ándale.

Señala con la cabeza en dirección a su cuarto. Monse agacha la cabeza y se va como niña regañada, arrastrando las pantuflas, y todo.

Pili suspira y regresa a sentarse a la cama. Las dos nos quedamos calladas hasta que escuchamos cerrarse la puerta del cuarto de Monse, y a través de la pared, que no es muy gruesa, cómo va y viene, preparándose para meterse a la cama.

—¿Entonces? —me pregunta, en un tono más bajito—, ¿quieres hablar del asunto?

—Pues no hay nada de qué hablar, ¿no? Me voy a casar, me voy a regresar a Querétaro y ya estuvo.

Cruza sus bracitos gordos y tuerce la boca, como pensando.

—¿Pero no era eso lo que querías? —dice—, ¿no era eso lo que siempre supiste que iba a suceder?

Con el tono más relajado y despreocupado que puedo, que no es mucho, le digo que a pesar de que eso hubiera podido pensar todo el mundo, en realidad nunca lo habíamos platicado como tal, pero que desde el principio de nuestra relación yo le había dicho a Alfredo que a mí me interesaba hacer una carrera y que no había mucha forma de hacerla en Querétaro. Que, la verdad, yo no pensaba que fuera una medida estratégica mudarnos de vuelta sin haber consolidado una experiencia profesional suficientemente rica.

Como veo que con mi rollo dizque maduro y profesional no la estoy convenciendo, recurro a una medida mucho más baja y ruin: la tiro de a loca y le insinúo, bajita la mano, que ella qué va a saber, si es soltera, súper mala onda. Le digo que éstas son cosas que suceden y se negocian entre las parejas y que puede ser que desde fuera sean difíciles de entender, pero que así son y se tienen que aceptar.

Cuando termino, me siento súper mal de haberle dicho eso, porque con qué derecho, francamente, pero me tranquiliza un poco que Pili, al contrario de casi todas las mujeres que conozco, muy difícilmente se ofende o se toma las cosas demasiado a pecho.

La prueba es que levanta las manos y sonríe.

—A ver —dice—, yo no sé nada de lo que sucede entre las parejas, como dices, ni pretendo saberlo. Soy la primera en admitir que esto de los amores y los noviazgos no es para nada lo mío.

Baja la voz y se acerca más.

—Yo sé que mi vocación es ser soltera y cuidar a mis sobrinitos cuando Monse se encuentre un muchacho lo suficientemente incauto como para cargar con ella.

Se ríe de mi cara de shock.

—Bueno, no tanto así —dice—, es mi hermanita, la quiero mucho y Dios le dio muchísimas cualidades. Aunque también, la verdad, le dio sus buenos defectitos, para qué nos hacemos...

Ahora me río yo.

—Pero —hace un gesto con la mano y vuelve a adoptar su tono de voz normal— mi hermana y quienquiera que vaya a convertirse en su marido no son el asunto ahorita. El asunto es ¿qué pasa contigo, muchacha?

Lo dice con los puños en la cintura y el mismo movimiento de la cabeza que usaba su mamá para preguntarnos por qué nos habían quedado tan chuecos los dobladillos. Y, como con su mamá, siento el mismo impulso de mentir.

—¿Conmigo? —hasta me pongo una mano en el pecho para hacerlo más creíble—. Conmigo no pasa nada, ¿qué había de pasar?

Otra vez hacemos el numerito de levantarnos las cejas en forma retadora.

—¿Nada, nada? —entrecierra los ojos y acerca la cabeza. Le sostengo la mirada.

—NA-DA —mi tono es determinante.

Suspira. Se mira las manos. Tuerce otro rato la boca y por fin levanta la cabeza.

—Mira, Coco —dice, muy seria—, yo no había querido decir nada, pero...

—Ajá...

—Todo el mundo sabe que Lola y tú están peleadas.

—¿Lola y yo? —hago "¡pfff!", súper falsa—, ¡para nada! ¿Quién te dijo?

Voltea los ojos al cielo.

—Primero —extiende su dedito meñique y empieza a contar—, cuando llegamos, te hablaba todos los días a las diez en punto y se pasaban hablando al menos una hora. Lo sé porque no había manera de comunicarse a esta casa.

—Bueno, es que...

—Segundo —me interrumpe—, cuando nos contaste todo lo que hicieron el día que fuiste a ver lo del banquete y así; el día que diste tantos detalles y hasta nos platicaste toda tu conversación con el padre Chucho...

Sí, ¿por qué me habrá dado por ponerme tan comunicativa? Qué raro.

—Ese día no mencionaste ni una sola vez a Lola. Nos dijiste que habías comido con Márgara y que luego habías cuidado a sus hijos, pero jamás dijiste nada de Lola. No la viste, ¿verdad?

Remoloneo un poquito, pero termino admitiendo que no, no la vi.

—Ahí está —dice, con tono de descubrimiento—, es rarísimo en ustedes dos, que son como muéganos. O eran.

—Pero te digo que no...

—Ay, Coco, ¿para qué te haces? —dice—, ya, si nos vamos a sincerar, ¿qué demonios hacíamos Monse y yo acompañándote a probarte el vestido?

Ahí sí, me agarró en curva. Ni modo que le dijera que era porque las consideraba como mis hermanas, porque no me lo hubiera creído ni aunque tuviera todas las ganas del mundo de creerme. Que, por cierto, no tenía.

Junté fuerzas y le conté todo el numerito. No estuvo nada fácil, porque no se lo había dicho a nadie, ni siquiera a Alfredo. Alfredo ni siquiera se había enterado de que Lola y yo estábamos peleadas; claramente, ponía bastante menos atención que Pili. Y Márgara y mi mamá sospechaban que algo raro había pasado, pero como ya sabían que de pronto así éramos, mejor no preguntaban nada y sólo nos miraban pasar.

—Fue poquito antes de que Alfredo me diera el anillo —empecé. Me paré del banquito del tocador, que ya me había incomodado, y me senté en el piso, con la espalda recargada contra la puerta del clóset. Tenía a Pili y sus calcetines de dormir de rayitas rosas justo enfrente.

Fue un día raro. Alfredo no estaba en México, se había ido con sus amigos del despacho a Las Vegas, a la despedida de soltero de uno de ellos, y yo me había ido a pasar el fin de semana a casa de Lola, porque Beto se juntó también al plan y no estaba. Pasamos el día con los niños, comimos todos con mis papás, y en la tarde les pusimos una película y nos sentamos las dos en la barra de la cocina a platicar.

Se lo cuento a Pili y siento como si lo estuviera viviendo de nuevo: el olorcito a Maestro Limpio de que acababan de trapear, el sonidito del motor del refri y de los pajaritos en el jardín. Bueno, hasta frío me da, porque ese día no traía suéter y sólo me había puesto una blusita sin mangas. Recuerdo también que pensé que Lola era la menos sutil del mundo, porque obviamente le urgía empezarme a cuestionar sobre Alfredo y yo. En cuanto nos sentamos, cada una con una taza de café y una rebanada de panqué de natas hecho en casa, me aventó la pregunta.

—¿Y qué? —dijo—, ¿sigues muy contenta con Alfredo? ¿Se van a casar?

Le dije que claro que seguía contenta y que suponía que sí, nos íbamos a casar.

Arrugó la nariz, como si la perspectiva no le gustara.

—¿Por qué preguntas? ¿No me veo contenta, o qué?

Frunció la boca y le dio un traguito a su café.

—Pues no, ¿eh? —dijo, dejando su taza de florecitas azules encima de la mesa y sin verme a los ojos—, no mucho. ¿No te has aburrido?

—Ay, Dolores —le aventé mi servilleta para que me volteara a ver—, ¿cómo se te ocurre? ¿Por qué me voy a aburrir?

—¡Nada más porque Alfredo es el ser más aburrido del universo! —dijo, como si fuera lo más obvio del mundo—; no le interesa más que el trabajo y el golf. ¿De qué platican?

—De muchísimas cosas, fíjate —me puse un poquito a la defensiva—; de su trabajo, de las cosas que hace...

—¿Qué cosas?

—Pues el... —osh—, el golf, por ejemplo.

Lola se miró las uñas detenidamente, como si no hubiera más que discutir. Odiaba sentir que me iban ganando.

—Es que no, Lola —me defendí—, no es así. No estoy con Alfredo para que me entretenga, pues si ni que fuera un payaso.

—Bueno —admitió—, está bien. Pero, entonces, ¿para qué estás con él?

—¡Porque lo quiero!

—Obviamente que lo quieres, Coco —puso cara de paciencia—; después de todo este tiempo, quién no.

—¿Entonces?

—Te pregunté para qué lo quieres —puso los codos sobre la mesa y me apuntó con el índice—, ésa es una pregunta mucho más difícil.

—No, fíjate —dije, ardidísima—, no es nada difícil. Lo quiero para que sea mi marido y se ocupe de mí.

—¿Se ocupe de ti? —soltó un resoplido—, ¿pues qué estás manca, o qué?

—Claro que no —dije—, no es eso para nada. Y ya lo sabes.

—Lo que sé es que eres la única de nosotras que se fue y estudió lo que realmente quería.

¡Claro! Siempre supe que Lola no quería ser realmente contadora pública. Que sólo estudió eso para que mis papás la dejaran en paz.

—Y ahora —siguió, sin darme chance a expresar mi descanso por no tener una hermana con una vocación tan sin chiste—, ahora vas a echar a perder todo eso y te vas a regresar a que ese patán te encierre en una casota y te llene de hijos.

Me indigné muchísimo. Sentí que la cocina, con todo y su refrigerador nuevecito, sus pisos relucientes y sus individuales de plástico para los niños, se me venía encima.

—¡Mira quién habla! —dije—, ¡la de la casota y los hijos! Eso que acabas de describir es exactamente tu vida, hermanita, no te hagas.

—¡Pero si ya lo sé! —se las ingenió para gritar más que yo—, ¡pero yo no tuve otra opción!

—Ah, ¿y yo sí? ¿Yo qué opción tengo, a ver?

—¡La que se te dé la gana, Coco! —agitó las manos—. Exactamente la que tú quieras. Eres buena en tu trabajo y tienes ya una carrera, ¿por qué la vas a dejar?

—Ni soy tan buena, para empezar. Y, además, nadie dice que la vaya a dejar.

Respiró hondo y juntó las manos para calmarse.

—Sí eres buena —dijo, en un tono más mesurado—, aunque te falta creértelo. Y claro que la vas a dejar; perdóname, pero hacer vestiditos y dar clases de costura aquí no es seguir una carrera. Tienes que ir a Europa, a Nueva York, trabajar en otro lado, ver el mundo.

Me reí sin ganas.

—Lola, tengo veintiocho años —yo también le bajé al tono—; pon tú que hago todo eso, ¿y luego? Alfredo no me va a esperar ni en sueños.

Levanta los brazos al cielo.

—¡Alabado sea Dios! Que se vaya, pero rapidito —truena los dedos.

—¡No digas eso! —me asusto—; además, si se va, ¿qué? ¿Quieres que me quede sola y sin hijos, como la tía Teresa?

—Pues... No sería tan grave, ¿no? No se la pasa nada mal.

—Claro, qué buena idea —digo—, y cada que venga voy a ser la tarada que dejó ir al mejor partido de la ciudad y se quedó para vestir santos.

—¡Pero y eso a ti qué te importa! —pega con las dos manos sobre la mesa—, ¡mejor eso que estar amarrada a un pazguato! ¡Mírame a mí!

—¡Órale! —dice Pili, poniéndose una mano en el cachete—, ¿de veras eso te dijo Lola?

—Sí —digo—, pero creo que ese día a Beto se le había pasado ir por los niños o algo, porque lo traía atravesado. El caso es que para no hacerte el cuento más largo, terminó diciéndome que si seguía en la necia de casarme con Alfredo, no me lo iba a perdonar nunca.

—¿Y tú cómo te sientes?

—Pues triste, claro. Pero yo no tengo la culpa de tener una hermana loca, ¿no?

Pili se muerde los labios.

—¿Y sí estará loca? ¿No será que tiene un poquito de razón?

Es lo que me faltaba. Años de aguantar a Pili para que me salga con que se pone del lado de Lola.

—¿Razón? —me pongo digna—, ¿razón en qué, si puede saberse?

—Tampoco te enojes, Coco. Yo sólo estoy preguntando. ¿No será que, en el fondo, tú no estás tan segura de quererte casar?

—¿Queeeé? —me hago para atrás y tapo mi anillo de compromiso con la mano derecha, como si Pili me lo fuera a quitar— ¡Claro que estoy segura! ¡Es más, estoy segurísima!

—¿Sí? ¿Segurísima?

—Segurísima.

—¿Y entonces por qué lloraste con lo de la casa?

—Porque me dio mucha emoción, ¿sí? Y mucho susto, obviamente —me levanto—; son muchos cuartos y los tengo que decorar todos. Y tengo que conseguir una muchacha, y es dificilísimo.

Me quito la bata y las pantuflas. Pili me ve como si me hubiera vuelto loca y se levanta de la cama antes de que la patee.

—Y para su información —sigo, desde debajo de las cobijas—, voy a ser la mejor esposa del mundo. Y voy a ser muy feliz.

—Pero, Coco...

—Pero, Coco ¡nada! —digo—. Me voy a casar, aunque ustedes no quieran, y si no les gusta, pues no vengan, y ya. Ustedes se lo pierden.

Apago la luz del buró y dejo a Pili parada a oscuras.

CAPÍTULO 21

Me gustaría decir que las cosas entre Pili y yo están perfectas; que nada de que me quedé sentida de que me haya dicho el otro día que igual y lo que me pasaba era que no me quería casar. Me gustaría pensar que soy un ser de luz que no se da por enterada de esas cosas y es capaz de perdonar sin ningún problema. Pero la verdad es que me dio muchísimo coraje; o sea, ¿con qué derecho me sale con esas cosas? Ni que fuéramos amigas íntimas, ni parientes, como para que se meta de esa manera en mi vida.

El día después de nuestra plática, desperté con un dolor de cabeza que no podía casi ni abrir los ojos. Obviamente, había pasado una noche espantosa y yo creo que el poco ratito que alcancé a dormir lo pasé con los dientes apretadísimos, porque me dolía desde la mandíbula hasta el cerebro, horrible. Y ya, para rematar, tenía los ojos hinchadísimos de todo lo que había llorado; entre la sorpresita de Alfredo y lo que estuve platicando con Pili de Lola, derramé litros y litros de lágrimas y, claro, cuando me levanté parecía boxeador.

Estaba a punto de salir de mi cuarto, según yo, ya viéndome perfectamente normal, después de litros y litros de corrector y gel para bajar la hinchazón, cuando escuché a Pili dando vueltas por la cocina. Me quedé con la mano en la manija de la puerta; no estaba nada lista para verla y que nos tratáramos de explicar una a la otra lo que había pasado la noche anterior. Peor todavía, entre más recordaba, más me daban ganas como de ir y estrangularla, ¿qué necesidad de hacerme más bolas?

Así que me quedé sentadita en mi cuarto hasta que escuché que cerraba la puerta del departamento. Por supuesto, se me hizo tardísimo y ya no pude ni desayunar, pero no me importó: mejor eso que el momento tenso y horrible con Pili del Olmo.

Pero, claro que no era posible evitarla para siempre; si ni que viviéramos en un castillo como para no cruzarnos a cada rato en el pasillo o en la cocina. Y sí, el primer día en la noche llegué tardísimo y me quedé en la oficina terminando de organizar la lista de invitados de la boda, todo con tal de que cuando llegara ya las dos estuvieran dormidas y no nos viéramos, pero ni modo que lo hiciera así diario: me iba a caer desmayada de sueño, además de que el edificio se pone horrible en las noches y estoy segura de que corro peligro de que me abran en canal y me vendan por partes. Así que ni modo, me he tenido que aventar mis momentos incómodos con Pili, las dos haciéndonos como que aquí no pasó nada, pero súper tensas una con la otra. La pobre Monse no entiende nada y sigue como siempre, pero ya no hay forma de que nos sentemos las tres a desayunar o a cenar, como antes.

Y, encima, no tengo quién me acompañe a la prueba del vestido. Es hoy en la tarde y tampoco es que pueda ir sola; me urge una opinión, sobre todo por lo del strapless. Tengo un momento en el que pienso si no será buena idea llevar mi laptop y hablarle a Andreu por Skype; él me daría súper buenos comentarios, ya me dio varios de cómo terminar la cola y delinear el bordado del talle que me sirvieron muchísimo, pero termino por decidir que mejor no: qué cosa tan rara eso de tener a un cuate que no es tu novio metido en el vestidor contigo. Aunque sea a kilómetros de distancia y a través de una pantalla. Bueno, además del detalle de que no le he contado que el vestido que estoy diseñando es el mío.

Y todavía no es momento, digan lo que digan, de llamar a mi mamá y a mi suegra. Ya les anda por ver el vestido, a las dos, y ninguna de las dos se queda callada ni pierde oportunidad de recordármelo. El otro día la mamá de Alfredo hasta se aventó la puntada de decirme por teléfono, en tono como de broma y de jijiji, jojojo, que no acostumbraba pagar por nada que no hubiera visto, como tratando de hacer presión con que ella va a pagar el vestido y tiene que verlo, pero me hice la loca y le dije que por suerte Alfredo me tenía mucha confianza y él sí estaba dispuesto a pagar por algo que a mí me gustara, a ciegas y sin hacer preguntas. Claro que no es cierto: si fuera cualquier otra cosa, Alfredo ya me estaría pidiendo especificaciones y costos, pero como dice que él de eso no sabe, y de todas maneras lo va a pagar, sea como sea, no se mete.

Voy a la oficina de Gerardo, en un acto desesperado. Está sentado frente a su computadora, probando tipografías para el nuevo catálogo.

—A ver, pásale —me dice—, ¿cuál te gusta más?

Me enseña dos *as* que a mí se me hacen exactamente iguales. Me acerco a la pantalla para verlas mejor y tiro uno de los millones de monitos de Lego que tiene sobre su escritorio. Tiene una obsesión muy cañona, peor que la mía con los zapatos.

—¡Cuidado! —dice, volviendo a acomodarlo—, ¡por poco y acabas con Master Yoda!

Lego combinado con *La guerra de las galaxias*. Gerardo es lo más ñoño que existe.

—Pues a mí las dos se me hacen igualitas —le digo, y me hace cara—; pero por eso tú eres el genio creativo en estas cosas, ¿ves?

Claramente, no lo convenzo.

—Son completamente distintas —dice, y se lanza a explicarme detalladamente en dónde se localizan exactamente sus diferencias. Lo interrumpo.

—Pérame, pérame, corazoncito —me siento en su escritorio, con cuidado de no causar más destrozos—, estoy de acuerdo contigo en todo y estoy segura de que la que tú decidas va a ser la más bonita y perfecta de todas. Pero yo vengo a pedirte un favor.

Pone cara de impaciencia y cruza los brazos.

—No me digas que otra vez decidiste que es mal karma tirarle tan mala onda a Jaime y otra vez quieres que te cambie el timbre del celular...

La verdad es que, aunque primero muerta que admitirlo, sí tiene razón de decírmelo, porque sí ha pasado un par de veces.

—Me perdonas, pero no —digo, muy digna—, esto es mucho más importante que eso. Esto es realmente una prueba de amistad.

Hace una "o" con la boca y se lleva las manos a los cachetes.

—¡No me digas! ¡Quieres que sea tu damita! —se abanica la cara, como si fuera a llorar—, o, mejor aún, ¡quieres que sea el padre de tus hijos!

Me río. Por eso me cae bien, porque es igual de simple que yo.

—¡No, menso! —le doy un zape quedito—, ¡quiero que me acompañes a la prueba de mi vestido de novia!

Se me queda viendo como si de veras le hubiera pedido que fuera mi damita.

—¿Yo? ¿A ver tu vestido? —dice—, ¿sí te has dado cuenta de que, por lo menos hasta la última vez que revisé, soy hombre, verdad?

—Ay, ya lo sé, menso —pongo cara de perrito triste—, pero es que no tengo con quién ir.

—¿Cómo no? —pregunta—, ¿qué no tienes como dieciocho hermanas?

—Sólo dos, y están en Querétaro —no voy a entrar en detalles; ya con Pili tuve.

—¿Y no vives como con otras dieciocho primas? ¿Las Del Pino o no sé qué?

—Vivo con dos que son hermanas, pero entre ellas, no mías; las Del Olmo, pero... —ni modo, a mentir—, pero ellas salen muy tarde de trabajar y no pueden venir.

Se rasca la cabeza.

—Ay, Coco...

—¡Ándale!

—A ver, pero, en primera, yo soy hombre. Y seguro a tu prometido eso no le va a gustar nadita, ¿ya le preguntaste?

—Obviamente no —digo—, pero no le importaría nada; es súper liberal.

Más mentiras.

—Dejando de lado que eso no te lo crees ni tú —dice—, mírame bien, ¿a poco querrías que yo te diera consejos de moda?

Señala sus fachas; unos pantalones caqui aguados y

llenos de bolsas y una playera de Superman. Aunque me cueste aceptarlo, su argumento es de lo más convincente.

—¿Ves? —insiste—, te iría mucho mejor llevando a quien sea, menos a mí.

Truena los dedos.

—¡Ya sé! ¿Por qué no le dices a Ana?

No es para nada mala idea. De hecho, ya lo había pensado, pero me da un oso horrible; va a pensar que soy una paria que no tiene ni una amiga. Le digo eso a Gerardo.

—Pues sí eres un poquito una paria —dice—, sobre todo por este asunto de que no tienes más amigas que tus hermanas, pero ella no tiene por qué enterarse. Le dices que la escogiste a ella entre tooooodas tus opciones porque valoras mucho su opinión profesional, ¿qué tal?

Le digo que no es nada mala idea. Me dice que claro que no, y que ya lo sabe. Le doy otro zape, para que no se malacostumbre.

Entre más lo pienso, más me convence la sugerencia de Gerardo. No sólo porque así no tengo que presentarme como hongo a mi prueba, sino porque en todos lados dicen que es súper buena idea convivir con tus colegas de trabajo en un ambiente distinto. Hasta ahorita, Ana y yo no nos hemos visto más que en la oficina, y con todo y que nos llevamos bien, me late que podríamos llevarnos muchísimo mejor si tuviéramos más experiencias en común que nada más venir a trabajar y ya. Estoy inspiradísima; tanto, que cuando Ana me dice que sí, que cree que no tiene nada mejor que hacer, yo le hablo a Alfredo y lo convenzo de que nos alcance afuera del taller de Tania y nos lleve a cenar.

Es una gran idea.

Lo que tal vez no fue tan gran idea fue lo de juntar a Ana y a Tania. No se me ocurrió que las dos son de carácter fuertesón y que, a diferencia de Pili y Monse, que saben sufrir y aterrorizarse en silencio, Ana no es muy amiga de quedarse callada. Pero no, seguro si se siente en ambiente profesional, se comporta, ¿no?

Pues no. Nomás entrando, en cuanto Tania abre la puerta y las presento, voltea a verme.

—O sea, *pleeeeease*, Coco, no me digas que le estás confiando el vestido más importante de tu vida aquí a la fan de *Crepúsculo*. O sea, *are you kidding me?*

Trágame, tierra.

—Ay, Ana —trato de reírme como si lo hubiera dicho de broma—, cómo serás. Aquí Tania es la estrella de mi generación; es buenísima costurera, ¿verdad, Tania?

—Bueno, tampoco fuiste a una escuela tan buena, ¿no? —dice, mientras quita todos los cojines del sofá y los tira al piso—, ¿cómo dices que se llamaba?

Le digo el nombre y levanta los hombros como si en su vida lo hubiera escuchado. Aaargh, ¡me choca!, siempre me hace lo mismo.

—Bueno, pero está bien que entre ustedes sean solidarias —cruza las piernas y patea un cojín en el proceso—; digo, si no se ayudan entre ustedes, ¿quién?

Tania me voltea a ver con una cara que no se ve tan solidaria, la verdad, y pregunta si queremos algo de tomar.

—Yo una botellita de agua, porfa —dice Ana—, pero a ver, ¿de cuál tienes?

Me río.

—Ay, Ana, pues es agua, ¿qué más da?

Me dice que para mi información, es súper importante. Que no todas saben igual. Según yo, en mis clases de ciencias naturales de la primaria me dijeron que el agua era incolora e insabora, pero ya no digo nada.

—*I mean* —le dice Ana a Tania, que la mira sin saber qué hacer—, por ejemplo, si es Evian, prefiero no tomar nada. Sabe asquerosa.

Tania le dice la marca y, una vez que Ana da su aprobación, se va por ella.

De la manera más sutil que puedo, le digo a Ana que si no cree que podría ser un poquito más amable. No me entiende.

—¿Pooooor? —dice, arrugando la nariz—, ¿no vaya a ser que ofenda a una costurera? O sea, bájale a tu sensibilidad, Coco, en buena onda.

Cuando finalmente Ana tiene el número perfecto de hielos en su vaso y por lo tanto Tania puede dejar de dar vueltas como si fuera mesera, me puede traer el vestido. Me meto al probador y Tania cierra la cortina.

—¡Nononononono! —grita Ana—, ¿qué demonios estás haciendo?

—Cerrando, Ana —digo—, nomás tantito, en lo que me cambio, y ahorita ya abro y te enseño.

—No, o sea, *sorry* —dice, maniobrando con el vaso en la mano—, no me trajiste para dejarme aquí sentada como mópet. Me haces el favor de que dejas abierto y me muestras todo el proceso.

Tiene un poco de razón. Sí está raro que la deje ahí sola. Pero me da una pena horrible; nunca me he cambiado frente a ninguna mujer que no sean mis hermanas o mi mamá.

Me quito la falda y la blusa y me detengo de Tania para meter las piernas al vestido.

—*Hellooo!* ¿No habíamos quedado que íbamos a tirar esos calzones de florecitas?

En mala hora le conté de mi crisis de ropa interior.

—Y, de pasadita, también tiramos el bra, ¿eh? O quémalo o algo, porque no te favorece nada.

¿Le digo que es el nuevo que me compré expresamente para la boda? No, para qué.

Por más que ahorita me esté cayendo gordísima, tengo que admitir que Pili tenía razón: el escote strapless es años luz más favorecedor que el halter. No puedo dejar de verme el cuello desde todos los ángulos; se me ve súper estilizado.

—Quedó mucho mejor, ¿no? —dice Tania, cogiendo el escote con las dos manos y subiéndolo bien a su lugar—, te ves mucho más bonita.

—Lástima que tengas tan mal color —dice Ana, desde su sillón—, y que tengas cero tono muscular en los hombros. ¿Cuándo dices que es *the big day*?

Le digo.

—Pues apenas y te da tiempo de asolearte, reina, y de agendarte unas clasecitas de Pilates, ¿eh? Si quieres, te puedo recomendar a mi instructora, que es buenísima y está certificada en California.

Tania voltea a verme con cara de que va a asesinar a Ana. No la culpo, la verdad.

—A ver, ven —dice todavía con su vaso en la mano—; enséñame cómo terminaste la unión entre el talle y la falda.

Le explico que a lo mejor es un poquito más fácil que ella se pare y venga a verlo, por aquello de que es un vestido que pesa millones de kilos y que todavía no está completamente terminado. Truena la boca y se levanta, haciendo toda una faramalla de su desplazamiento.

Analiza el vestido milímetro a milímetro. Todavía le pide a Tania que prenda otra luz, para ver mejor, y yo me siento como pollito rostizado con tanta tela encima y tanto foco. Estoy segura de que si tuviera una lupa, la sacaría para no perder detalle.

Creo que ya hasta extraño a mi suegra.

—Pues no está tan mal, hasta eso —dice, generosísima.

—¿Ves? —digo— te dije que Tania era espectacular. Y, bueno, el diseño es mío.

Levanta las manos.

—Vámonos entendiendo —dice—; si hemos de ser muy sinceros, sí se ve caserón, no te voy a mentir. Pero dentro de todo, y considerando que la boda es en Querétaro y no creo que ahí nadie tenga demasiado *fashion sense,* no está nada mal.

Siento unos jalones. Tania, que está marcando el dobladillo con alfileres, lo está haciendo con más fuerza de la necesaria.

—Ah, y ¿a ver tus zapatos? —dice Ana—, esos no me los has enseñado. ¿Qué marca son?

Chin. Ni modo que le diga que son de una zapatería del Centro donde están bien baratos y dan la pala perfecto. Le digo que no me acuerdo. Levanta una ceja.

—Si no te acuerdas, es que obviamente no son buenos —se agacha y me levanta la falda, sin darse cuenta de que está a punto de tirar a Tania—; no, pues no.

—Pero son súper cómodos —siento una necesidad imperiosa de defender mis zapatos de doscientos pesos—. Y más ahora que me los pongo todas las noches un rato para irlos aflojando. Voy a poder bailar sin parar toda mi boda.

Se cruza de brazos, sin dejar de mirar al piso.

—Pues no sé, ¿eh? —dice—; nunca he estado muy de acuerdo con eso de que los mejores zapatos son los cómodos. Se me hace un argumento como de cincuentona fodonga.

Señala sus propios zapatos; unos tacones rojos de charol divinos, con dos centímetros de plataforma y diez de tacón.

—A mí, por ejemplo, éstos me costaron una ¡millonada! —echa la cabeza para atrás—; no te miento, como diez quincenas. Y me aprietan como no tienes una idea; pero me vale, *they're gorgeous!*

Me vuelvo a acomodar la falda para que mis zapatos, baratitos y no tan *gorgeous,* queden bien escondidos.

Ana se da cuenta y entrelaza las manos frente a la boca.

—Ay qué pena —dice—; vas a decir que qué imprudente, ¿verdad?

Voltea con Tania.

—Y tú también, ¿verdad? —pone cara de angustia—, has de estar pensando "pero en qué bendito momento se le ocurrió a mi amiga traer a esta loca que todo critica", ¿verdad que sí?

Tania se queda callada. Me tengo que acordar de traerle un regalito la próxima vez que venga. Una foto de Ana para que le tire dardos, por ejemplo.

—¡Perdón, perdón! —dice Ana—, ¡discúlpame! Es que yo soy súper sincera, ¿verdad, Coco? Pregúntale, ella ya me conoce y sabe que nomás no me puedo quedar callada.

Hago un gesto con la cabeza como de "sí, pues sí".

—Pero todo es en súper buen plan, ¿eh? —dice—, digo, yo que tengo tantita más experiencia que ustedes, les puedo decir que una crítica de alguien como yo es invaluable.

Seguimos sin decir nada, pero a Ana parece no importarle.

—O sea, pura crítica constructiva —se ríe—, ¡y gratis! Imagínense.

Terminamos la prueba más o menos en paz. Estoy a punto de pedirle a Ana que me tome unas fotos para mandárselas a Andreu, pero lo pienso mejor; para como viene, seguro me va a preguntar para qué son y voy a terminar contándole. Y no me la voy a acabar.

Cuando me estoy despidiendo de Tania, suena mi celular. Ya se me había olvidado que quedé con Alfredo de verlo aquí para ir a cenar.

Cruzo los dedos para que los dos se comporten; lo único que me falta es que Ana y él decidan pelearse.

CAPÍTULO 22

Bajamos la escalera del edificio de la Escandón donde Tania tiene su taller y encontramos a Alfredo parado en la puerta. Me siento la más orgullosa de mi novio cuando veo la cara de sorpresa de Ana y por un momento veo a Alfredo como si lo acabara de conocer en ese instante: alto, guapo, con pinta de que va al gimnasio diario y quemadito por el golf, vestido con un traje gris oscuro súper bonito y una corbata roja que yo le escogí, aunque yo originalmente había propuesto la misma pero en fucsia, pero él dijo que eso es de mariquitas y que no.

Los presento y se dan un beso en el cachete.

—Así que tú eres la famosa Ana, ¿no? —dice Alfredo—; por fin te conozco. Coco me ha contado mucho de ti.

Ana se muerde el labio y alza las cejas.

—Si son cosas buenas, no le creas nada —dice.

Nos reímos los tres y de pronto se hace un silencio donde los tres miramos la banqueta mugrosa sin saber qué decir.

—Bueno —dice Ana—, ¿cuál es el plan? ¿Vamos a ir a cenar o por unos *drinks* o qué?

—A cenar, ¿no? —digo yo—, no me dio tiempo de salir a comer y me muero de hambre.

—¿Cómo, mi vida? —Alfredo finge indignación—, ¿esa jefa horrible que tienes no te da permiso de salir?

Voltea a ver a Ana y los dos se ríen.

—Oye, no —dice Ana—, no es que yo le dé o no permiso; es que si uno no se organiza, no hay forma de que le dé tiempo de todo, ¿estás de acuerdo?

Sobre todo si a uno le cae la chamba que tendría que estar haciendo toda la oficina, ¿verdad? Pero bueno.

—El caso es que tengo un hambre horrible —digo—, ¿vamos?

—Vamos —dice Alfredo—; mi coche está aquí a la vuelta.

Caminamos los tres por la banqueta, que está súper estrecha. Menos mal que el coche está cerca, porque no cabemos los tres y se vuelve muy raro decidir quién camina primero y quién después. Por fin, Alfredo y Ana como que se van quedando y yo voy caminando delante de ellos, tratando de no meter el tacón en una de las miles de grietas del pavimento.

Llegamos al coche y Alfredo le abre la puerta primero a Ana y luego a mí. Es el más caballeroso. Como siempre, y a diferencia del mío, su coche está completamente limpio y sin papeles ni latas vacías de refresco de dieta ni muestras de tela regadas por los asientos de atrás. Arranca y se sale del lugar en dos movimientos.

—¿A dónde quieren ir? —pregunta, mirando a Ana por el retrovisor—, ¿les late la Condesa? Hay un lugar italiano que está bueno y al que hace un rato que no vamos.

Me voltea a ver.

—¿Quieres ir al Castello?

—¡Siií! —digo, casi salivando, y volteo con Ana—, ¿no lo conoces? Tienen el mejor fetuchini a los cuatro quesos del mundo.

Pone cara de horror.

—*Heelloooo!* —dice—, ¿pasta?

—¿No? —me siento como niño al que le dicen que no existe Santa Clos.

—Pues... como tú quieras —dice—; o sea, yo ya sabes que casi no como carbohidratos, pero seguro que hay una ensalada que no esté mal y a la que le puedan poner un aderezo que no sea una bomba de grasa, pero...

—¿Pero qué?

—No se me hace como que a ese vestido le vaya a caer muy bien un fetuchini a los cuatro quesos, ¿no? Digo, no se te ve mal, pero...

—¿Ya ves, gordis? —Alfredo se ríe—; ¿ya ves cómo sí te estás poniendo repuestita? Dile, Ana, que a mí no me hace caso.

Alfredo intenta pellizcarme la lonja y le doy un manazo un poquito más fuerte de lo necesario.

—Auch, ¡qué salvaje! —me pone la mano en la pierna—, no te creas, bonita; ya sabes que es de broma. Estás muy guapa.

Le aprieto la mano y le digo que sí, que ya lo sé.

—Bueno, entonces ¿vamos por pescado? —dice Alfredo—, ¿quieren ir al Siete Mares?

Obviamente, después de esa plática se me quitó cualquier antojo de pasta, y dije que fuéramos a donde quisieran. Casi ya ni hambre tenía. Casi. Llegamos al Siete Mares y, como siempre, está llenísimo de todos los burócratas de las oficinas de alrededor; nos sientan entre una mesa con un par de cuates que claramente llevan bebiendo desde la hora de la comida y ya se pusieron gritones, y una cena de cumpleaños de la guapa de la oficina.

Alfredo pregunta si queremos compartir las tostadas de atún, que siempre pedimos, y yo digo que mejor no, que gracias. Ana, en cambio, parece haberse olvidado de su aversión a los carbohidratos, porque dice luego, luego, que sí, que qué rico. Qué falta de solidaridad, de veras.

Pido un carpacho de pulpo sin aceite y un filete de pescado a la parrilla con verduras al vapor. Y una limonada natural sin azúcar. Al primer trago, siento que se me va a pegar el interior de un cachete con el del otro, de lo ácida que está. Alfredo y Ana, en cambio, pidieron una botella de vino blanco entre los dos y cuando el mesero la vació en las copas heladas, volví a sentir que salivaba; después de los días que había llevado últimamente, y del calor que hacía, se me antojó muchísimo. Pero me acordé del vestido y apreté los puños, en un acto de fuerza de voluntad indoblegable.

—Así que tú también trabajas para el psicópata de Jaime —dice Alfredo después de que brindamos, ellos con su delicioso vino helado, yo con mi vasito de vinagre sin azúcar.

Ana responde que sí.

—Pero no me parece que sea un sicópata, para nada —dice—; sólo creo que hay que agarrarle el modo.

—Claro. Eso mismo dice Coco y termina escondida debajo del escritorio, muerta de pánico de sus berrinches.

Ana suelta una carcajada y por poco escupe todo el vino.

—¿Que qué? —me voltea a ver—; a ver, a ver, ¿cómo está eso de que te escondes debajo del escritorio?

—Ay, mi amor, gracias, ¿eh? —le digo a Alfredo—; gracias, de veras, por hacerme ver tan profesional y madura.

Se ríe y me aprieta un cachete.

—Tarde o temprano se iba a dar cuenta, bonita. Además, a mí se me hace un detalle de lo más tierno.

Precisamente por eso, porque es un detalle tierno, y de lo más poco profesional, no necesito que lo sepa mi jefa, ¿verdad? Y cualquiera hubiera pensado que Alfredo, que se las da de tan conocedor de la etiqueta de oficina, lo sabría bien. O sea, es algo que le he contado a Andreu, por ejemplo, y le ha hecho una gracia loca y no para de recordármelo; pero ahí es muy distinto porque él no es mi jefe, sino mi amigo.

—Bueno, sí —digo—; admito que de vez en cuando tengo el impulso de buscar refugio debajo de mi escritorio. Pero ya hace muchísimo que no lo hago.

Como tres días, pero a ellos qué les importa.

—Además —insisto, ya en plan de defender mi dignidad maltrecha—, no soy la única en la oficina que tiene problemas con Alfredo. Es más, *Anita,* no me digas que a ti no te saca de quicio.

Pongo especial énfasis en el "Anita", porque sé que le choca. En efecto, hace un gesto de escalofrío exagerado.

—Ni me lo recuerdes, por favor —dice—, ni me lo recuerdes. Me dan ganas de cachetearlo cada que me dice así. Ni mi abuelita ya me dice así.

—Aaaaaah, ¿ya ves? —volteo con Alfredo—, ¿ya ves, mi amor? El tipo es nefasto.

—Oquei, sí —dice Ana, levantando una mano—, es nefasto, *I totally agree.* Pero de ahí a que me vaya a provocar ni medio colapso nervioso, o sea, nada que ver.

—¿Verdad que no? —dice Alfredo—; es lo que yo le digo todo el tiempo a Coco: mi vida, no le puedes dar poder a ese patán. Tienes que imponerte.

—¡No, bueno! *Totally* —Ana maniobra con su copa—. Es el clásico tipito poca cosa que necesita aplastar a los demás para sentirse menos mediocre. Pero en cuanto le dices "*sorry, darling*, pero te me calmas", ya, se está en paz.

Alfredo me voltea a ver con cara de "¿ya ves?". Y yo sólo como otro pedazo de carpacho, que está recién descongelado, frío y sin chiste. Ni cómo explicarle que ayuda que llegues como la más recomendada de México y vivas colgándote del trabajo de los demás para que Jaime te deje en paz. Así, hasta yo.

Es momento de cambiar el tema.

—Ana, dile por favor a Alfredo lo bonito que está mi vestido.

A ver si capta que no tengo ningunas ganas de seguir ventilando mis múltiples problemas con Jaime. Por suerte, me voltea a ver y se ve que entiende, porque dice:

—*Sooo pretty!* —tal vez se pasa un poquito de entusiasta—; no sabes, Alfredo, es lo más *cute* del mundo. Ni parece hecho por una principiante, ni nada. Tantito más y es el *real deal,* ¿eh? Cañón.

No, bueno. A Ana sí no le pasaron el memo de cómo echarle la mano a tus amigas; con que se hubiera quedado con la parte del *pretty,* todo hubiera estado muy bien; ¿qué necesidad de aclarar que soy una principiante y que por más que me esfuerce no le llego al *real deal*? De veras que tiene las mejores intenciones y aun así se las ingenia para decir unas cosas que ni al caso, pobrecita. Se ve que a ella su mamá no le enseñó a pensar las cosas dos veces antes de decirlas.

Pero Alfredo ni cuenta se da.

—¿Ah, sí? —dice—, qué bueno, porque si algo me choca es hacer una mala inversión.

—Para nada —dice Ana—; está súper mono y Coco se va a ver muy bonita, vas a ver.

Le sonrío. Tampoco es que sea el cumplido más grande del mundo (ya podía haber dicho que me veo "guapísima" o "espectacular", ¿no?, si para eso somos amigas), pero le tomo en cuenta el esfuerzo.

—Lo que sí, es que, hablando de inversiones —sigue Ana—, ya podías tomar todo lo que te vas a ahorrar en el vestido e invertirlo en unos zapatos buenos para tu prometida, ¿no?

Le da un trago a su vino.

—Digo, en lugar de que tenga que pasar el día más importante de su vida trepada en unos zapatos que claramente compró por catálogo o en una tienda de ésas que están afuera del Metro.

Alfredo me voltea a ver con cara de horror.

—¿Te piensas poner unos zapatos del Metro? —pregunta, con voz de tragedia—, ¿para mi boda?

¿Perdón? ¿En qué momento mis zapatos se convirtieron en el nuevo tema de discusión? ¿Y cómo está eso de "mi boda"?

—A ver, a ver —levanto las manos, en actitud conciliadora—, mucha calma, por favor. En primer lugar, no son del Metro. Ni de catálogo.

Ana levanta las cejas.

—Ay, pues parecen, ¿eh? —la ignoro. Ya bastante ha metido su cuchara en este asunto.

—Son de la misma tienda que casi todos mis zapatos —le explico a Alfredo.

Digo el nombre de la marca y Ana tuerce la boca. Claramente, no le acaban de parecer suficientemente dignos.

—Y son súper cómodos y ya sé que voy a poder traerlos puestos toda la fiesta y no me van a torturar —explico.

—¡Hombre!, ¡haberlo dicho antes! —Ana, por alguna razón, se está tomando esto muy, muy a pecho—; con esa lógica, mejor vete en chanclas de playa, ¿no? Con ésas sí vas a estar increíblemente cómoda, y ya de una vez te las llevas a la luna de miel, fíjate qué a gusto.

Alfredo no suelta una palabra. Creo que la perspectiva de que me le aparezca con chanclas de playa —o, peor aún, con zapatos del súper—, es suficiente para quitarle el habla.

—Es más, vamos a preguntar —se voltea con los de la mesa de junto—; a ver, ustedes, ¿qué opinan de que aquí mi amiga se vaya a casar con unos zapatos corrientes y espantosos?

Los dos bajan sus vasos de whisky en las rocas y se le quedan viendo. Son un par de cuates, monos, los dos de traje y corbata, que hasta ese momento se habían dedicado a beber y a discutir cosas de política.

—¿Mande? —pregunta el que se ve más chico, que no sería nada feo si se consiguiera un buen corte de pelo y bajara unos diez kilos—, ¿me repites tu pregunta?

Alfredo reacciona. Claramente, se muere de vergüenza de que una mujer de su mesa esté interpelando desconocidos.

—Nada, hermanito, nada —le dice, señalando lo más discretamente que puede que tanto Ana como yo estamos locas de la cabeza y nos escapamos del manicomio—; un asunto privado, no les hagas caso.

—Al contrario —dice el otro, altísimo, con cara de buena gente, parándose y arrastrando su silla a nuestra mesa—; estos asuntos privados me interesan. ¿Cuál dicen que es el problema?

—¡Que se quiere casar con unos zapatos horribles!

—¡No son horribles! ¡Sólo dices eso porque no cuestan miles y miles de pesos!

—Coco, ¡por favor! —dice Alfredo, entre dientes—. ¡Estate en paz!

—¿Yo? —pregunto, indignada—, ¿y ella qué? ¡Ella empezó!

Es como regresión a los peores pleitos con mis hermanas. A estas alturas, el amigo ya también acercó su silla y los dos contemplan la escenita como quien está en el circo.

El del pelo mal cortado se instala en árbitro.

—Tranquilos todos, por favor —dice, levantando las manos—; ¡cuánta animosidad! Tan sencillo que es hablar las cosas. A ver, tú, ¿cómo te llamas?

—Coco. Bueno, Socorro... Coco. Me llamo Coco.

—Mucho gusto, Coco —extiende la mano—. Yo soy Toby. Y él es Juan. Dejémoslo en Juan.

Yo les digo que mucho gusto y les sonrío. No quiero ni voltear a ver a Alfredo, porque ya sé que me está aventando la mirada más asesina del mundo. Pero ¿qué quiere que haga? Fue Ana la que empezó este numerito, no yo.

Hablando de Ana, ya está extendiendo su manita y presentándose.

—Y yo soy Ana —dice—, la amiga y confidente, y la que empezó todo este relajito. Qué pena.

No se le ve muy apenada, la verdad.

—Muy bien —dice Toby—, ahora sí. ¿Cuál es la que se va a casar?

—Estos dos —dice Ana, señalándonos.

Alfredo empieza a hacerle gestos al mesero para que traiga la cuenta.

—Ajá —dice el que dice que se llama Juan, con toda la pinta de que quiere entender—, ¿y tú te compraste unos zapatos que a tu amiga no le gustan?

—Bueno, no es que no me gusten a mí —se defiende Ana—; es que son positivamente espantosos. Y se les nota lo corriente a leguas de distancia.

—¡Ay, qué lata! —digo—, ¡que no son espantosos, caray! Además, ultimadamente, ¿a ti qué más te da?

—¿A mí qué más me da? —repite, con cara de que no cree lo que le estoy diciendo—, me perdonas, pero este tipo de cosas yo no me las puedo tomar a la ligera. Está en mi naturaleza apasionarme por lo que la gente se pone; me enferma, *makes me positively sick,* eso de que la gente se ponga cualquier cosa horrenda con el pretexto de que "ay, es que es súper cómodo". Lo bonito no es cómodo, ¿sí? Lo bonito es bonito y punto. ¿O no?

Toby, a quien iba dirigida la pregunta, se queda pensando.

—Bueno, yo de zapatos no sé mucho, la verdad —señala los que trae puestos, unos negros de agujetas, aburridísimos—; de hecho, me compré cuatro pares, todos iguales, y esos son los que uso diario...

—¡Ah! —dice Juan, inspirado—, pero los zapatos son distintos. Pon tú que fueran corbatas, o camisas.

—Ah, bueno; ahí es distinto —Toby levanta las manos—, una camisa con la textura correcta, de buen algodón; o una corbata bonita, así como la que trae tu novio, haz de cuenta, eso sí es importante.

Alfredo se aclara la garganta, todo tenso. Cualquiera diría que se está violentando su intimidad. Me entran unas ganas muy raras de hacerlo rabiar.

—¿Te gusta? —le acaricio a Alfredo la solapa y siento cómo se pone más tenso—; yo se la escogí.

—Pues lo celebro —levanta su vaso de whisky—; qué buen gusto.

—En realidad, yo había escogido una rosa mexicano, pero él no quiso.

—¿Por qué, hombre? —le pregunta Juan a Alfredo—; no está feo. ¿Se te hace feo?

Alfredo aprieta los dientes.

—Coco —dice—; coge tus cosas. Ya nos vamos.

—¿Por? —ya me instalé en la necia—, ¿no quieres que discutamos de una vez lo de los zapatos? Necesitamos opiniones imparciales.

—Por supuesto que no —me toma del brazo; no fuerte, pero me cae mal—. Nos vamos ahorita.

—Pues no —me zafo de un jalón—; vete tú.

—Bueno, yo sí me voy, ¿eh? —dice Ana, cogiendo su bolsa—, porque entre si son peras o son manzanas, tengo que regresar a mi casa.

No lo puedo creer. Por supuesto que no me van a hacer eso, ¿verdad? Pero sí, se paran los dos y caminan a la puerta.

Yo saco mi celular y lo pongo sobre la mesa, segura de que en cualquier instante va a sonar y va a ser Alfredo diciéndome que ya, que no sea necia y que me espera en la puerta.

Los tres nos quedamos como hipnotizados viendo la pantalla apagada.

—En fin —dice Toby, cuando, según el reloj de mi celular, ya pasaron cinco minutos—; creo que esto, por lo menos ahorita, ya no tiene remedio. ¿Qué te pido, Coco, un whisky?

El pulpo me brinca en el estómago. En la vida había yo hecho una cosa de éstas. Alfredo ha de estar furioso; ahora sí, no me la voy a acabar.

—Whisky no —le digo—; un gin and tonic, mejor.

CAPÍTULO 23

Si Quetita Castillo me sigue contando lo bien que están sus hijas, los millones de hijos que ya tienen y lo felices que son viviendo en Aguascalientes, la voy a ahorcar con mis propias manos. Hasta ahorita, lo único que me ha detenido de hacerlo ha sido ver fijamente su retina, perfecta, café y redondita, y fantasear que me quito el zapato y le clavo ahí mi tacón de aguja; hace como quince minutos que dejé de prestarle atención.

—¿Entonces? —me pregunta de pronto.

—¿Hm? —me agarró súper en curva—, ¿entonces qué?

Quetita Castillo tuerce la boca, como si pensara que hasta ese momento de verdad yo estaba escuchando algo de lo que me decía.

—Pues que si ya sabes a quién le vas a pedir que te ayude con la decoración de tu casa, niña.

—Ah, eso —se me hace nudo la panza, como siempre que sale el tema a relucir— todavía no sé. Creo que lo voy a hacer sola.

Lanza un soplidito incrédulo.

—Me parece una pésima idea. Yo que tú, le hablaría a Carmencita, la esposa de mi sobrino Pedro; es monísima y tiene muchísima experiencia. Ella decoró esta casa, imagínate.

Imagínate. La casa de mis suegros es un adefesio en estilo "mexicano", lleno de muebles con más relleno del que deberían, de paredes color naranja y de cuadros de indígenas bizcos con cara de hambre. No, muchas gracias;

por más que odie al Partenón, como le digo a mi nueva casa de cariño, no soy capaz de hacerle algo así.

Pero como soy una niña mona, y mi suegra no me quita los ojos de encima, le digo que sí, que me pase el dato y le hablo, que cómo no. Y que si me permite tantito porque parece que mi mamá me está buscando.

Corro a la mesa del rincón, donde está mi mamá sentada con mis hermanas y cinco primas que pudieron venir. Tomo un vaso de jugo de naranja y le doy un trago.

—¡Oye! —dice Lola—, ¡ése es mío! ¡Consíguete el tuyo!

—Ay, le tomé un traguito —le digo, aunque en estricto sentido fue medio vaso—; toma, díscola.

Se lo paso y me siento en la silla de junto.

—¿Por qué nadie me salvó de Quetita Castillo? —digo, muy bajito para que no me oigan todas las señoras que dan vuelta a nuestro alrededor—. Me tuvo horas ahí atrapada.

Mi mamá me mira con cara de advertencia.

—¡Cht, Coco! —dice—; no hagas groserías. Mira, ya sacaron los chilaquiles y tu suegra ya se paró a servir, ve a ayudarle.

En efecto, la mamá de Alfredo está parada junto a la mesa que va a servir como buffet y, de su lado derecho, está Sandra, la esposa de mi cuñado Gabino. En realidad, no hacen más que estorbarle a los meseros, que lidian con la servida de los chilaquiles y los frijoles y no saben cómo pedirles que si los dejan trabajar, por favor.

Lo siento, muchachos, pero no son los únicos que tienen que trabajar. Me paro junto a Sandra y le pregunto a mi suegra si necesita que le ayude. Me dice que no y que me vaya a sentar.

—Es tu fiesta, mija —dice—; aprovecha, que ya bastante tendrás que trabajar ahora que estés casada con Alfredito.

Sandra, que le ríe todos los chistes a mi suegra, no le falla esta vez tampoco.

—Qué razón tiene, señora —dice—; si es la mitad de latoso que Gabino, prepárate, amiguita.

Se me queda en la punta de la lengua decir que, muy probablemente, mi noviecito es el cuádruple de latoso que su hermano y que cualquier ser humano en la faz de la Tierra, pero elijo ser prudente. Ni caso tiene decirles que en este preciso momento mi noviecito y yo no estamos atravesando por una etapa muy feliz ni armónica que digamos; es más, que las cosas entre nosotros están dos rayitas más arriba de tensas y difíciles.

Por supuesto, todo tiene que ver con la noche del Siete Mares. Ese día no sé qué mal demonio me poseyó para decirle que se fuera y que yo me quedaba con mis dos nuevos amigos, Juan y Toby. Se puso como energúmeno y estuvo sin hablarme ni contestarme los mensajes una semana entera. Una semana entera de dejarle mensajes de "amor, ya por favor perdóname; no te pongas así; es que estoy muy nerviosa y muy presionada" y bla bla bla, y aquél, sin dignarse levantar el teléfono y sacarme de mi angustia. Al principio, yo me hacía la muy macha y decía que era un irracional y que no tenía ningún derecho de ponerse en ese plan, si a fin de cuentas quien me había dejado y me había orillado a ponérmele al brinco fue él, con sus groserías, pero conforme fueron pasando los días, me llené más y más de pánico de pensar que tal vez ya se había enojado para siempre y no me iba a hablar jamás de los jamases.

Aunque, aquí entre nos, tengo que confesar que no me arrepiento nada. No sé, la verdad, si lo volvería a hacer, porque me ha costado sangre, sudor y lágrimas con Alfredo, pero, en una de ésas, creo que sí, aunque sea para poder contarles a mis nietos que su abuela no siempre fue una ñoña bien portada, sino que hasta tuvo sus momentos de descocada. Ese par resultaron ser los más divertidos del mundo y terminamos siendo íntimos amigos; platicamos y platicamos hasta que nos corrieron del restorán, porque ya iban a cerrar, y yo les conté toooda mi historia y mis dramas, y ellos me contaron los suyos. En un momento, hasta le hablamos a la novia de Toby, que con todo y que estaba profundamente dormida, no nos lo tomó nada a mal y nos platicó en el altavoz y todo.

Yo, siguiendo el ejemplo, intenté marcarle a Alfredo, pero obviamente no me contestó.

—Ay, ya, mujer; él se lo pierde —me dijo Toby, quitándome el teléfono de las manos—. Es más, ya no te cases con él. Consíguete un novio más divertido.

—Sisisisí —dijo Juan, muy enfático—, uno que no le tenga miedo al color. Es más, que no le tenga miedo a nada.

—Y que no te deje tirada en un restorán con un par de gañanes que ni conoces, sobre todo —dijo Toby—; ¿qué groserías son ésas?

Movió la cabeza, en franco desacuerdo.

—Yo —siguió— porque ya tengo una novia fantástica y mi vida es suficientemente complicada, pero si no, me cae que hasta te invitaba a salir.

Le dije que mil gracias, que qué tierno, pero que yo creía que sí me iba a casar con Alfredo, que era mi novio de toda la vida.

—¿Y eso qué? —me preguntaron los dos a coro.

No intenté explicarles, porque no me iban a entender. Eran hombres. Les cambié el tema y ya, seguimos hablando de cualquier otra cosa hasta que nos corrieron. Me pidieron mi teléfono y quedaron en hablarme el fin de semana para hacer algo. Obviamente, cuando me hablaron, yo les dije que estaba ocupadísima y que no podía; me cayeron perfecto, pero tampoco era cosa de andar haciendo amigos en la calle, como si fuera qué.

Pero Alfredo no me cree. No tengo idea de qué se imagina que pasó ese día después de que se fue, pero si de algo estoy segura es de que se imagina lo peor: de orgía para arriba, vamos. Una vez que se dignó contestar mis mensajes y hablarme, todo han sido bromitas sobre los tipos que levanto en los bares y sobre las malas mañas que he venido a aprender al Distrito Federal.

—Espero que al menos yo las aproveche, ¿no? —fue lo más feo que me dijo—, que algo me enseñes.

Cuando me dijo eso me puse frenética y le dije que era un majadero y que si me volvía a hablar así, no le volvía a dirigir la palabra en la vida. Sobre todo, me daba horror que lo fueran a oír Pili y Monse, porque estábamos en el departamento, dizque arreglando las cosas y hablando civilizadamente de nuestros problemas.

—Tampoco te pongas así —me contestó—; es una broma. Y tienes que entender que a mí todo este asunto me cayó fatal.

Desde entonces, las cosas no han estado así que tú digas hermosas y color de rosa, pero ahí la vamos llevando. Según todas las revistas, es normal que los novios se peleen más seguido que de costumbre durante la preparación de la boda, y ya luego se pasa. Espero que sí; qué flojera estar peleando y aguantando las peladeces de Alfredo todo el día.

Eso sí, primero muerta que contarle nada a mi suegra ni a mis cuñadas. Vamos, ni siquiera a mis hermanas; Márgara me iba a decir que era yo una loca desatada por estar bebiendo sola con tipos que ni conocía, y me iba a soltar unas cosas peores que las de Alfredo, y Lola... ¡uf!, Lola seguramente me saldría con que haría mejor casándome con cualquiera de esos dos, o hasta con el mesero, antes que con Alfredo.

Ya de por sí fue un triunfo que viniera Lola; fue necesario que mi mamá la amenazara. Obviamente, primero le tiró el rollo de que la familia debe estar unida; de que por más que uno piense que un ser querido está cometiendo un error —que yo no estaba cometiendo de ninguna forma, le aclaró—, tiene que ser solidario y acompañarlo por si necesita ayuda, y, de pasada, lo de la caridad cristiana y que el amor todo lo perdona y el resto de la Epístola a los Corintios. Y, con todo y todo, Lola seguía en la necia de que no, de que ella no tenía por qué ir a hacer el show de que estaba muy contenta cuando ni estaba y no sé cuántas cosas más, hasta que mi mamá tuvo que echar mano del recurso más bajo y chantajearla con que si no lo hacía se podía ir olvidando de dejarle a los niños. Yo sé que fue una medida extrema, pero la entiendo porque la pobre ya está harta de andar inventando pretextos de por qué Doloritas no aparece nunca en nada relacionado con la boda, y, claro, como aquí la gente nomás no puede dejar de preguntar y no se queda contenta hasta que no le das una explicación lo más detallada posible, y ni modo que andes sacando nuestros trapitos al sol, pues mi mamá tiene que andarle enfermando a los hijos y mandándole de viaje al marido, para cubrir las apariencias.

A pesar de que sé que fue a fuerzas y a la mala, a mí me dio mucho gusto ver a Lola. No es que seamos las mejores amigas ni que las cosas estén como antes, pero por lo menos ya podemos sentarnos una junto a la otra y platicar, aunque sólo sea de temas que no tengan absolutamente nada que ver ni con la boda ni con Alfredo. Que tampoco está tan mal; ya estoy un poco aburrida de contestar una vez tras otra cómo va a ser mi vestido y qué flores va a llevar el ramo que le voy a ofrecer a la Virgen.

Aunque ahora el tema es el Partenón. En lo que los meseros se llevan los platos del desayuno y esperamos a que nos traigan más café y pan dulce, Quetita Castillo decide que no le he puesto la suficiente atención y vuelve a insistir en lo de Carmencita, la esposa de su sobrino Pedro.

—Catalina —le dice a mi mamá, a gritos, desde su mesa—, ¿cómo es posible que esta criatura no tenga ya un decorador para su casa? ¿No le explicaste el trabajal que es, o qué?

Mi mamá sonríe, con cara de santa paciencia.

—Ay, Quetita, pues yo no sé —dice—; ya ves que ahora estos niños quieren hacerlo todo solos.

—Pues sí —dice Quetita, escéptica—; eso dicen en un principio, pero cuando se ven con el agua al cuello, entonces sí, van a que uno los saque del problema.

Yo hago esfuerzos por seguir sonriendo y me meto a la boca un pedazo de cuernito.

—A ver, niña, por ejemplo —Quetita no deja el tema, yo creo que su sobrina le pasa una comisión—, ¿qué vas a hacer con tanto cuarto? Porque es una casa enorme, ¿no? ¿Cuántas recámaras son?

Uf, no tengo ni idea.

—Cuatro —interviene mi suegra, muy orgullosa—, con tres baños y medio; más el cuarto de servicio con su baño, claro.

—Ahí está —dice Quetita—, ¿con qué vas a llenar todo eso tú sola?

—¡Pues con mis nietos, naturalmente! —dice mi suegra, como si fuera broma, pero no tanto—. Me urge tener más para que me den quehacer, ¿verdad, Catalina?

Mi mamá asiente con la cabeza. Traidora.

—¡Y estamos tan cerquita! —sigue mi suegra—; te vas a poder venir a darles de merendar a tus hijos aquí, como hace Sandrita. ¿Verdad, Sandrita?

"Sandrita", la muy mustia, dice "sí, señora"; como si no supiéramos todos que lo hace con tal de dejarle sus hijos a las muchachas y no tener que ocuparse ella.

—No, bueno —creo que ya es momento de que yo hable—; de preferencia, vamos a cenar en familia, primero Alfredo y yo, y cuando lleguen los niños, pues con los niños.

Se escucha un montón de risas.

—Ay, mija —dice mi suegra—; ¡hasta crees que Alfredo va a salir a tiempo para merendar contigo! Ahora que empiece lo de la campaña, vas a tener suerte si lo ves un ratito antes de dormir y en las mañanas.

¿La campaña?, ¿cuál campaña? Tengo que esforzarme por poner cara de que tengo la menor idea de lo que me están hablando.

—Pues ya veremos —digo—, y de los cuartos, Quetita, por lo menos hay uno que voy a usar para poner mi taller.

Más risas.

—Ay, obvio —perfecto, ya decidió hablar Sandra—; pues no por ser aguafiestas, pero temo decirte que te va a durar poco el gusto, ¿eh?

—¿Por?

—Ay, amiguita, pues porque en cuanto tengas el primer hijo, ya no vas a tener ni tiempo ni cabeza para nada. Puros hijos todo el tiempo, vas a ver. Ya ves yo, que dizque no iba a dejar mi carrera...

Sí, Chucha; ésa fue la mentira que nos contaste a todas, porque te sentías muy importante cuando llegaste, pero en cuanto Gabino te puso casa y te mantuvo, ni te volviste a acordar de que habías ido a la universidad.

—Pues ya veremos —vuelvo a decir, con tono de que ya estuvo bueno.

Lola se levanta y da una palmada con un entusiasmo que no se cree ni ella.

—¿Les parece si empezamos?

Yo le hago segunda, feliz de que se acabe el interrogatorio, aunque me muero de flojera de lo que sigue: cada una me va dando una cosa distinta para mi casa y va leyendo una reflexión y una bendición que venga al caso —una vela, para que en mi casa no falte la luz de la fe; sal, para darle sabor a la vida de familia; cerillos, para el calor de hogar, y así, horas y horas y horas, porque además de lo que ya dice en unos papelitos que no sé de dónde habrán salido originalmente, pero que se van pasando de despedida en despedida por generaciones, cada señora se siente en la necesidad de poner de su cosecha—. Tengo que hacer unos esfuerzos tremendos para no quedarme dormida.

Después de eso, viene el rezo del Rosario. Ése les toca dirigirlo a mis hermanas, y estoy a punto de soltar la carcajada, porque Lola no se sabe ni uno solo de los misterios y le tiene que ir copiando a Márgara. Claro, de eso nadie se da cuenta más que yo, porque Lola es buenísima para hacer la finta de que domina todo, pero yo fui con ella al catecismo y sé que nunca de los nuncas fue capaz de aprenderse el rosario, con todo y que Elsita García intentó todo tipo de premios y castigos para lograrlo.

Cuando por fin terminamos, y yo abro todos los regalos y digo que mil gracias, que me moría de ganas de una batería de cocina color rosa y unos aros para la servilleta de plata grabados con mi nombre y el de Alfredo, acompaño a todas las señoras a la puerta y respiro porque, finalmente, la despedida de soltera que más me estresaba y me ponía nerviosa, ya se acabó.

—Y espérate, porque es sólo el principio —dice una voz junto a mí.

Volteo y veo a Lola, parada en la puerta con su bolsa.

—Cómo serás —le digo—; no estuvo tan grave.

Levanta una ceja.

—¿No? ¿No oíste que tienes que empezar a tener hijos en tres segundos, que más te vale que te reportes aquí todos los días a las siete en punto y que ni hablar de trabajar ni de ocuparte de nada que no sean sus nietos y su príncipe adorado?

—¡Lola! —le pido, quedito—, ¡no hables así!

Hago una seña a la sala, donde están mi mamá, Márgara y mi suegra, despidiéndose.

—Tienes razón —dice, y suspira—, para qué te meto en más problemas de los que ya de por sí vas a tener.

—No voy a tener ningún problema —le digo—, todo va a estar muy bien y vamos a vivir todos muy en paz.

—Sí, pues sí —me da un beso en el cachete—; si eso es lo que me preocupa.

—Pues no tiene por qué —digo, muy digna—, la verdad.

Se encoge de hombros, con el mismo gesto necio de cuando no estaba de acuerdo conmigo, pero ya no tenía más argumentos que darme.

Caminamos en silencio a su camionetota, llena de juguetes, de sillas y de discos de los niños, y le detengo la puerta para que se suba.

—Qué mona que viniste, mil gracias —le digo, igual que a todas las señoras, pero con tono burloncito.

Saca la cabeza por la ventana.

—No tienes qué agradecer —dice, copiándome el tono—; en realidad, era venir, o dejar a mis hijos encargados para siempre en la paquetería del Costco.

Me dieron ganas de hacerle una seña obscena por el retrovisor. No lo hice.

CAPÍTULO 24

Detrás de sus lentes bifocales, Olga me mira con cara de que tendría que hacer algo. ¿Yo? ¿Como qué quiere que haga? Como no sea meterme a hacerle compañía a Ana debajo de su escritorio, no se me ocurre nada.

—¿Tienes una bolsa de papel? —le digo a Olga.

—Ay, ¿qué crees?, que no —dice, mordiéndose una uña de acrílico llena de brillantitos y mirando a su alrededor como si concentrándose lo suficiente fuera a lograr que se materializara una en cualquier momento—. Déjame ver si alguien tiene.

Sale, cierra la puerta y yo me asomo debajo de la mesa. Tengo que desviar un poco la mirada para no ver más que lo irremediable de los calzones de Ana; con razón ve feo los míos de algodón blanco, al parecer, lo suyo son las tangas de encaje.

—¿Cómo vas? —le pregunto—, ¿sigues sin querer salir?

Agita muy rápidamente la cabeza y el pelo se le hace para todos lados, como Medusa. Nunca en la vida la había visto despeinada. Y aparentemente no, no quiere.

—A ver, Ana, tranquilízate —me agacho para quedar a su nivel y me truenan las rodillas y las costuras de la falda. Auch—. ¿Qué fue exactamente lo que te dijo Casandra?

Casandra es la modelo, aunque su acta de nacimiento dice María del Refugio, y, dentro de lo raras e impredecibles que son las de su raza, básicamente porque el cerebro se les echa a perder a fuerza de no comer y de no preocuparse más que por la circunferencia de sus caderas, es bastante confiable, así que no entiendo qué puede haber pasado.

Ana vuelve a agitar la cabeza.

—Ana. ANA —digo, más fuerte—; tú fuiste la última que habló con ella ayer en la tarde, ¿qué pasó?

Me contesta muy bajito que nada.

—¿Segura?

Otra vez mueve la cabeza, pero ahora diciendo que sí.

—¿Segura, Ana? —me acerco hasta que mis ojos quedan a la altura de los suyos—; tal vez estás en shock y voy a tener que darte una cachetada si no me empiezas a explicar las cosas más claramente, ¿estamos de acuerdo?

Su instinto de conservación se activa y se echa para atrás. Tengo que cambiar de táctica.

—Ana, háblame —intento un tono más dulce; haciendo yo sola de policía bueno y policía malo—; yo te puedo ayudar a solucionarlo, pero tienes que contarme qué pasó.

A trancas y barrancas, con un gesto, una voz y una actitud que no son para nada las de ella, sino más bien las del paciente más dañado de un hospital psiquiátrico, me explica que Casandra enloqueció y que está casi segura de que nos va a dejar plantadas. Yo, que tengo mis sospechas, le pregunto si seguro, seguro, ella no tuvo nada que ver en el asunto.

—Seguro —dice, muy seria.

Entrecierro los ojos, con cara de sospecha.

—Dime la verdad —le pido—, ¿si abro ahorita tu correo o le llamo a Casandra no me voy a enterar de que le lanzaste amenazas, agresiones, insultos ni nada parecido?

Baja la cabeza y se muerde los labios. A pesar de lo grave de la situación, me da risa verla tan arrepentida, como si en lugar de una jefa arrogante fuera una niña malcriada que por jugar dentro de la casa rompió una ventana.

—¡Coco, Coco! —entra Olga con una bolsa de papel de estraza que seguro tenía churros o donas, porque hasta brilla de lo grasienta—, ¡Lety la costurera tenía una!

La abro y sí, en efecto: todavía se quedó en el fondo medio churro. Lo saco y le paso la bolsa a Ana.

—Toma. Respira aquí adentro, como si fuera un globo.

La mira con asco y me la quiere devolver, pero le pongo cara de que no le estoy preguntando.

—Ándale, para que se te baje la ansiedad.

Yo, para lo mismo, le doy una mordida al medio churro. Está tiesesón y bien grasoso, pero me sabe a gloria.

En lo que Ana está ocupada inhalando partículas de grasa y azúcar, cojo mi celular de encima del escritorio y vuelvo a marcar el número de Casandra. Como las otras doscientas veces, vuelve a entrar el buzón, con el recado de acento cantadito, y me dan ganas como de azotar el teléfono contra el piso. No hay poder humano que me convenza de que Ana no tuvo que ver en este asunto —sobre todo, después de que ayer salió de mi oficina diciendo "esa tarada muerta de hambre se va a enterar de quién soy yo", todo porque le comenté que Casandra había pedido salirse un ratito en la tarde para ir a recoger a su niño a la guardería—, pero ahora sí que, como diría mi abuela, ya ni llorar es bueno.

El reloj de la iglesia de la esquina da las diez y siento que se me salen las lágrimas. Tenía que ser hoy, precisamente hoy, cuando a Jaime se le ocurriera, por idea de Ana, obviamente, invitar a nuestros compradores más importantes a ver la sesión y "familiarizarse con nuestra nueva colección". Si nada más fuera una sesión normal, pues la posponemos y ya, pero en una hora empiezan a llegar todos, listos para ver cosas sorprendentes y, a menos que los traiga a ver a Ana y su sorprendente fracaso para manejar su angustia, no tengo nada que mostrarles. ¿Cómo no se me ocurrió hablar yo con Casandra o taclear a Ana y sus ímpetus asesinos?, tendría que haber hecho caso de mis instintos y haberle confiscado a mi jefa el teléfono y toda herramienta de comunicación.

Abro la ventana para respirar un poco de esmog, a ver si con eso se me aclaran las ideas y tengo de pronto una idea brillante: ¡el sobrino de la tamalera! Es un mocoso muy modosito, flaco, flaco y lampiño: en una de ésas, con bastante maquillaje y las luces apagadas, lo puedo hacer pasar por *top model*. Total, les digo a los clientes que en lugar de sesión de fotos decidimos armarles un desfile sorpresa y así sólo necesito que recorra los cinco metros de pasarela unas diez veces, para arriba y para abajo, y ya la hice. Se va a llamar Alex y va a ser rusa, no vaya a ser que intenten hacerle conversación.

Le digo a Ana que no se mueva, que ahorita regreso. Creo que no me escucha; está muy ocupada meciéndose y lamiendo los granitos de azúcar pegados a la bolsa. No sé si sería cosa de hablarle a una ambulancia o a un psicólogo, porque la verdad ya me está preocupando, pero tampoco tengo tiempo que perder en eso: después de todo, estoy metida en este desmadre por su culpa. Menos mal que se me ocurrió pasar al cajero saliendo de mi casa, porque estoy segura de que el sobrino de la tamalera me va a pedir dinero a cambio de hacerme el favorcito.

¿A cuánto andará cotizando su amor propio ese muchacho? Ojalá que no muy caro, porque no me gustaría que el chistecito me saliera en más de quinientos pesos.

Salgo muy decidida con mi bolsa en una mano y el celular en la otra y me encuentro a Gerardo afuera de la sala de juntas.

—¿A dónde vas? —pregunta—, el fotógrafo ya casi está listo. ¿Y Casandra?

Estoy a punto de decirle, pero en eso llega el elevador. No tengo tiempo que perder.

—Ahorita viene y ahorita vengo —digo, en lo que se cierran las puertas—, ¡baaaaai!

Por suerte, ya no me encuentro a nadie más entre el elevador y la salida. Cruzo la calle y me acerco al puesto. Le atiné exactamente a la hora pico, así que tengo que formarme en una cola inmensa, detrás de un burócrata con el traje café más feo que haya yo visto en la vida y un caso de caspa francamente preocupante. Estoy tan nerviosa, que no puedo quitarle los ojos de encima a la caspa, aunque me muera de asco.

Cuando finalmente me toca, les doy los buenos días a los dos y trato de poner mi cara más normal para explicarles la situación. Como si esto de pedirle a los adolescentes que se pongan un vestido y se dejen sacar fotos fuera parte de mis actividades de todos los días.

La tamalera me ve con toda la desconfianza del mundo y me pide que por favor me vaya antes de que me corra a escobazos. Me da miedo, porque de lejos se ve que es de armas tomar, pero le tengo más miedo al ridículo frente a los clientes, así que trago saliva e insisto, esta vez centrando mi atención en el sobrino, y haciendo énfasis en que podemos negociar una remuneración. Con esto basta para convencerlo, pero resulta que decidió cotizarse, el angelito, y me sale con que no quiere ni oír hablar del tema por menos de ochocientos pesos y, como prima, mi coche en préstamo para el siguiente fin de semana. Quesque "para llevar a una chamaca a un baile".

—¡Pero es el cumpleaños de mi mamá! —le digo, ya con la voz medio histérica— ¡Tengo que ir a Querétaro!

Le vale. Yo doy un paso al frente para ser más persuasiva y veo que, ya de cerca, tiene el cutis espantoso; Michel va a tener que hacer milagros con éste. Eso sí, sus caderas son perfectas: los vestidos le van a caer divinos.

Mueve la cabeza, haciéndose el difícil.

—Pues es eso o nada. ¿Qué va a querer?

Detrás de mí, la gente ya se está impacientando. Claramente, estoy bloqueando la hora del almuerzo.

—Ándale, chavo —¿"chavo"? ¿De cuándo acá yo le digo a nadie "chavo"?— Otro día. Total, hay bailes cada sábado, ¿no?

—Psí, güerita, pero no con los Locos.

—Ándale, chavo. Porfa.

—Ya, señora, ¡quítese!

—En primera, todavía no soy señora, ¿sí? —me doy la vuelta para ver al tipo que según yo me gritó y resulta ser una tipa que mide como metro y medio pero con la voz de un motociclista de ciento cincuenta kilos. Trato de que no se me note lo sacada de onda—, y, en segunda, ¿qué necesidad tiene de comer tamales?, ¿no ve que México es el país más obeso del mundo? Mejor cómprese unas jícamas, mire, ahí hay un puesto.

Para no verme tan mala onda, trato de darle un billete

de veinte y la muy majadera, que me lo avienta. Todos los de la fila, que están pendientísimos del pleito, hacen "uuuuh" y siguen como en cámara lenta la trayectoria del billete, que vuela como avioncito de papel y va a caer entre los coches parados en el alto. En un instinto rarísimo, y completamente suicida, estoy a punto de ir a recogerlo cuando siento una mano como pinza que me jala un brazo.

—¿Qué demonios estás haciendo?

Es Gerardo. Gracias al cielo. No es que esté muy grande ni que sea el más fuerte, pero si se llegan a armar los golpes con la de la fila, al menos sí podemos darles un sustito entre los dos.

—¿Quién? ¿Yo? —la voz me sale un poco fuertecita. Como histérica, digamos— Yo, nada. Bajé por un tamal, para los nervios...

—Tú no comes tamales, Coco, ¿qué andas haciendo?

—Me quería convencer de que me fuera con ella por quinientos pesos...

Ash, maldito escuincle metiche. Gerardo abre mucho los ojos.

—No, a ver —pongo voz de que estoy a cargo de la situación—. No quería que "viniera conmigo". Nomás quería que modelara la nueva colección...

Por la cara que pusieron los dos, y la del puesto de jícamas, mi explicación no fue demasiado convincente. Gerardo suspira y me toma del brazo.

—Déjalo, Coco. Ya llegó Casandra —sin soltarme, le da al chavito cincuenta pesos y le dice algo en voz baja; sólo alcanzo a escuchar "antipsicóticos".

El semáforo de la esquina está en rojo. Nos quedamos en silencio, viendo hacia delante. De pronto, nos entra un ataque de risa de lo más idiota. Yo siento que se me salen las lágrimas y me duele la panza.

Gerardo se agarra la cabeza con las dos manos —despeinándose todavía más— y la agita de un lado a otro.

—¡Ahora sí ya enloqueciste, Coco!, ¿qué onda? —dice, riéndose—; esto de la boda te está afectando seriamente el juicio. A este paso, vas a acabar en el bote.

—¡Claro que no! ¡No le hice nada! —me seco las lágrimas con cuidado de no correrme el rímel—. Además, era mi palabra contra la suya.

Se pone el verde y caminamos. Gerardo me vuelve a coger del brazo, no sé si como gesto de cariño o porque tiene miedo de que vuelva a salir corriendo. Su siguiente frase me aclara que es por lo segundo.

—Allá arriba nadie se ha dado cuenta de nada —señala con la barbilla hacia nuestro edificio—, pero cuando vi entrar a Casandra y no a ti, me latió como que algo muy raro estaba pasando. Y luego se me ocurrió asomarme a la ventana y mira con lo que me encontré.

Gerardo es la única persona en este mundo que sabe cómo funciona mi mente loca. Por eso nos llevamos tan bien. Me pongo flojita y dejo que me empuje por entre la gente y los puestos de ropa y discos pirata hasta la entrada y el elevador.

Mi reloj dice diez y media. Gerardo me adivina el pensamiento.

—Le hablé a Jaime para recordarle que, ya que llevó a desayunar a los clientes, llegarían más contentos si los trajera por Reforma.

—¿Cómo crees? ¡Pero si Reforma está en obra! ¡Hay muchísimo tráfico!

Sonríe y mueve las cejas, orgullosísimo. Me dan ganas de besarle los pies: con eso me compra, mínimo, media hora más.

—Eres un genio del mal.

—Gracias, Coco. Tú más.

Por fin, el elevador se detiene en el décimo piso y las puertas se abren como si estuviera dando su último estertor. El día menos pensado se desploma como camello en el desierto y no va a haber manera de volver a echarlo a andar. Ojalá eso no sea hoy, porque ya estuvo bueno de emociones fuertes, la verdad. Quien diga que el Centro de la ciudad de México es romántico y lleno de historia, nunca ha pasado por nuestro edificio, que nomás es viejo y lleno de achaques.

Se escucha el escándalo normal de la oficina: teléfonos, tacones que corren de un lado a otro y, a lo lejos, los motorcitos de las máquinas de coser. Olga, desde su escritorio, me mira y mueve la cabeza; supongo que Ana sigue donde la dejé o, por lo menos, eso deja adivinar la puerta cerrada de su oficina. Voy a tener que ir a darle otra vueltecita, a ver si está en condiciones de que la deje ver a los clientes o si mejor la encierro bajo llave en un baño.

—¿Le puedes avisar a Michel que ya llegó Casandra? —le digo a Gerardo—. Que la vaya peinando y maquillando a ver si podemos empezar a tiempo.

Gerardo tuerce la boca y los ojos.

—Ya la mandé —nomás le falta decirme "obveeeeo", como las adolescentes, y sacar la caderita; no me queda duda de que estar en esta oficina le está haciendo mucho daño—. Le dije antes de ir a salvarte de cometer abuso infantil.

—Oye, tampoco, ¿eh? Si acaso, la que sufrió abuso fui yo. Perdí veinte pesos en el proceso. Y, si me descuido, ochocientos y mi coche.

—Sí, claro —no se ve convencido—; es evidente que todo fue un malentendido. El caso es que ya la están maquillando y peinando y no debe de tardar. Y el fotógrafo está acomodando todos sus triques y ya casi está listo, también.

—Perfecto, gracias.

—¿Se te ofrece algo más? —dice—, ¿quieres que te acompañe a ver el set de las fotos?

—Al ratito, gracias. Tengo que ir a ver qué onda con Ana.

Toco en la oficina de Ana y me sorprendo de escuchar que me dice que pase en su voz normal. Abro la puerta despacito y me la encuentro no sólo afuera del rincón donde la dejé, sino sentada en su escritorio, leyendo algo en el monitor de su computadora; el único rastro que queda de su crisis nerviosa son unos granitos de azúcar que se le quedaron pegados en el pómulo izquierdo y la bolsa que se asoma desde el bote de basura. Fuera de eso, se ve tan en control, tan ejecutiva y mandona como siempre.

—¿Cómo vas? —le pregunto—, ¿ya mejor?

Arruga las cejas como si la pregunta fuera absurda.

—¿Mejor? —dice—, ¿mejor de qué?, ¿de qué hablas?

No digo nada más. Si la consigna es que juguemos a que aquí no pasó nada, yo no tengo inconveniente. Ni que tuviera ganas de discutir con ella su salud psíquica y emocional.

—Ya Casandra está en maquillaje y peinado y el fotógrafo está armando todo —le digo—; y Jaime viene con los clientes por Reforma.

—Ya sabía, pero gracias —no despega los ojos de la computadora—; ¿y tú?

—¿Yo qué?

—¿No vas a ir a que te peinen? —voltea y apunta con su barbilla a mi cabeza.

Me paso la mano por el pelo y veo que sí, entre una cosa y otra, mi peinado, que conseguí hoy en la mañana con tantos trabajos y horas de secadora, ya está todo enredado y es un caos. El de Ana, en cambio, está otra vez perfecto y brillante, como de costumbre. Y no sólo eso: ya se arregló también el maquillaje y hasta el polvo de la ropa.

—Pues... no pensaba —digo—. Tengo que terminar de ver unas cosas con los fotógrafos.

—Pues a ver si te organizas y te das un ratito, ¿no? —dice—, tampoco se trata de que lleguen los compradores y piensen que somos todos una facha, ¿no?

O que estamos todos locos, ¿verdad? Pero mejor no le peleo; vaya a ser que se deschavete de nuevo y no haya forma de componerla.

—Tienes razón —le digo—; ahorita voy.

CAPÍTULO 25

En dos minutos, Ana ya tiene cara de que aquí no pasó nada y de que es la más profesional del mundo. Yo casi no la reconozco cuando la veo salir de su oficina con un fólder en la mano y pegando de gritos.

—A ver, oigan —dice—, ¿sí me hacen caso, por favor? O sea, es que la gente está a punto de llegar y no es posible que ustedes estén tan tranquilos.

Todos la volteamos a ver, con cara de ¿perdón? La verdad es que, si alguien se ha tomado la mañana leve, escondidita debajo de su escritorio, ha sido Ana; me dan ganas de decirle que nada de tranquilos, pero que nosotros no podemos darnos el lujo de tener ataques de nervios.

De hecho, pocas veces he visto la oficina en tal estado de actividad: pasando las oficinas, toda la parte donde generalmente está el taller la vaciamos para acomodar ahí todo el teatrito del minidesfile. Hay unas mamparas de madera que dividen el taller en dos, de un lado el camerino y el vestidor y del otro la pasarela.

Llevo horas ayudándole a Gerardo a acomodar las sillas y ponerlas monas. No sé en qué momento Ana convenció a Jaime de que era mucho más elegante que las sillas estuvieran forradas y tuvieran un moño, como en las bodas (por cierto que ya no me acuerdo si las mías van a tener eso o no, ni de qué color, más vale que pregunte antes de llevarme una sorpresa horrible), y claro que Jaime estuvo feliz con la idea, básicamente porque todo lo que opine Ana le parece una idea maravillosa. Con lo que no contó ninguno de los dos, obviamente, fue con el pequeño detalle de que alguien tenía que ir arreglando silla por silla.

Y tampoco contaban con que si dejaban al nazi de Gerardo a cargo, iba a pretender obligarme a repetir cada maldito moño cuarenta veces hasta que le pareciera que el resultado era, si no perfecto, al menos aceptable.

—María del Socorro —el maldito ya se enteró de que me crispa los nervios que me digan así, y no pierde oportunidad—, ¿me puedes explicar qué es esto?

Tiene la boquita fruncida y el índice extendido hacia una de las sillas.

—Ay, un moño, Gerardo, ya no me tortures —le señalo todas las que nos faltan por acomodar—, ¿no ves que si no, no vamos a acabar nunca?

—Eso no es pretexto para que seas una fodonga —le da un jalón a uno de los extremos y deshace todo—, repítelo, por favor.

Me pongo muy digna y le digo que ni loca, que lo repita él. Que ni que fuera mi papá.

—Osh —dice, agachándose a hacerlo—, ya me había gustado esto de jugar al dictador.

—Menso.

Seguimos así un rato, yo haciendo mi mejor esfuerzo para no pelar a Gerardo, que cada vez que termino y me muevo de silla suspira y trata de "componer" mis horrores, y él tratando de que lo pele, cuando escuchamos un grito desgarrador del otro lado de la mampara.

Lo primero que me viene a la mente es que ya se murió la modelo. Y lo segundo, que tendría que haber obligado al escuincle de la tamalera a que viniera conmigo, quisiera o no.

—¿Todo bien? —pregunto, aunque es obvio que no, no todo bien.

—¿Coco? —pregunta la voz de Ana desde detrás de la mampara—, ¿estás ahí?

No, babosa, sólo está mi voz. Pues obvio que estoy aquí.

—Sí, Ana, dime.

—¿Puedes venir un momentito? —con todo y el "puedes", no me late que me esté dando mucha opción.

Volteó los ojos al revés y le hago un gesto a Gerardo de que le siga. Por favor, ya no más dramas.

—¿Qué pasó?

—¿Me puedes explicar qué es esto? —extiende la mano y me enseña una especie de araña peluda. Me hago para atrás; hasta asco me da.

—No. No tengo la menor idea. Guácala.

—¡No seas idiota! —caray, qué confiancitas—; es una extensión.

Aaaah. Con razón. Pues sí, ya viéndola bien, tiene menos cara de araña peluda que de uno de esos mechones de pelo falsos que te amarran los peinadores para que parezca que tienes una súper melena. De hecho, yo llevo meses discutiendo con Lucy, la del salón, si para mi boda serán buena idea o me harán sentir como que traigo un frutero en la cabeza.

A ver, pero, ¿de dónde sacó Ana eso? Apenas me doy cuenta de que, al fondo, donde instalamos la parte de maquillaje y peinado, está la peinadora con cara de furia y la modelo sobándose la cabeza.

—Ana —pongo una voz muy dulce, como si tuviera que convencer a un orangután furioso de no comerse al guardia del zoológico—, ¿de dónde sacaste eso?

Estiro el brazo despacito, para quitarle la extensión de la mano, pero reacciona a tiempo y me la arrebata.

—Pues de la cabeza de esta tarada, ¿de dónde más?

—Aja —digo, como si fuera lo más lógico del mundo—, y... ¿me puedes decir por qué?

—¿Cómo que por qué? —está a dos del brote psicótico—, ¿cómo que por qué? ¡Porque es un desastre, por eso!

Carmen, la peinadora, y presunta responsable de todo este numerito, se acerca muy indignada.

—¡Óyeme, no, mi reina! —me reclama a mí, como si yo fuera la del asunto—, me perdonas, pero esto no es ningún desastre. Ahorita sí, porque esta loca ya me dejó medio calva a la muchachita, pero no era ningún desastre, ¿me oyes?

Creo que la oyen hasta en China.

Alzo los brazos y trato de contenerlas.

—A ver, a ver, tranquilas —volteo con Ana—, ¿qué es exactamente lo que no te gusta?

Se pone peor. Empieza a manotear, todavía con la araña en la mano, y a decir cosas a toda velocidad. Sólo alcanzo a entender algunas frases bastante poco esperanzadoras, como "poco profesional", "pueblerino", "chafa", y otras un poco más subiditas de tono. Y, ahí, sí, Carmen decide que ya estuvo bueno y se lanza a gritonear también, que si nomás eso faltaba, que si ella lleva años y años haciendo esto y jamás, óyelo bien, ¡jamás!, se había atrevido nadie a ofenderla de tal forma y salirle con que su trabajo era poco profesional y chafa.

—¡Me mandan llamar de la televisión para trabajar, Coco! —me grita en la cara, levantando un índice gordo al techo y dejándome ver hasta sus raíces que necesitan retoques y dos muelas que tiene tapadas—, ¡de Te-le-vi-sa! ¿Y ahora esta flaca con ínfulas me va a basurear mi trabajo?, ¡pues fíjate que no, chiquita!

Tengo ganas de agarrarlas a cachetadas a las dos. Y, de pasada, al menso de Gerardo, a quien escucho reírse del otro lado de la mampara; nomás que lo agarre por mi cuenta va a ver, por estar escuchando y no venir en mi auxilio con un látigo o un bat de beis, de perdida.

Me toma otro buen rato, como si tuviéramos tanto tiempo, pero consigo que Ana acceda a que Carmen termine de hacer su trabajo, aunque las extensiones tienen que irse, a menos de que estemos dispuestas a terminar el día todas internadas en el psiquiátrico. No es por presumir mis dotes de mediadora, pero hasta logré que Ana se disculpara con la modelo por haberle arrancado la extensión y un buen cacho de pelo que sí era de ella. Bueno, tampoco es que se haya disculpado de verdad, no dijo perdón, pero al menos prometió que a la próxima al menos le va a avisar para que se prevenga y salga huyendo despavorida.

Me tuve que llevar a Ana fuera del taller antes de que dejara a la modelo, o a la peinadora, completamente calvas. La convencí de que me ayudara a revisar la ropa, que luego las costureras resultan de lo más fodongas y basta que le pongas algo a una modelo, para que te des cuenta de que está arrugado como acordeón.

Claro que Ana y yo tenemos distintas nociones de lo que significa "ayudar"; según yo, se trataba de que cada quien cogiera una plancha y se pusiera a darle, pero en cuanto me vio extenderle una plancha y señalarle una de las mesas levantó sus manitas y dijo:

—Híjole, no, ¿eh? —arrugó la boca—, la verdad es que me choca planchar. Mejor yo te digo qué es lo que sí y qué no, y ya tú planchas todo.

Y ahí fue donde ya decidí que no tenía más ganas de quedarme callada. Le dije que si pensaba que para mí era una actividad que me volvía loca de emoción, estaba muy equivocada y le puse la plancha en la mano.

—Tenemos un desfile que armar y una reputación que cuidar —le dije, con mi tono más serio—; así que me haces favor de dejarte de tus tonterías de diva barata y ponerte a trabajar.

No sé si la convencí o nada más la dejé sin habla de la impresión, pero el hecho fue que cogió una falda tableada, lo más difícil de planchar del mundo, y se fue calladita a su rincón.

Mi problema con la plancha es que sólo me sale de algunas partes. Por ejemplo, las manguitas del vestido de noche me quedaron perfectas, pero la maldita falda nomás no quedaba pareja: cuando lograba que me quedara el frente bien, le daba la vuelta para la parte de atrás y echaba a perder todo lo que ya había logrado. Me empecé a frustrar cañón y hasta dije una palabrota de ésas que hacían que mi mamá nos lavara la boca con jabón.

—Si te oyera doña Catalina —dijo una voz desde la puerta—, te lavaba la boca con jabón.

Alcé la mirada, seguro con el gesto más culpable del mundo. En el quicio de la puerta estaba parado Alfredo con un ramo enorme de rosas en la mano. Detrás de él estaba Gerardo.

—Coco, que te buscan —dijo.

Me quedé parada como idiota, sin poder decir nada. Sin poder decirle a Gerardo que, sí, obviamente me buscaban, pero sin poderle decir ni buenos días a Alfredo. Las cosas entre nosotros no habían estado del todo bien desde que decidió dejarme abandonada en el restorán, y jamás se me hubiera ocurrido que se me iba a aparecer con su cara de guapo de telenovela.

—Qué cara —dijo, dándome un beso en el cachete—, ¿qué no te da gusto verme?

—No, claro que sí —digo—; sólo que jamás me imaginé verte por aquí.

—Bueno, ahí sí creo que yo tengo la culpa —dice Ana, acercándose—. Después de todo lo que pasó, se me hizo buen detalle que viniera a verte triunfar.

Saluda a Alfredo de beso y sólo entonces me doy cuenta de que lo que trae en la mano no es un ramote de rosas, sino dos; le entrega uno a Ana y me da otro a mí. Nomás no logro que me salga un agradecimiento sincero.

Gerardo tose como en obra chafa para que le pongamos atención.

—Ana —dice—; Jaime quiere que vayas. Que ya llegaron todos.

Dejo el ramo encima de una de las mesas y camino a la puerta.

—¿Y la planchada, Coco? —me dice Ana—. Digo, yo me quedaría, pero ya ves cómo se pone Jaime...

Aprieto los dientes. Por más que no quiera, le tengo que dar la razón. Si Jaime ha logrado mantenerse tranquilito, no queremos que ahora se nos ponga loco. Regreso a la mesa y vuelvo a conectar la plancha y a pelearme con la falda del vestido.

—Pero no te preocupes —Ana coge del brazo a Alfredo, todavía con su ramo en la mano—; allá te espera tu amorcito, yo lo acompaño mientras.

Gerardo me pregunta si quiero que me ayude.

—¿A planchar? —le digo, viéndole de arriba abajo los pantalones y la camisa hechos un chicharrón—, ¿tú?

Pone los puños en la cintura y aire de digno.

—Sí, fíjate —dice—, yo. Una cosa es que no planche y otra muy distinta que mi mamá no haya hecho un esfuercito por enseñarme.

No le creo nada, pero es tan desesperada mi situación, y estoy tan harta, que le digo que siga con lo de Ana, pero cuando veo que levanta la falda tableada, le digo que se espere tantito.

—Si quieres, mejor esa déjamela a mí.

Me contesta que no sea ridícula, que sus hermanas le pagaban porque les planchara el uniforme de la secundaria y que si algo domina, son las faldas tableadas.

Y se me hace que es cierto, porque no duda ni una vez y me deja como hipnotizada viendo cómo todo le va quedando parejito, parejito.

—Así que ése es tu novio, ¿no? —dice, sin quitar los ojos de la falda—. El famoso Alfredo.

—Ajá —digo, peleando con un pliegue del vestido—. Ese mero.

—¿Y no te importa que Ana le tire la onda así, toda descarada? —pregunta—. Cualquier otra chava ya le hubiera sacado los ojos a los dos.

Le digo que está loco y le cuento todo el numerito del día de la prueba del vestido. Le digo que sólo se llevan bien por mí. Me voltea a ver con una ceja levantada.

—A mí se me hace que nadie hace tantos esfuerzos, ¿eh? Y menos él, por lo que me has dicho.

Deja la falda con cuidado sobre otra de las mesas y coge una blusa de seda azul cobalto.

—Además, dirás que qué metiche, pero eso de que les traiga flores a las dos me parece una corrientada.

La mezcla de su indignación con el cuidado con el que plancha me recuerda una nana que tuvimos, Aurora, y me da mucha risa.

—Claro que no. A mí me parece un detalle de lo más mono; sólo lo hace por ser atento.

Tuerce la boca. Igualito que Aurora.

—Atento, mangos —otra vez vuelve a ser Gerardo—; te apuesto lo que quieras a que si Ana fuera fea y gorda, su monez y su ser atento se irían a la basura.

Le pregunto si le parece que Ana es muy guapa. Como es Gerardo, inmediatamente se da cuenta de que lo que en realidad le estoy preguntando es si es más guapa que yo.

—A ver. De por sí es guapa y es rebuena para producirse y sacarse provecho —dice—; eso todos lo sabemos. Pero tú eres mil veces más linda e interesante.

Le digo que no sea mentiroso. Me dice que soy la más bonita del mundo. Por eso lo quiero.

—Bueno, termina eso, que en cualquier momento nos avisan que ya es hora.

Terminamos y llevamos todo con mucho cuidado al camerino, para que la modelo se vista. Llegamos justo a tiempo de escuchar a Jaime, que quién sabe en qué extraño momento decidió ponerse un traje color mostaza y una corbata azul, dándole las gracias a todo el equipo.

—Especialmente a Ana, nuestra jefa de diseñadores

—se pone una mano en la frente para taparse la luz y busca a Ana entre el público—, Ana, ¿estás por ahí o para variar te estamos esclavizando?

Alcanzo a ver que Alfredo le da un codazo y le dice algo al oído. Ana se ríe.

—Sí, sí, aquí estoy —dice, levantando la mano. Los que todavía no la habían visto, voltean y le sonríen.

Jaime le dice que pase al escenario y pide que le demos un aplauso. Yo me meto corriendo detrás de la mampara.

—Te lo dije —dice Gerardo, entre dientes.

No le contesto, pero me desquito dándole a la modelo un empujón tantito más fuerte de lo necesario para que se ponga derecha.

Termino de organizar el orden de los vestidos y me voy a sentar. Por inercia, voy a la cuarta fila, donde están sentados Ana y Alfredo, pero resulta que no hay ni un solo lugar vacío. No sé qué decir; según yo, lo lógico hubiera sido que me guardaran un lugar, ¿no? Digo, son mi amiga y mi novio, tampoco es mucho pedir. Pero los dos se me quedan viendo desde sus lugares y me ponen cara de "híjole, qué pena", ni modo. No sé de qué tengo más ganas; si de llorar o de cachetearlos a los dos.

Me doy la media vuelta y veo a Gerardo, que me señala el lugar vacío junto a él. Me siento y me voltea a ver.

—Ni se te ocurra decir nada —digo, con la voz temblorosa.

Se tapa la boca con las dos manos.

CAPÍTULO 26

—¿Ya me das permiso de decir algo?

El problema con Gerardo es que de que agarra un asunto, no lo suelta. Desde que se le metió en la cabeza eso de que Ana y Alfredo se llevan "demasiado bien", como él dice, no ha perdido oportunidad de hacérmelo ver. Y mentiras que no dice nada, dice suficiente, aunque no hable; a cada ratito, cada que Alfredo le dice algo a Ana, o cada que se voltean a ver y se ríen, Gerardo me da un codazo o me voltea a ver con cara de "¿ves?, ¿ves lo que te digo?".

Lo malo es que ya casi consigue pegarme su paranoia. Yo estaba de lo más tranquila, pensando que todo eran las ganas de Gerardo de encontrarles defectos a Ana y a Alfredo, y de pronto ya me tiene metida hasta las orejas en su teoría de conspiración. Soy una tonta: es Gerardo. El mismo que lee libros que explican que el temblor de 1985 no fue un verdadero temblor, sino el resultado de unas pruebas nucleares que hicieron los gringos en el desierto de Sonora, o que puede pasarse horas discutiendo que el ejército zapatista en realidad estaba pagado por el gobierno y que nada que hubo levantamiento indígena. Claro, si piensa eso, cómo no va a pensar que mi novio de años y años le está tirando la onda a una de mis mejores amigas. Nada que ver.

Nada que ver. Al contrario: a mí me parece perfecto que se lleven bien. Creo que es la primera vez que Alfredo se lleva bien con una amiga mía (o sea, con alguien que conoce a través mío, porque en Querétaro claro que tenemos amigos en común y la pasamos increíble) y la verdad me da mucho gusto. A ver si así se le quitan a todo el mundo las ganas de decir que Alfredo es un ogro intratable y que no se lleva bien con nadie; para que vean, con todo y que no tienen nada en común, Alfredo puede ser amable con Ana y platicar con ella.

Creo que no fue tan buena idea lo de salir a festejar el éxito del desfile. Yo de lo único que tenía ganas era de irme a mi casa y meterme debajo de las cobijas, porque entre una cosa y otra estaba agotada, de malas y lo único que quería hacer con mis queridos compañeros de trabajo era ahorcarlos por tanto drama barato y tanta desorganización. Pero, claro, soy débil: cuando finalmente se acabó y Jaime terminó de decirle a todos los compradores que éramos la opción más vanguardista y competitiva del mercado (estoy segura de que ni siquiera sabe qué quieren decir esas dos palabras, pero las soltaba como si las acabara de inventar), yo me puse a guardar mis cosas y a fantasear con la idea de llegar a mi casa y ponerme las pantuflas. Jamás me imaginé que iban a llegar Ana, Gerardo y Alfredo, como si fueran los mejores amigos del mundo, y me iban a salir con que era prácticamente impensable que nos fuéramos cada quien a su casa y no hiciéramos nada.

—Pero... —vi mi reloj—, apenas son las dos de la tarde.

—¿Y? —dijo Gerardo—, ¿no te parece que ya trabajamos suficiente? Hasta Jaime dijo que nos podíamos ir.

Eso sí era un milagro; hasta en Navidad le costaba un trabajo espantoso darnos el día. Pero sí, estaba de lo más sonriente, parado en la puerta y despidiéndose de todos los que, antes de que cambiara de opinión, ya habían cogido sus cosas y se enfilaban hacia el elevador.

—Ándale, bonita —dijo Alfredo—, ¿de cuándo acá saliste tan responsable?

—Sí soy bastante responsable, fíjate —de pronto, no entendí nada—. Y, ahora que lo pienso, ¿qué tú no tienes que regresar a tu oficina?

—Ay, qué pena —se adelantó a contestar Ana—; ahí sí creo que es mi culpa. Yo lo sonsaqué.

Se mordió la punta del pulgar, con cara culpable y "picarona" y los dos soltaron una risita. Creo que no había visto a Alfredo reírse así desde que estaba en la secundaria.

—¿Se calman, pubertos? —dijo Gerardo, leyéndome el pensamiento—. ¿A dónde vamos, por fin?

Yo dije que a donde quisieran; me daba igual y tenía la sospecha de que de cualquier manera no me iban a hacer mucho caso. Gerardo propuso un bar del Centro y Alfredo y Ana lo voltearon a ver como con asco. Alfredo odia el Centro; si pudiera, no vendría nunca (de hecho, ahora que lo pienso, ésa fue la primera vez que iba a mi oficina en todos los años que llevaba trabajando ahí).

—Ash, no —dijo Ana—; al Centro no, porfa. Está al *full* de puros *losers*.

Alfredo dijo que estaba totalmente de acuerdo.

—¿Por qué no mejor algo en Polanco o en la Condesa? —a mi novio, claramente, no le gustan los cambios—; es más, si Coco promete portarse bien y no andar coqueteando con todos los hombres a su alcance, podemos ir al restorán del otro día.

Ana y Alfredo se rieron como si fuera el mejor chiste del mundo. Les saqué la lengua a los dos.

Por fin, terminamos escogiendo un restorán en la Roma que Ana "sugirió"; más bien, dijo que todos los lugares de Polanco le parecían o de señoras o de oficinistas panzones con trajes baratos, y que sobre su cadáver regresaba a ese restorán malón y lleno de gente metiche y corriente. Que si nos interesaba que ella fuera, eligiéramos algo en la Roma.

Le vi a Gerardo toda la intención de decirle que por él, perfecto que no viniera, pero alcancé a darle un codazo discreto. Ya de por sí Ana lo traía medio entre ojos, por rebeldito, como para que le siguiera dando motivos.

Terminamos, obviamente, yendo a la Roma, a un lugar que según Ana estaba mega *in*. Se notaba que sabía de lo que estaba hablando, porque entró como Pedro por su casa, subió la escalera sin detenerse, con nosotros detrás, y saludó al capitán de meseros como si fuera su hermanito perdido y encontrado.

—Alvarito, *please* —le dijo al tipo, que de "Alvarito" no tenía nada: tenía los brazos llenos de tatuajes y pinta como de camionero—, consíguenos una mesa linda en la terraza. Mis amigos vienen de turistas; lúcete, porfa.

Me cayó fatal eso de que dijera que éramos turistas, pero se me pasó un poquito cuando vi la mesa a la que nos llevaba Alvarito: a la orilla de la terraza y con una vista súper bonita de la plaza Río de Janeiro. Qué Barcelona ni qué nada, pensé; si Andreu estuviera aquí, dejaría de presumirme tanto sus barecitos en las Ramblas.

Me interrumpió Gerardo preguntándome dónde me iba a sentar.

—Ah, pues donde sea —dije—; ahí.

Señalé el lugar que estaba junto a él y jalé la silla para

sentarme. Me preguntó si estaba segura; que si no prefería sentarme junto a Alfredo.

—Ay, no —fue lo que me salió del alma—; qué flojera. Si nos vemos todo el tiempo. Mejor contigo y chismeamos.

Y me senté frente a Alfredo y Ana, que miraban la carta de cocteles con muchísima atención.

Vino el mesero a preguntar qué queríamos y yo, ilusa, le pedí un gin and tonic. Me preguntó con qué ginebra, le dije que con la que fuera; me mencionó tres marcas distintas y le dije que la primera, una que en mi vida había oído nombrar, pero que fue la única que se me quedó grabada; luego preguntó que con qué quina, y no se me ocurrió decirle más que pues una normal, la que fuera más barata y me vio como con asco.

—¿Sabes qué, chaparrito? —interrumpió Ana, que igual que Gerardo y Alfredo había seguido todo el asunto—; no le hagas ningún caso y mejor tráele un martini. Seco, con Bombay y tres aceitunas, *please*.

Le dije que no, que cómo creía. Que en la vida había tomado un martini, porque mi papá siempre decía que eran traicionerones.

Ana volteó los ojos y dijo que para nada, que eran el *drink* perfecto para la *cocktail hour* y que al barman de ahí le salían buenísimos.

Tengo ganas de hablarle a mi papá y decirle que ha vivido equivocado todos estos años. Que los martinis no son traicioneros para nada, al contrario; o sea, sí, el primero como que cuesta trabajito, sobre todo el primer trago, que te agarra de sorpresa y sientes como si te hubieras metido a la boca la manguera de la gasolina, pero ya después de un rato ni lo sientes. Yo llevo cuatro y estoy feliz; por primera vez en semanas, me siento relajada y nada me preocupa. Y amo a todo el mundo, muchísimo.

Sobre todo, a Gerardo. Se lo tengo que decir, antes de que se pase el momento. Dicen que si de algo se arrepienten los moribundos es de no decirle a la gente cuánto la quieren cuando todavía tienen oportunidad.

—Gerardo —le pongo las manos sobre los cachetes para que me ponga atención y casi se vacía encima la cuba; chin—, te amo. Eres un tipazo.

Se ríe y se quita mis manos de la cara.

—Sí, María del Socorro, ya me lo habías dicho.

—¿En serio? —qué raro—, ¿cuándo?

—Hace dos minutos.

—No, no. Te estás confundiendo, no era yo.

—¿Qué? —arruga la cara y se me acerca, con una mano en el oído.

—¡QUE NO ERA YO!

No sé a qué hora, yo creo que entre el segundo y el tercer martini, esto pasó de ser una terracita monísima, como de las ramblas, a ser un antro, pero antro; con música fuertísima y mesas llenas de gente que se ríe mucho de chistes bien malos. Menos mal que Ger y yo nos conocemos tanto y somos como almas gemelas, porque si no, no nos entenderíamos nada.

—¿SABES A QUIÉN NO SE LO HE DICHO? —esto es muy importante, y no se me había ocurrido—. A ANDREU.

Necesito mi teléfono. Seguramente lo metí a mi bolsa, para que no se me perdiera. Necesito mi bolsa.

—¡GER, GER, GER, GER! ¡GEEEEEEER! ¡GEEEEER! ¿NO ME OYES?

—TE ESTOY OYENDO, SOCORRO, ¿QUÉ TE PASA? ¡SUÉLTAME!

Ay, ya le dejé arrugada toda la camisa.

—Perdón. Es que es muy importante, Ger.

—¿Qué, Socorro? ¿Ahora qué es lo que es muy importante?

—Que no encuentro mi bolsa. ¿Sabes qué? Alguien me la robó. Seguro fue Alvarito. Dice mi mamá que el noventa y nueve por ciento de los tatuados estuvieron en la cárcel.

—Dile a tu mamá que la tenemos que sacar del pueblo —Ger me da un empujón—. O, de perdis, darle estadísticas confiables. Tu bolsa está aquí.

¿Por qué estoy sentada sobre ella?

—Porque tenías miedo de que Alvarito te la fuera a robar, babosa.

—Aaaah —claro—. ¡Pero sí se robó mi celular, Ger! ¡ALVARITO RATERO! ¡ALVARITOOOOO!

—¡SHHHHHH! ¡SOCORRO! —Ger voltea a ver a Alfredo, como si le fuera a hacer caso; está metidísimo afianzando su amistad con Ana. Qué lindos—. Te quité el celular después de que le intentaste hablar a tu papá, ¿te acuerdas? Le querías decir que los martinis eran bien buenos y nada traicioneros.

—Ay, mi papá. Es bien buena gente, mi papá. Y mis hermanas también. Sobre todo Lola, pero no me habla, ¿te dije?

¿Es mi imaginación, o Ger me volteó los ojos?

—Me dijiste, Socorro, me dijiste.

—Bueno, ya. No seas chocante. Mejor dame mi teléfono.

—¿Para qué? ¡EY!—me da un manazo para que no le

meta la mano a la bolsa del pantalón. Ush, creo que no fue muy propio—. ¿A quién quieres hablarle?

—A nadie, menso. Quiero mandar un correo. Es distinto. Y es a Barcelona, donde son...

Las manecillas de mi reloj están todas borrosas.

—... a nueve, a diez, a once, a doce... ¡Las dos de la mañana! —ya se me está olvidando cómo sumar, ¿tendré un tumor?—. Va a estar dormido, así que no le va a importar. Pero va a despertar y va a ver que lo amo, ¿no crees que le dé gusto?

—¿Quién es Andreu? ¿De qué hablas?

—Ay, ya sabes, menso, no te hagas. ¡An-DRE-u!

—No, Coco. No tengo idea de lo que me estás hablando —se pone serio—, ¿quién demonios es Andreu y por qué le vas a decir que lo amas?

—Porque cuando uno siente esas cosas hay que decirlas, Ger. Si no, luego por eso te da cáncer. Como a mí, que tengo un tumor y ya no puedo sumar.

—Tú lo que tienes es una peda como de aguamielero, mi reina. Ven, te vamos a pedir un vasito de agua.

—¡Noooo! Mejor pídeme otro martini. Éste ya se me acabó, mira.

—Joven, ¿me trae un...?

—Otro martini. No le haga caso. Me va a salir un tumor y ni le importa. ¿Verdá que a usté sí le importa?

Gerardo es súper aburrido cuando bebe. No debería beber nunca. Me da mi celular con cara como de mi papá cuando llegábamos de las fiestas tarde.

—¿Te conté que cuando llegábamos tarde de las fiestas nos encontrábamos a mi papá en bata en la puerta? ¿Y que al rato ya nadie quería salir con nosotras?

—Sí, Coco. También me contaste.

Aburridísimo.

La pantalla de mi celular también está borrosa. Debe ser el tumor que se está expandiendo.

—¡Listo!

—Oye, y ¿el Neandertal de tu novio sabe que en España hay un tipo al que le dices que lo amas a las dos de la mañana?

—Obvio no, tonto.

—¿Y no crees que le importe?

—Pues claro que le importa. Si creyera que no, pues le decía y ya, ¿no? Qué menso.

—María del Socorro, ¿le estás poniendo el cuerno a tu novio a meses de la boda?

—¿QUÉEEEE? ¡CLARO QUE NO, GER!, ¿CÓMO SE TE OCURRE?

—¿Cómo que cómo? Pues le estás escribiendo a un tipo que lo amas a las dos de la mañana y no es tu novio. Eso es poner el cuerno, ¿no? Aquí y en China.

—Noooo. No. Mira, en primerísimo lugar, ni son las dos; aquí son las...

—Las...

—Las...

—¡Las siete y media, Coco, por Dios!

—Tampoco me grites, oye. Eso. Son las siete y media, es súper temprano. Y en segundo lugar, no lo amo-amo, así, como tú piensas. Si nunca lo he visto.

—¿Nunca lo has visto? ¿Y entonces de dónde lo conoces o qué?

Abre la boca grande, grande, y se la tapa con la mano.

—¡Te metiste a una página de internet de ésas de citas, zorra?

—Obvio no. Si estoy comprometida, ¿no ves?

—¿Entonces?

—Es del trabajo, mira —le paso mi celular, para que no me levante infundios—, ¿sí ves? Puro trabajo.

Ey. Yo sólo quería que leyera uno. No todos. Se vuelve a poner serio.

—Coco, no manches. Esto está fuertísimo.

—¡Claro que no!

—Claro que sí. Aquí, me perdonas, pero tú le estás tirando el calzón bien en serio y él también a ti. No te hagas.

—Estás loco.

—Tal vez, pero tú lo estás más si en medio de todo esto todavía piensas que es buena idea casarte.

—¿Quéee? ¿Qué tiene eso que ver?

—Nada, Coco, nada. Uno va por la vida tirándole la onda a otras personas cuando está perdidamente enamorado de su pareja. Así es como funciona.

—Estás exagerando, Ger. Bájale. Y devuélveme mi cel.

—No, no estoy exagerando. Es más, voy a hacer algo que tendría que haber hecho hace mucho tiempo. Ven.

Se para y medio se tambalea. Pone las dos manos sobre la mesa. ¿A poco Ger también estará mareadito, como yo?

—¿Dónde está el Neandertal?

—¡No le digas así! —no me debería de reír—. Míralo, está en esa mesa.

¿Qué hace Alfredo en una mesa llena de extraños?

—¡GER, GER, GER! ¡No me jales, que me vas a tirar!

—Pues apúrate, Socorro. ¿No ves que tenemos prisa?

—¡Darling! ¡Qué bueno que vinieron a convivir! Mira, te presento a unos amigos. Ellos son Coco y Gerardo.

Dice unos nombres, pero a mí se me confunden. Todos tienen jeans pegados, camisas de franela y lentes negros de pasta.

—¿Por qué están vestidos iguales? ¿Son hermanos?

—Shh. Coco, no te distraigas —auch. Gerardo me tiene cogida de la mano y me da jalones en el brazo—. Mucho gusto, personas. A ti ya te conozco; andabas con mi amigo Pedro.

El tipo al que señaló no se ve nada contento. Y menos el otro tipo que está junto a él, como que se va a parar.

—Da igual. Pedro es un tonto y seguro tú también. Y tú también. Pero ahorita queremos hablar con Alfredo.

—¿Conmigo? ¿Y para qué?

—Porque te tengo que avisar que Coco no se va a casar contigo.

—Mira, mano; estás muy pedo y sólo por eso te la voy a pasar, ¿sí? Pero hazme el favor de no meterte en lo que no sabes.

—¿No sé? —Voltea—. ¿Le puedes enseñar tu celular aquí al joven?

—Ger, ya. No manches. Todo el mundo nos está viendo.

—Nonono. A ver, enséñale, Coco. Que vea las cosas que te ha estado diciendo el tipo ése de Barcelona. Y las que le has dicho tú.

—Bueno, ya estuvo, ¿no? —Alfredo ya se paró—; tú, ya cállate, y tú, suéltale la mano a este pendejo, ¿qué es eso?

—Oye, tampoco le digas así, ¿eh? Es mi amigo.

—Pues qué amiguitos, ¿eh? Además de puto, pendejo —¿QUEEEEÉ?—. Con razón a tus papás les urge que te saque de aquí.

—A mis papás no les urge nada, fíjate. Y no me vas a sacar tú. Me voy a ir. Me voy a ir a Barcelona.

—¿Ah, sí? No me digas, ¿y con qué ojos, mi reina? Yo allá ni creas que te voy a mantener.

—Ni falta que me hace. Ya conseguí trabajo.

—Pues mejor. Así te largas y yo puedo seguir con tu amiguita otro rato.

—¿Qué? —¿QUÉ?—. ¿Con quién?

—...

—¿CON ANA?

—Sí. Pero sólo un ratito. Sólo en lo que nos casamos.

CAPÍTULO 27

Me despiertan unas ganas locas de hacer pipí. Abro un ojo, e inmediatamente siento cómo un enanito empieza a martillarme la cabeza con todas sus fuerzas, arribita de la ceja izquierda. Trato de taparme completa con el edredón, pero me empieza a dar frío en los pies. ¿Se habrá encogido mi edredón? Le he dicho a Pili mil veces que no lo meta a la secadora, que no sea floja y lo tienda en la terraza. Eso me pasa por no hacer las cosas yo.

Pero no es mi edredón. Es una cobijita tejida como de bebé, azul pastel, que en mi vida había visto. Pensándolo bien, tampoco estoy en mi cama, sino en un sillón bastante incómodo. Y sin almohada. Obviamente, estoy en la sala de alguien; veo otros dos sillones chiquitos, una pantalla plana sobre una mesa de madera y una mesa de centro hecha con un letrero de lámina de los que hay en las carreteras.

¿Y si me robaron los riñones? Me toco las costillas, pero no siento ninguna cicatriz, ni siquiera de las chiquitas. Y lo único que me duele es la cabeza y un poco el cuello, de dormir chueca. Me doy cuenta, eso sí, de que no traigo puesta mi ropa, sino una playera enorme, toda deslavada, que dice "CBGB". Y, menos mal, mis calzones de florecitas.

Oigo agua que corre y me acuerdo de mi urgencia por ir al baño. Me paro y el cuarto empieza a dar vueltas.

Esta playera no es tan grande. Apenas me tapa los calzones. ¿Dónde puede haber quedado mi ropa?

Ya la vi. Está regada por todo el cuarto; incluyendo mi bra, que está justo en la entrada, bien a la vista. Qué pena.

—Buenos días, alegría —oigo una voz—, ¿qué haces?

Me doy la vuelta. Gerardo está parado en la puerta de lo que debe ser un baño.

—¡Ger!, ¿tú también estás aquí?

Tiene cara de dormido. Su atuendo es más o menos como el mío: bóxers y una playera blanca. Y descalzo.

—Pues sí, ¿no? ¿O qué?

—Sí. Oye, ayúdame a buscar mi falda.

—Mejor desayunamos primero, ¿no?

—Pero no así, Ger —le enseño lo corto de mi playera—. Me da pena con los dueños de la casa.

—Que no te dé, hombre —me agarra del brazo—, al dueño lo tiene sin cuidado.

¿Dueño? No, bueno: ahora sí quién sabe qué me está pasando. ¿Despierto muriéndome de cruda, en calzones y en casa de un tipo que no conozco? Si se entera el padre Chucho, me excomulga.

—Oye y, ¿quién es, tú?

Se ríe.

—Soy yo, mensa. ¿No te acuerdas? Te traje...

Lo interrumpo y le pido que me espere tantito. Ahora que ya sé que es su casa, me siento con más confianza para pedirle que por caridad me deje entrar a su baño. El pobre no alcanza ni a responder cuando ya cerré la puerta.

No puedo creer que esté haciendo pipí en el baño de Gerardo. Sobre todo, no puedo creer que esté todo tan limpio y tan ordenadito. Ni siquiera sabía que vivía solo; no sé por qué, me lo imaginaba viviendo tipo en el sótano de casa de sus papás o algo así, pero no. Ahora resulta que vive solo y su alma, en un departamento que, por lo que vi, no es un palacio, pero tampoco es un cuchitril. Tengo que contenerme para no abrir todas las puertitas y los cajones; es un vicio horrible que tengo y que me hace sentir súper culpable, pero no lo puedo evitar. Lo único que me detiene es que Ger me conoce perfecto y, si me tardo tantito más de la cuenta, va a sospechar lo que estoy haciendo, así que sólo veo lo que tiene más a la vista, y con eso es suficiente para dejarme de lo más impresionada. Tiene hasta una toalla para las manos, diferente de la de bañarse, que está colgada en un gancho. ¡Y crema! Quiero ver que alguna vez Alfredo tuviera que hacerse cargo del baño de su casa, sería todo un asco.

Alfredo. Me acuerdo vagamente de que ayer pasó algo horrible, pero me tardo en recordar exactamente qué fue. Pero claro: se puso mega majadero y me salió con eso de que...

Ana. No manches, la zorra maldita de Ana.

Me entran de pronto unas náuseas espantosas y vomito en el excusado. Eso sí, lo dejo bien limpio porque qué va a decir Ger, que además de dramática, cochina. Pues no. Hago un buche con el enjuague que está encima del lavabo, tratando de no ver en el espejo mis ojos a medio cerrar, de lo hinchados, y salgo, con un sabor de boca delicioso, entre martinis, bilis y yerbabuena.

Gerardo, ya con unos pantalones de franela de cuadros y unas pantuflas de garritas, está sentado en el sillón donde dormí y tiene en la mano una taza. Enfrente, sobre la mesa de centro, hay otra que saca humito.

—Siéntate, reinita, que estás como verde —me hago

bolita en una esquina del sillón y me tapo las piernas con la cobijita—. ¿Cómo te sientes?

Abro la boca para decir que "bien", pero no alcanzo a decirlo. Claro que no estoy "bien", ¿cómo voy a estar "bien", si el imbécil de mi novio tuvo el descaro de salirme con que me está poniendo el cuerno con mi amiga? Me tapo la cabeza y me pongo a llorar.

Pensé que Gerardo, como todos los hombres, se iba a friquear muchísimo y me iba a rogar que por favor, por favor, por favor, por lo que más quisiera, dejara de llorar, pero no; reacciona igualito que como hubiera reaccionado una amiga o cualquiera de mis hermanas. Me quita de la cabeza la cobija, me abraza, me acaricia la cabeza y no dice absolutamente nada. Según yo, lo peor que te pueden decir cuando lloras es que ya no llores; si pudieras, le parabas, ¿no?, pero todos los hombres lo hacen, quién sabe por qué. Luego me acordé de que Ger alguna vez me contó que él era el doctor corazón de todas sus amigas. Es buenísimo. Hasta se saca de la bolsa de la piyama un klínex y me lo da para que me limpie los mocos y las lágrimas que me salen a chorros.

Después de un buen rato de berrear en toda forma, aullidos como de gran danés incluidos, ya sólo me quedan los suspiros y los hipos. Y el dolor de cabeza, que si antes estaba cañón, ya es oficialmente el peor que me ha dado en toda mi vida.

—¿Mejor? —me pregunta Ger, acercándome una taza de café.

A falta de una respuesta mejor, subo los hombros y le doy un trago al café. Está tibio y fuertísimo. Siento que se me abren los ojos de golpe.

Y me vuelven las náuseas. Corro al baño y cuando regreso Ger tiene en la mano mi celular.

—A ver, niña gomita, ¿ya?

Respiro profundo y hago un fuerte examen de conciencia y de estómago.

—Creo que ya.

—Muy bien —dice—, y ¿quieres lidiar con esto o prefieres esperarte a que lleguen los chilaquiles que acabo de pedir?

—¿Chilaquiles? —horror—; ¡no, Ger, cómo crees! ¿No te acuerdas que estoy a cero carbohidratos? Si no, cómo esperas que entre en el...

Me quedo callada y siento que ahí vienen más lágrimas.

—¡Mi vestidooooo! —aúllo—, ¡tan boniiiiitoooo! ¡Ya no lo voy a usar nunca!

Ger vuelve a su misión de sobarme la cabeza y apachurrarme bastante. Esta vez el numerito dura menos.

—Por lo menos no compré los zapatos carísimos —digo, limpiándome los ojos con el klínex que ya está a punto de desintegrarse.

—Eso, eso, mi reina —dice Gerardo—; concéntrate en lo positivo. Y no digas tan rápido eso de que ya no lo vas a usar nunca.

—¿No? —¿a poco Ger piensa que Alfredo y yo tenemos remedio?

—No —dice, muy serio—, siempre lo puedes guardar para un Halloween.

Le aviento la mirada fea de rigor, pero le agradezco que me quiera poner de buenas.

—Y ahora que ya establecimos que puedes comer todos los carbohidratos que te dé la gana —dice, soltándome—, sobre todo tomando en cuenta que dada tu condición no puedes retener nada en el estómago, ¿me dices qué hacemos con esto?

Vuelve a señalar mi celular. La verdad, no tengo idea de a qué se refiere. Le pregunto.

—Pues a que ha estado sonando sin parar cada quince minutos desde que llegamos —dice—; no me he atrevido a contestar, pero creo que ya deberías.

—¿Sí? —pregunto—, ¿y quién es?

—Pues... Alfredo.

Instintivamente me hago para atrás, como si el puro nombre me pudiera hacer algo.

—No quiero hablar con él.

—No, supongo que no. Pero no es el único.

—¿Quién más?

—Tu hermana —dice—; tu hermana Lola.

Yo siempre había dicho que eso de que en la borrachera uno hace cosas de las que luego no se acuerda eran puros cuentos chinos; que una cosa era que te murieras de vergüenza y prefirieras picarte los ojos con alfileres antes que admitir que habías cantado "Cheque en blanco" con el mariachi, con micrófono y viendo directamente a los ojos del susodicho a la que se la estabas dedicando enfrente de sus papás y en pleno día de su boda, y otra muy distinta que de plano te hubieras fundido como foquito y despertaras al día siguiente sin tener memoria de tus actos; según yo, podía ser que no quisieras acordarte, pero de que te acordabas —¡Virgen santísima!—, claro que te acordabas. No que a mí me haya pasado nunca algo así, obviamente, si yo soy una niña bien y decente y nunca había probado el alcohol antes de ayer, pero a muchas niñas en Querétaro les pasaba y cada vez era un escándalo.

El caso es que me tuve que tragar mis palabras completitas. Era como si Gerardo me estuviera contando una película que yo no hubiera visto en mi vida (y que, francamente, me hubiera hecho salirme del cine, por lo dramática e intensa). De todas las cosas que me dijo que pasaron, yo no tenía la menor idea.

—Para empezar, le arrebataste su whisky a una tipa de la mesa de junto y se lo aventaste en la cara a Alfredo... —dijo Gerardo, sentado en el piso con las piernas cruzadas y quitándole con mucho cuidadito la cebolla a sus chilaquiles.

—¡Nooooo! —digo, con la boca llena de chilaquiles buenísimos, picositos y suficientemente crujientes pero sin estar duros. Dios mío, cómo extrañaba las cosas engordantes—, ¿y qué dijo?

—Pues no dijo mucho, porque en realidad no le atinaste a él, sino al tipo de junto, ése que anduvo con Pedro, ¿te acuerdas?

—Ah, sí. Por cierto que ya no me contaste, ¿por qué terminaron?

—Ay, porque Pedro es muy cuzca y muy enredosa —hace un gesto con la mano como de que no importa—; da igual. El caso es que ya para ese momento la tipa del whisky y el baboso ex de Pedro te querían linchar.

—Me muero de pena. Dime por favor que me disculpé.

Hace que sí con la cabeza.

—Claro que sí, mi reina; si para eso eres de la alta nobleza queretana —en mala hora le conté que mi hermana

Lola fue reina de las fiestas de Navidad—; no sólo te disculpaste, sino que te ofreciste a pagarles una ronda.

—Ay, bueno, menos mal...

—Ajá, sí, pero... —se mete a la boca un tenedor lleno de chilaquiles.

—¿Pero qué?

—Pero luego no encontraste tu tarjeta de crédito y te pusiste a gritar que te habían robado.

—No me digas... ¿Alvarito?

—Alvarito.

Y claro que mi tarjeta de crédito está en mi casa muerta de la risa, porque para qué la sacaba si total sólo iba a la oficina y regresaba... No puedo creer que haya acusado a un inocente. No iba a poder regresar jamás a ese lugar, con todo y que era tan bonito. Seguro ya me tenían boletinada y con mi foto en la puerta.

—¿Y luego?

—Alvarito sugirió que sería buena idea que nos fuéramos. Hasta nos dio la última ronda de cortesía y todo, con tal de que le llegáramos rapidito.

—Bueno, por lo menos —me hace sentir un poco menos mal que algo les haya salido gratis a mis amigos—, ¿y qué? ¿Alfredo me trajo o qué?

Gerardo suelta una carcajada, que casi escupe el bocado.

—¿Que queeeeé? —dice, limpiándose con una servilleta de papel—; uh, no. Ése fue sólo el principio...

Para cuando termina su historia, quiero meterme debajo de la cobijita azul (que Ger me dijo que cuidadito y vomitaba, porque se la había tejido su abuelita cuando nació) y no salir nunca.

No contenta con arrebatarle su *drink* a la chava de la mesa de junto, que no tenía ni vela en el entierro y a la cual no pude ni reponerle el whisky por mensa y por no cargar mi tarjeta para emergencias, como dice mi papá, le pegué de gritos a todos los amigos de Ana porque, según yo, habían estado solapando al idiota de mi novio y a "esa zorretona" (en qué momento inventé esa palabra y decidí gritarla varias veces, es algo que no sabré nunca), cuando resultó que ellos ni eran tan sus amigos ni tenían la menor idea de lo que les estaba yo hablando. Después, cogí de la mano a Gerardo, le dije que nos íbamos en ese instante, me enfilé súper digna hacia las escaleras... y rodé.

Rodé muy poquito, porque no eran las escaleras grandes, sino unos cuatro escaloncitos, pero de todas maneras el oso fue monumental. Dice Gerardo que todo el lugar se moría de risa, empezando por Alvarito, porque fui a parar justo a sus pies.

En ese punto, me pregunté en voz alta por qué me habría puesto tan mal, si sólo había tomado cuatro martinis. Gerardo sólo dijo que a veces yo le daba muchísima ternura, que fuera a sus brazos y que habían sido muchos, muchos, más de cuatro.

—¿Y por qué no me detuviste, mal amigo? —le pegué con la esquina de la cobija, que a esas alturas traía enredada como jorongo.

—Lo intenté, ¿te acuerdas? Y me acusaste de querer que te diera cáncer.

Ah, sí. El tumor.

No, pues con razón hice todo lo que hice. No quise subirme al coche de Alfredo, y según Gerardo, él me apoyó, porque, entre otras cosas, el otro tampoco estaba en condiciones muy estables que digamos y no debía haber manejado. Le dije que se llevara a Ana y que se la presentara a sus papás, que seguramente se iba a llevar bien con la tarada de su cuñada y la pretenciosa de su mamá, que yo ni loca me volvía a subir en su coche ni a dedicarle ni un segundo más de mi vida; que ya con lo que había perdido era más que suficiente.

—Te me pones muy intensa cuando bebes, Socorrito... —dijo Gerardo.

Le dije que no era tanto cuando bebía como cuando me enteraba que mi prometido me ponía el cuerno con mi mejor amiga.

—Ana ni en sueños de opio fue nunca tu mejor amiga, Coco, no te hagas —me contestó—; es más, ni tu amiga así, a secas. Conocida, y gracias.

Y se aventó una teoría fumadísima de que en realidad Ana me tiene envidia. Le dije que, ahí sí, el de los sueños de opio era él; que qué podía tener yo que Ana pudiera ya no envidiar, siquiera tolerar.

Volteó los ojos al revés.

—Ay, Coco —dijo—; un día te vas a dar cuenta, vas a ver.

—Bueno, ya —dije, desesperada porque siguiera con el chisme—; cuéntame qué más. Explícame, pon tú, por qué terminé durmiendo aquí y no en mi casa.

—También lo intenté, de veras —se pone una mano en el pecho—; digo, no es que no me muera de ganas de tenerte aquí, ni que no me encante esto de jugar a la piyamada, como cuando estábamos en la primaria...

Me contengo para no preguntarle a cuántas piyamadas fue en la primaria. Pero seguro a millones: tiene toda la pinta de que se quedaba a dormir en casa de quien fuera y era súper amiguero.

—Pero cuando te subí en un taxi y le di tu dirección, te me aferraste como koala bebé y me dijiste que por favor, por lo que más quisiera, no te mandara a tu casa a darle explicaciones a Pili y a Monse.

Suena lógico. Si ahorita, nomás de pensar en verles las caras y contarles que siempre no me caso, me quiero tirar por la ventana, no me quiero ni imaginar lo que debo haber sentido ayer en la noche, con la noticia fresca y el cerebro navegando en martinis.

—Así que terminé subiéndome contigo al taxi y trayéndote aquí.

—Y dime por favor que ya eso fue todo...

—Sssssíiiii...

Me tapo la cara con las manos.

—¿Qué más pasó?

—A ver...

Extiende la mano derecha y va contando con los dedos.

—Me acusaste de querer abusar de ti porque consideré prudente quitarte la ropa que habías arrastrado por el piso del restorán y ponerte una playera...

—Pero si tú...

—Exacto —dice, torciendo la boca—; no eres mi tipo. Luego, me pediste que le hablara a Pili para que te mandara tu edredón...

Me voy poniendo roja.

—Trataste de convencerme de que te rayara unas zanahorias porque tenías hambre y no podías comer carbohidratos...

—¡Qué ridícula!

—Y —se le quita la sonrisa— supongo que en algún momento me descuidé y te metiste al baño a hablarle a Lola y a contarle todo, porque no paró de llamar hasta que le contesté.

Me empieza a latir el corazón fuertísimo.

—¿Y qué te dijo?

—Que le avises a qué hora quieres que venga por ti para llevarte a su casa.

CAPÍTULO 28

Hoy nadie se quiere sentar junto a mí en el camión. Pues cómo, si huelo a teporocho. Con todo y que me metí horas a la regadera y me puse una colonia dizque de hombre que tenía Gerardo en su baño, sigo sintiendo que destilo martini por todos mis poros.

Peor todavía, traigo puesto el mismo vestido de ayer. Que si antes de que me arrastrara por el piso ya estaba sudado y maloliente de haber corrido de un lado para otro solucionando las crisis de toda la oficina, ya a estas alturas estaba sudado, maloliente, lleno de polvo y hasta con un rasgón chiquitito encima de la rodilla izquierda.

El vestido como quiera, pero volverme a poner los zapatos fue una cosa espantosa. Tenía los pies hinchadísimos de tanto estar parada y cuando por fin logré que me entraran, no podía ni caminar; cada paso que daba, soltaba un "ay, ay", hasta que Gerardo me sugirió que me trajera sus chanclas de playa.

—¿Qué más da, Coco? —insistía—; total, son negras. Y, además, nadie espera que, después de la que te aventaste, llegues a la terminal convertida en Grace Kelly.

Le expliqué que, aunque mi vida se estuviera cayendo a pedazos, todavía tenía principios y una dignidad que defender. Y que si me quería prestar algo, me prestara sus Ray-Bans y dejara de estar molestando. Y hasta me los prestó y todo, a pesar de que le costaron carísimos y son su posesión más preciada, así que sospecho que me debo ver todavía peor de lo que me siento.

El único problema con mi razonamiento es que de veras los zapatos me lastiman muchísimo. Me tomó horas caminar de la entrada de la terminal, donde me dejó Gerardo, al andén, para tomar el camión, y estuve a dos de aventármela descalza, pero si llegar en chanclas a Querétaro me daba toda la pena del mundo, llegar con los pies negros me daba todavía más. Así que nada, me fui poco a poquito, con la cabeza bien alta y los Ray-Ban de Ger muy en su lugar, manteniendo mi dignidad y mis ampollas.

Se me olvidó decirle a Lola, cuando hablamos, que sacara algo de ropa para prestarme, porque no traigo nada. A duras penas traigo mi bolsa y, adentro, además de lo que siempre cargo (cepillo, costurero, aspirinas, tres lipsticks distintos, klínex, frasquito de detergente, pluma, cuaderno, celular, cargador, llaves, cartera, cepillo de dientes, pasta y esas cosas que uno necesita todo el tiempo), la cobijita de Gerardo por si Lola no tiene una que prestarme. Cuando me la ofreció, me conmovió muchísimo, y no tuve corazón para decirle que, de todas las cosas que podía necesitar, seguro no necesitaba una cobija; que, aunque no me constaba, estaba casi segura de que mi hermana tenía una cobija de sobra en su casa, que para eso su marido era importante y prominente. Sólo le di las gracias por milésima vez, la doblé y la guardé.

Le dije que ya nos fuéramos, para que él pudiera dormir y descansar de tanto drama; quise decirlo con voz tranquila, pero se me notaban las lágrimas. Me cogió las manos.

—Coco —dijo—; Coco, voltéame a ver.

Lo miré a los ojos y casi me desmayo cuando me vi reflejada en sus lentes: los ojos hinchadísimos, la nariz roja como una pelota, el pelo sin planchar. Espantosa. Bajé la mirada y me cogió de la barbilla, para que la volviera a subir.

—Todo va a estar bien —negué con la cabeza—; en serio. Eres súper fuerte; todo va a estar bien.

Le dije que sí, para que ya se estuviera en paz y no me siguiera haciendo llorar, pero no estaba tan segura. Lo que sí es que a partir de ese momento me he dedicado a evitar todos los espejos y todas las superficies mínimamente reflejantes; digo, ya sé que me veo fatal, no hay ninguna necesidad de estarlo recordando a cada rato. Claro que no ayuda que todos los seres humanos con los que me topo me miren con penita y me pregunten si de veras, de veras, estoy bien; hasta le dije a la señorita que vendía los boletos que no, no estaba bien, y luego le solté toda la sopa. Pobrecita, sólo me acariciaba la mano y me decía que Dios sabía por qué hacía las cosas y que cuando me subiera al camión le dijera a Karlita, la que repartía los refrescos y los refrigerios, que decía Celeste que me diera doble.

No sé en qué me va a ayudar tener dos sándwiches aguados de pan bimbo blanco con queso amarillo y un jamón que se ve horrible, si no se me antoja ni medio, pero de todas formas le agradezco enormemente a Celeste su intento por ayudarme. Pongo las dos bolsitas en el asiento de junto, me envuelvo en la cobijita de Gerardo y me duermo todo el camino.

Me despierto, con el cachete todo babeado, en la terminal de Querétaro. Me asomo por la ventana y veo a Lola parada en la estación, y, con todo y que siento como si me hubieran atropellado y luego se hubieran echado en reversa para volverme a atropellar, se me sale una sonrisa de ver a mi hermana. Trae unos jeans que obviamente son de marca, porque están súper bien cortados, una blusa de seda sin mangas, que casi estoy segura que acabo de ver en una *Vogue,* y unas sandalias de plataforma color caramelo. Y la bolsa azul que le regalé la Navidad pasada y que todavía no termino de pagar. Es preciosa, la verdad; a ver si logro que me la preste, con eso de que estoy tan triste y mi mundo se está colapsando.

—¿Y Lázaro y Santiago? —le pregunto, después de un abrazo larguísimo, sin que ninguna de las dos tuviera que decir mayor cosa.

—Pues en la escuela —dice—, si son las doce.

—Claro. Es viernes.

No tengo nada en contra de los hijos de Lola; al contrario: me caen súper bien y se me hacen de lo más chistosos y, con todo y que siempre hay alguno al que se le salen los mocos o insiste en preguntar por qué tienes panza si no estás embarazada, son cariñosos y no se meten demasiado conmigo. Pero en este preciso momento agradezco mucho que no estén; quiero tener un ratito a mi hermana para mí, me urge que sólo me ponga atención a mí, en lugar de tener que estar bajando a un niño de las lámparas o amenazando con castigar la televisión si no terminan a tiempo la tarea.

—Y saliendo se los va a llevar la hermana de Beto a nadar al club —dice Lola—, y Beto está en México, así que no te preocupes, hermanita; tenemos toda la tarde.

Le sonrío y le digo que gracias, y camino como señora viejita, encorvada y abrazando mi bolsa. Lola me pone una mano en el hombro y salimos al estacionamiento calladas.

A la hora de pagar, Lola no trae cambio y yo busco en mi bolsa. Se asoma la cobijita.

—¿Y esto, Coco? —Lola la coge y se le queda viendo, tratando de reconocerla—. ¿De dónde lo sacaste?

Le explico que me la prestó Gerardo, por si ella no tenía. Arruga las cejas.

—¿Por si yo no tenía? —dice, escandalizada—, ¿pues qué les has dicho de nosotros, eh?

—Nada —me río—; no tengo idea de qué se imagina.

—Seguro es como todos los chilangos que piensa que somos un pueblo y que todavía nos la pasamos yendo a la iglesia y alumbrándonos con velas.

—No tanto así, pon tú. Pero sí me ha costado trabajo explicarles que yo crecí viendo la misma tele y oyendo las mismas canciones que ellos.

Pasamos el resto del camino dedicadas a uno de nuestros temas favoritos: criticar a los chilangos por ignorantes y porque nomás les gusta hablar de lo que no saben.

De camino, pasamos frente a casa de mi tía Teresa. Ojalá no estuviera en un congreso en Washington, porque hoy me hace más falta que nunca platicar con ella. Menos mal que tengo a Lola.

Dos horas después, siento que mi vida se va componiendo un poquito. Un poquito, aunque sea. Con todo y que no sabía muy bien lo que estaba haciendo, ayer tomé la decisión correcta, martinis y todo, al momento de marcarle a Lola y contárselo. Mi hermana entendió perfectamente qué era lo que había que hacer: llegamos a su casa y, antes de entrar, me dijo:

—No te preocupes, mis papás y Márgara no saben nada. Sólo Beto, y él, como comprenderás, no puede opinar mucho. Y ya me prometió no decir nada si tú no quieres.

No se me había ocurrido ese detalle: Beto es primo de Alfredo. Me da un poco de nervios pensar qué va a decir de todo el numerito, y qué cuentas le voy a dar, pero estoy muy cansada como para pensar en eso. Ya veré.

Como ya veré qué demonios le voy a decir a mis papás; ¿cómo les digo a estas alturas que siempre no me quiero casar? Mi mamá seguro me va a salir con que los hombres así son y no pasa nada, y mi papá con que y ahora con qué cara va a ver a su compadre en el club. Qué horror.

Lola tuvo que cogerme del brazo para hacerme reaccionar.

—Coco —dijo, con la voz que usa para decirle a mis sobrinos que si siguen dando lata los va a tirar por la ventana—, a cada día su propio afán. Ahorita comes, descansas y ya mañana veremos qué sigue, ¿te parece?

Le digo que sí y la vuelvo a abrazar. Qué horror: estamos de lo más encimosas.

Y, ni modo, le tuve que dar otro abrazo más cuando vi el menú que Male, la muchacha, había preparado. Eran todos mis platos favoritos de cuando éramos chicas y me tocaba escoger el menú porque era mi cumpleaños o había sacado más de siete en matemáticas: sopa de frijol, tacos dorados de pollo con guacamole y agua de naranja. Comí como si no hubiera probado bocado en años y años; la sopa me cayó en el estómago calientita y me dio sueñito y los tacos me supieron a gloria. Otra vez, Lola y yo, sin ponernos de acuerdo, hablamos de cualquier cosa que no tuviera que ver ni remotamente con mis dramas: que si

Lázaro ya estaba instalado en un adolescente latoso y contestón de cuatro años, que si Santiago estaba empezando a hablar y era muy chistoso, que si le estaba yendo muy bien como maestra en la universidad. Le agradecía muchísimo que hablara y hablara y me dejara perderme un poco, aunque de pronto sí me quedaba como ida.

—De postre hay arroz con leche, señorita —me dijo Male, muy orgullosa, cuando entró a recoger los platos y los trastes de los tacos—, sin pasitas, que porque a usted así le gusta.

Le doy las gracias a Male y, cuando veo que se cierra la puerta detrás de ella, volteo a ver a Lola.

—Eres una inútil —le digo—; a la que no le gustaban las pasitas era a Márgara. No pones nada de atención.

—Ah, sí es cierto —y arruga la nariz—, ¿te acuerdas que las escupía y luego quería que nos las comiéramos para que no la regañara mi mamá por desperdiciar la comida?

—¿Y cuando mi mamá decidió que el arroz con leche era mucho problema y sólo nos daba ate de lata con queso?

—¡Y chongos!

Las dos gritamos "¡diaj!", y "¡guácala!", como cuando teníamos siete y nueve años. Male se asoma con la charola del postre y el café, y se ríe de vernos.

Después de la comida, me entra un sueño espantoso. Lola me lleva al cuarto de huéspedes y me da unos pants suyos y unas pantuflas. Todo en casa de Lola es cómodo y nada complicado; no elegante y ultra moderno como en casa de Márgara, sino a gusto. Lola baja las persianas y el cuarto queda oscuro, me meto a las cobijas y las sábanas están frías y suavecitas. Me dan ganas de tomarles una foto para mandársela a Gerardo y que vea que en provincia hay carencia, pero no tanta.

Y, con esa idea, me duermo profundamente hasta el otro día.

Por segundo día, despierto en una cama ajena. Me cuesta un poco de trabajo reconocer dónde estoy, y, por segundo día, tardan en regresar a mí todos los detalles de las últimas cuarenta y ocho horas.

Veo mi reloj: son las ocho y media. Afuera escucho el ruido del desayuno, de Lola diciendo, supongo que a Lázaro y a Santiago, que lleven sus platos al fregadero si ya acabaron, que los platos todavía no vuelan. Me río. Es exactamente lo que nos decía mi mamá.

Escucho dos golpecitos en la puerta.

—¿Sí? Pásale.

Se asoma la cara de Lázaro, con sus ojos negros, negros, como los de su papá, y flaco y largo, como Lola.

—¿Coco? —hace mucho que le pedí a mis hermanas que por caridad sus hijos no me dijeran "tía", que me hacía sentir vieja.

—¿Qué pasó, monstruo?

—Que dice mi mamá que si quieres tu desayuno en una charola.

—¡Que vamos a jugar al hotel! —se escucha la voz de Santiago detrás.

Santiago vino a este mundo a pasársela bien. Así como Lázaro se toma todo muy en serio y hace muchas preguntas, Santiago, cachetón y con los ojos verdes como mi papá, aprovecha cualquier oportunidad para jugar y armar fiesta. Puede ser agotador, pero es muy divertido.

Les digo que no se preocupen, que mejor bajo a la cocina y les evito problemas. Yo sé que Lola lo que quiere es retrasar dentro de lo posible mi encuentro con su marido, por el bien de todos, pero yo desperté con ánimo guerrero y la idea de que lo que sea, que suene; si hemos de discutir el asunto y dar explicaciones, pues vamos empezando de una vez. El problema es que eso no se los puedo decir a los niños, que ya venían listísimos a tomarme la orden y todo para traerme el desayuno; se calman un poco cuando les doy permiso de que me consigan botellitas de champú y jaboncitos de los que guarda su mamá.

—¡De hoteles de verdad! —dice Santiago.

Y se van, en su misión, mientras yo junto fuerzas para salir de la cama y afrontar mi destino.

La verdad, yo no estaba nada de acuerdo con que Lola se casara con Beto. Se me hacía que, después de toda la historia con Dani, casarse con Beto, a quien todos conocíamos y que, por lo demás, tampoco tenía tan buena fama, era una pésima idea y una forma como de renunciar a todo lo que había querido hacer. Me acuerdo que en su momento se lo dije y Lola sólo me contestó que yo no conocía a Beto como ella y que, si bien entendía que no había tenido los arrestos, como decía mi mamá, para irse de Querétaro, tampoco estaba mal quedarse, formar una familia y apoyar a su marido en su carrera.

—Entiende, Coco —me dijo, meses antes de casarse—; conmigo al lado, Beto va a poder hacer lo que se proponga.

—Pues sí, ¿y tú? —le contesté—. ¿Tú qué?

—Yo conseguiré un trabajo más tranquilo y me dedicaré a mi casa, Coco. No es tan malo.

En ese momento, no me parecía malo; me parecía

malísimo, pero ya no insistí. Y, la verdad, es que, por más que me cueste trabajo admitirlo, la vida le ha dado la razón a mi hermana. Lola y Beto se llevan bien, se quieren y se respetan mucho, se divierten con sus hijos y se la pasan bien juntos, que supongo que después de tantos años es más de lo que muchos pueden decir de su matrimonio. Y yo he aprendido a querer a mi cuñado, sobre todo pensando en que tarde o temprano todos íbamos a quedar metidos como muéganos en la misma familia.

O eso creía yo, ¿verdad? Hasta ayer. Parada en la entrada de la cocina, veo a mi hermana y a su marido sentados en el antecomedor, tomando café y con el periódico abierto sobre la mesa. Beto está diciendo algo de una foto de tres políticos cuando Lola lo interrumpe.

—Espérame tantito, mi amor —y voltea a verme—, ¿cómo estás, Coco? ¿Cómo dormiste?

Le digo que bien, que muchas gracias y le doy un beso en el cachete y otro a Beto. Y me siento en otra silla, claramente la de Santiago, porque está llena de migajas y el individual de plástico está pegajoso de mermelada de fresa.

Lola me pregunta si quiero jugo y fruta y se para a servírmelos. Nos quedamos Beto y yo calladísimos, supongo que igual de sacados de onda; ya de por sí es raro estar los dos en piyama y recién levantados, cuando sólo nos hemos visto bañados y bien despiertos, para además añadirle el asuntito de mi pleito con su primo al que "considera como un hermano", según dice todo el tiempo.

Le hago un par de preguntas sobre la noticia del periódico que estaban comentando y se ve que hace un esfuerzo por contestarme como si no pasara nada. Yo, en el mismo tono, me arranco con el rollo de que qué barbaridad con esta clase política, que cómo nos urgen gobernantes con mayor compromiso y me interrumpe.

—Mira, Coco —chin—, perdona que te interrumpa. Ya Lola me contó lo que pasó.

Volteo a ver a Lola, parada con el vaso de jugo en una mano y el plato de fruta en la otra, y me alza los hombros como diciendo "pues es mi marido, ¿qué querías que hiciera?".

—Ajá...

—Y sólo hay una cosa que quiero decirte...

Tengo que hacer un esfuerzo para no echar la cabeza para atrás y rogar "ay, no, por favor". Estoy segura de que ahí viene el sermón de que su primo es un buen hombre y seguro no pensó lo que estaba haciendo; o, peor aún, que yo lo orillé a hacerlo. Me va a dar mucha pena ponerme ruda con mi cuñado en la cocina de su casa y bebiéndome su jugo, pero no voy a tener más remedio.

—Que sea lo que sea lo que decidas, cuentas conmigo. Mi primo y tú son dos personas distintas, y tú eres la hermana de mi esposa. No se diga más.

—¿Eh?

Beto se ríe y me repite la frase. Aparentemente, él al menos no es tan Neandertal como yo creía y como Gerardo dice. Respiro profundo y le doy un trago enorme al jugo. Ya sólo me falta convencer al resto del pueblo.

CAPÍTULO 29

No hay manera de hacerle entender a Lola que lo que menos importa en esta comida es el menú. Y, menos todavía, que me urge, pero me urge, salir corriendo del súper, porque tengo terror de encontrarme a la mamá de Alfredo o a mi cuñada (bueno, ex cuñada, supongo) y que me persigan con unas tijeras de las de cortar los pollos. Pero no, Lola, como si nada: hace horas que me tiene dando vueltas por los pasillos con una lista interminable que incluye desde tomatitos cherry y queso mozarella en bolitas para la botana, hasta alcachofas y aceite de oliva extra virgen.

—Es que el otro día en el Cooking Channel pasaron una receta que se ve buenísima —dice mientras coge una alcachofa, la observa detenidamente y la vuelve a dejar—, y no había yo encontrado pretexto para hacerla.

—No sabes el gusto que me da que mis desgracias te sirvan para probar recetas —le contesto, mientras pongo en el carrito un ajo y dos cebollas grandes y miro para todos lados como en película de espías a ver si veo por algún lado el pelo rojo de mi suegra—; qué suerte que al menos una de nosotras saque algo bueno de todo esto.

Lola mete su selección de siete alcachofas perfectas en una bolsa de plástico y la pone en el carrito con un suspiro.

—Por la milésima vez, Coco, no seas dramática. Vas a ver que todo es para bien.

Por supuesto que hay una parte de mí que le cree. Que sabe que todo va a salir bien y que puedo estar segura de que he tomado las decisiones correctas; que, por ejemplo, no haber contestado ninguna de las llamadas y textos que Alfredo me ha estado mandando sin parar desde el jueves en la noche es lo más sensato, sobre todo porque no tengo la menor idea de qué le voy a decir, pero, con todo y todo, de pronto tengo ratitos en los que me asalta el pánico y pienso si no lo hice todo mal y en realidad tendría que haberme hecho la loca y poner cara de que aquí no había pasado nada. Si total, sólo era hasta que nos casáramos, como dijo.

Pero ya ni modo. Ya hice lo que hice y ahora tengo que enfrentarlo, aunque eso implique aventarles la bomba a mis papás mientras chupan las alcachofas de Lola. Márgara ya sabe: le llamé de la cocina de Lola, cuando Beto ya se había llevado a los niños a su entrenamiento de futbol. Fue muy comprensiva y me dijo que si así me sentía, pues que qué bueno que había decidido cortar.

—Aunque yo me esperaría a hablar con Alfredo —dijo—, en una de ésas, pueden hablar y arreglar las cosas.

—¡No le des esos consejos a Coco! —brinqué. No me había dado cuenta a qué hora Lola había salido por el otro teléfono y había decidido participar en la conversación—; ese tipo es un patán que piensa que puede hacer lo que se le antoje. Qué bueno que Coco no se deje.

—Eso dices porque tú nunca lo has querido, Lola; siempre te ha caído mal.

—Pues claro que me cae mal; si es un arrogante y un tonto y, por si fuera poco, trata fatal a Coco.

—Oigan... —traté de intervenir.

—Eres una exagerada. Y se te olvida que nuestra hermana tampoco es exactamente facilita, que digamos.

—No, ya sé que no. La verdad es que sí tiene sus cosas, pero...

—¡OIGAN! —grité—, ya estuvo, ¿no? ¡Aquí estoy!

Las dos se disculparon y me dijeron que sí, que perdón. Me juraron que estaban ahí para lo que necesitara.

—Necesito que abandonen a sus hijos y a sus maridos, vengan a comer y me hagan fuerte cuando les diga a mis papás.

Y eso fue todo. A partir de ahí, Lola se puso en plan anfitriona y no ha habido manera de detenerla. A decir verdad, me gustaría que demostrara un poco menos de entusiasmo, pero creo que es más fuerte que ella y no lo puede evitar: no digo que le dé gusto que yo me la esté pasando mal, pero sé que en el fondo siente un enorme alivio de que hable de mi boda como algo que ya no va a suceder.

Me entero de que ya llegaron mis papás antes siquiera de que toquen el timbre. Estoy parada en el comedor ayudándole a Male a poner la mesa, cuando escucho la misma discusión que llevan teniendo años y años: mi papá se queja de que mi mamá cierra muy fuerte la puerta del coche y mi mamá se defiende y dice que si no, no cierra.

—Ay, vieja, pero es que no se trata de que quede soldada —dice mi papá.

—No seas exagerado, Antonio —le retoba mi mamá—, ni que tuviera yo tantas fuerzas.

Los saludo desde la puerta y los dos se quedan a la mitad de sus frases.

—Mijita —dice mi mamá—; no sabíamos que aquí andabas.

Les digo que era una sorpresa y le doy a cada uno un beso en el cachete.

—Pero ¿está todo bien? —pregunta mi mamá, con un tino que me asusta.

—Sí, Ma. Pásenle.

Hacemos todo el ritual de que pasen a la sala y yo les pregunto qué quieren tomar. Que no sé ni para qué, si desde que me acuerdo toman lo mismo: mi mamá, un tequila y mi papá, un whisky con agua mineral.

Lola grita desde la cocina que ahí va, que está metiendo al horno las alcachofas.

Mi mamá pregunta por Lázaro y Sebastián. Y por Beto, para que no pensemos que es una suegra desconsiderada que no se preocupa por su yerno.

—Se fueron al club —le digo—; Lázaro tenía partido y luego se quedaron de ver con unos amigos ahí.

Hacen "aaaah", los dos.

—Y ahorita viene Márgara.

"Aaaah", de nuevo.

Nos quedamos callados. Yo, porque me da terror intentar decir cualquier cosa y que lo que salga sea "¿qué creen?, ¡que no me caso!" y supongo que ellos, porque no entienden nada de lo que está sucediendo. Desde que se casaron mis hermanas, no hemos comido nada más los cinco ni un solo fin de semana.

Me entretengo en prepararle a mi papá su whisky y en pasarle a mi mamá un caballito con tequila, un posavasos y una servilletita de hilo. Considero la opción de servirme algo yo también, para darme valor, pero con sólo oler el tequila se me revuelve el estómago. Mejor no; mejor sólo me sirvo una coca de dieta.

—¿Son nuevas, estas servilletas? —pregunta, viéndolas con atención.

Le digo que no sé.

—Pero seguramente sí —el chiste es alargar la conversación—; ya ves que acaba de pasar el bazar de las monjas. Son de ahí, ¿no?

Mi mamá tuerce la boca.

—No estoy segura, fíjate. Porque esta puntada no me suena. Aunque creo que Cuquita del Olmo ya no está en el comité, así que igual entró alguien nuevo y las puso a hacer cosas nuevas.

Ahora a mí es a la que me toca hacer "aaaah" y quedarme viendo la alfombra como mensa.

Por suerte, en ese instante Márgara toca a la puerta y todo el mundo se distrae. Trae puestos unos jeans de señora, con la cintura en las costillas, y por lo menos dos tallas más grandes de lo que deberían, y una blusa de rayas rosas y verdes que, hasta eso, no está tan fea. Hago acopio de mi caridad cristiana y le digo que qué bonita blusa.

Me da las gracias y me pregunta que cómo estoy. Pero no un "¿cómo estás?" normal, de los que avienta uno todo el día esperando que la otra persona conteste "bien", para de ahí seguir con la conversación; no. Un "¿cómo estás?" con cabecita caída hacia la derecha y gesto de angustia. Le contesto que bien, que gracias, y le señalo a mis papás con la cabeza.

—Todavía no saben —le digo, sin despegar los labios y haciendo como que le arreglo el cuello.

—Oquei.

Mis papás se vuelven a sentar y le pregunto a Márgara si quiere tomar algo. Pide también un tequila y se sienta.

La ventaja de que mis hermanas se hayan lanzado a poblar el mundo con sus millones de hijos es que son capaces de llenar cualquier vacío incómodo en la conversación. Con lo que le dije, y con la cara de venados lampareados que traen mis papás, entiende en dos segundos que la cosa está complicada y, después de decir que sus hijos se morían de ganas de venir, pero que no se pudieron zafar de ir a comer a casa de sus suegros, mi hermanita mayor se lanza como los grandes a contar diez millones de anécdotas, desde el premio de Catita en el concurso de declamación, hasta la reciente incorporación de Ernestito al equipo de natación.

—Según Ernesto, es muy importante que le fomentemos un estilo de vida atlético.

—¡Sí, claro; mi cuñado tan atlético, él!

Esa frase se me sale con todo y una risa nerviosa incontrolable. Los tres me voltean a ver, Márgara, con franco reproche, y mis papás con cara de que ahora sí me volví loca. Trato de aguantar la risa el tiempo suficiente para decir que voy a ver si Lola no necesita nada.

Me la encuentro instalada en Martha Stewart, admirando con orgullo como de madre un refractario lleno de alcachofas resplandecientes de aceite de oliva.

—¿Te apuras, porfa? —le digo—; Márgara ya me odia y mi mamá se está poniendo muy nerviosa.

—Sí, sí. Ya —me contesta—; Male, dale por favor a la señorita la tabla para el refractario. Diles que ya pasemos a la mesa.

—Bueno, ¿y? —pregunta mi mamá, después de que todo el mundo terminó de chupar todas las hojitas que le tocaban, de comerse el pedazo de filete al horno que vino después y el pastel de manzana con helado que trajo Márgara, y de decirle a Lola que ay, qué bueno estaba todo y qué mona de haberse molestado. Y, claro, una vez que Male recogió todo y se fue—, ¿qué pasa? ¿Tienes cáncer, estás embarazada o no te casas?

Las tres reaccionamos con sorpresa; mi mamá nunca jamás es tan directa. A mí se me cae el tenedor encima del plato con un escándalo espantoso, Márgara suelta un "¡aaaay, mamá!" y Lola un ronquido como de cochinito, que es lo que hace cuando se pone nerviosa.

—Sí —insiste—; no se pongan así. Ora resulta que nos juntas a todos nomás porque nos extrañas, ¿no? Y casualmente todas sus familias tenían cosas importantísimas que hacer sin ustedes, ¿no?

Les avienta a mis hermanas un dedo acusador y las dos se hunden en las sillas.

—¿Te dije, viejo, sí o no... —mi pobre papá brinca hasta el techo, también—, que algo raro estaba pasando con esta niña?

Ahora me señala a mí y mi papá dice que sí, pues sí.

Antes de que pueda decir nada, mi mamá empieza a decir que no me preocupe, que es normal, que si las mustias de mis hermanas no me han contado que lo mismo les pasó a ellas y que, a la larga, todo se solucionó y llegaron a sus bodas mucho más convencidas que antes...

Claro, las mustias de mis hermanas sólo ven fijamente el mantel delante de ellas y no dicen nada. Tengo que intervenir yo y explicarle a mi mamá que las cosas no son tan así. No le doy muchos detalles, con todo y que me los pide; sólo le digo que lo he pensado mucho y que creo que

Alfredo no es la persona con la que yo quiero hacer un compromiso para toda la vida.

—Pero ¿por qué, mijita? —pregunta mi papá—, ¿te hizo algo?

Siento encima las miradas de mis hermanas. Ya sé lo que están pensando; que lo más fácil sería decir que me puso el cuerno y eso me daría automáticamente la razón y los dejaría callados a los dos. Pero la verdad es que no tanto; si realmente estuviera perdidamente enamorada, creo que hasta sería capaz de perdonarlo y darle una segunda oportunidad. Lo terrible del asunto es que, con todo y que me he lanzado al drama bien feliz, ni me importa ni me duele tanto lo de Ana; como me dijo Gerardo el día de nuestra piyamada, eso no fue más que un síntoma de que las cosas entre nosotros dos ya no estaban funcionando. De que ni yo soy lo que él quiere ni él lo que yo busco; así de fácil.

—No, pa —digo—; sólo no creo que sea el hombre con el que me quiero casar.

Eso es suficiente para calmar a mi papá, pero de ninguna manera basta para doña Catalina. Ella insiste en que es normal pensar esas cosas antes de la boda; que quiere decir que me lo estoy tomando en serio y no nada más me estoy aventando al ruedo sin pensar, como esas artistillas que salen en las revistas del salón de belleza que ya se casan con uno, ya con otro, y nada les dura más de diez minutos.

—Pero tal vez lo estás pensando demasiado, mijita —dice, después de horas de disquisición sobre la vida sentimental de una actriz de telenovela que ella juraba que era Verónica Castro y después de muchas preguntas y debates llegamos a la conclusión de que era Victoria Ruffo—; tal vez ya te hiciste muchas telarañas en la cabeza y lo que necesitas es otra perspectiva que te dé más claridad.

Y de ahí, claro, lo que sigue es que me sugiera, me ruegue encarecidamente, que vaya a hablar con el padre Chucho.

Le digo que lo voy a pensar. Ilusa de mí; para nada le es suficiente con esa respuesta. Me dice que muy bien y saca su celular.

—¿A qué hora te vas mañana? —pregunta—; vienes mañana con nosotros a misa de una, ¿verdad?

La última no fue pregunta. Le digo que sí y aprieta dos botones en su celular.

—A ver si me contesta —dice, viendo su reloj—; porque luego a estas horas se va al cine...

No lo puedo creer. No sé qué me sorprende más: si que haya decidido que mi "lo voy a pensar" era en realidad un "sí, mami, lo que tú digas", o que tenga el celular del padre Chucho en sus contactos del teléfono. Por supuesto, en tres minutos ya me consiguió una cita para después de misa de una.

—Pero que tiene que ser rápido porque tiene comida con los Loyola —dice, después de colgar.

Por mí, puede durar tres segundos, pero no se lo digo. Le digo nada más que oquei.

Me levanto al baño y en cuanto les doy la espalda escucho cómo empiezan a secretearse. Voy al baño de arriba, el del cuarto de los niños, para darles más oportunidad para discutir el asunto en mi ausencia, y cuando estoy a punto de bajar la escalera toso bien fuerte.

—Ya estoy aquí —les digo, cuando termino de bajar—; ya esténse.

Todos ponen cara de que los agarré con los dedos contra la puerta.

—Ay, mijita, cómo crees —dice mi mamá, que es la que mejor miente de todos.

—No, pues es obvio, ¿no? —abro la puerta de la cocina—; voy por un vaso de agua, ¿alguien quiere algo?

Regreso con mi vaso y un café para mi papá y me siento.

—A ver —pregunto—, ¿de qué quieren que hablemos?

Todos contestan que no, de nada.

—Bueno, mijita —otra vez mi mamá—; no podemos hacernos como que aquí no pasa nada. A ver, dime, ¿qué vamos a hacer con tus... con los papás de Alfredo?

—¿Cómo qué? —pregunto—, pues decirles que la boda ya no va a ser y ya, ¿no? ¿O como qué quieres hacer?

Pone cara de angustia.

—Pues sí, pero... Digo, mi comadre es chocantita, la pobre, y todo, pero... es mi comadre, Coco; nos conocemos de toda la vida, qué quieres que te diga.

—Ya lo sé, y no veo cuál es el problema. Ustedes son una cosa y yo soy otra. Ya, si ellos no lo entienden, ése va a ser su problema.

—¡Si ellos no lo entienden... —estalla, por fin, Lola, que llevaba conteniéndose desde que bajé la escalera—, pues peor para ellos! Después de la fichita de hijo que tienen...

Márgara le da un codazo a Lola que le perfora hasta el hígado.

—¿Y ya pensaste qué vas a hacer con el vestido y el anillo? —pregunta, para cambiar el tema.

Le digo que no sé, que, la verdad, me preocupa más el tema de los depósitos para el lugar, el banquete y la música. Mi papá me coge la mano que tengo sobre el mantel y me dice que no mc preocupe por eso, que él lo arregla todo. Se me hace un nudo en la garganta.

Y no es tan cierto, la verdad. Sé que el vestido no tiene mucha solución, pero igual lo puedo vender o aprovecharlo para un muestrario en algún momento; el anillo, ese sí, es otra historia.

Aparentemente, dentro de mi momento de obnubilación alcohólica del jueves, estaba dispuesta a aventarlo en la mitad de la calle como en las películas (ya sé que en las películas lo avientan al río Hudson o al Támesis o al Sena, pero yo no tengo la culpa de que mi drama se desarrollara en la Roma y no en una ciudad glamorosa con otro río que no sea el de los Remedios), pero gracias a Dios Gerardo me contuvo a tiempo y me dijo que no fuera loca y que me esperara un poquito. No estoy dispuesta a devolvérselo a Alfredo ni de broma: quién le manda ser tan patán.

Pero sí estoy dispuesta; estoy decidida, es más, a cambiarlo por un boleto de avión.

A Barcelona.

CAPÍTULO 30

Entro al departamento a las seis y cinco. Lo bueno de Pili y Monse es que siempre puedo contar con que domingo tras domingo van a misa de seis; no les gusta ninguna otra porque ésta tiene coro y se saben todas las canciones.

Me voy corriendo a mi cuarto, como si debiera la renta. Retrasé esta conversación con mis compañeras de departamento todo lo que pude, pero ya no es posible. Entre otras cosas, porque ya me urge cambiarme de ropa; traigo puestos unos jeans de Lola que, como me saca media cabeza, me arrastran, y los calzones húmedos porque los lavé en la noche y no se secaron bien. Lo único que hice fue mandarle un mensaje de texto a Pili desde el camión diciéndole que me iba a tomar unos días en Querétaro para descansar del ajetreo del desfile y que creía que volvía el domingo en la noche; me contestó que le parecía muy bien, que me lo tenía bien merecido y que descansara por favor.

Lo bueno es que, como han pasado tantos días, estoy segura de que ya alguien les habló para contarles todo el chisme; seguramente, su mamá, que nos vio saliendo el domingo de misa de una se dio cuenta de que los papás de Alfredo no me dieron ni las buenas tardes. O quien sea, porque, con todo lo que pasó el fin de semana, no hay manera de que no lo sepan; ya hasta los meseros del Náutico se deben haber enterado, y eso que, hasta el sábado en la tarde, habíamos hecho lo posible por mantener las cosas más o menos en silencio; de hecho, mis papás tenían planes para ir al cine esa noche y mejor se quedaron en su casa. Les daba pánico encontrarse a los papás de Alfredo y quedarse como tontos sin saber qué decirles; terminamos los tres viendo una película y cenando quesadillas.

Claro, eso no quiere decir que mi mamá no haya aprovechado hasta la mínima oportunidad para volverme a decir que lo pensara bien y que no fuera yo a hacer una tontería de la que luego me arrepintiera nada más por impulsiva y atrabancada.

—Ya ves, todas las parejas tienen sus problemitas —decía, mientras en la pantalla Kate Hudson le hacía la vida imposible a Matthew McConaughey.

Hice un gran esfuerzo para no decirle que si para ella sería un "problemita" que Matthew le pusiera el cuerno a Kate con la morenita guapísima que salía de su mejor amiga, y que qué tan bien le caería el muchacho entonces, con todo y su abdomen de revista y su acento sureño, pero mejor le dije que si seguía en ese plan, la ponía a ver *Rambo.*

Dijo que tampoco era necesario que tomara esa actitud, pero a partir de ese momento se guardó sus comentarios.

Hasta el momento en que estaba a punto de salir a casa de Lola. Me despedí de mi papá, que ya se estaba quedando medio dormido en su sillón de la tele, y me acerqué a darle un beso a mi mamá, cuando me dijo que me acompañaba.

En la puerta, a punto de salir, me cogió de las manos y me dijo, en su tono más intenso:

—Mijita, hazme un favor...

—Sí, mamá.

—Piénsalo bien. Prométeme que lo vas a pensar y no te vas a dejar llevar nada más por una angustia pasajera.

—Sí, mamá —yo medio le quería quitar las manos y salir corriendo, pero no me dejaba.

—Pero de veras —volví a decir que sí—, mira, yo sé que siempre has sido muy fantasiosa, pero tal vez es momento de aceptar que tu realidad tiene también cosas buenas, ¿sí ves?

Le dije que no, que no veía.

—Pues que yo entiendo que tienes sueños y así, mija —dijo—; pero los sueños luego salen caros; ya ves a tu tía Teresa que a'i anda por el mundo sin perro que le ladre...

Me empezó a caer un poco mal.

—Ya sé que es duro, mija, pero, como mujer, en cierto momento de la vida una tiene que hacerse a la idea de que hay cosas que ya no se pueden y encontrarle el gusto a lo que sí tiene, ¿me entiendes?

Ahí ya se me empezó a agotar un poquito la paciencia. Si por "fantasiosa" y "soñadora" se refería a querer hacer una vida distinta de la de todo el mundo a mi alrededor y conseguirme una carrera decente, como la de mi tía, pues igual y sí, pero no tenía por qué decirlo como si fuera algo imposible de conseguir o una decisión que me condenaría a la soledad absoluta. Arrugué las cejas y mi mamá me soltó y alzó las manos.

—Ya sé, ya sé —dijo—; ya estás grandecita. Sólo me queda decirte lo que pienso y rezar para que el Espíritu Santo te ilumine y tomes la mejor decisión.

—Gracias, mami —le di un abrazo, saqué de mi bolsa las llaves del coche y abrí la puerta. Salió detrás de mí.

—Es muy buen muchacho, mijita —dijo todavía, asomándose por la ventana del coche cuando estaba a punto de arrancar; no me di cuenta y por poco me la llevo—; y no hay muchos.

Ya no le contesté. Me despedí con la manita del otro lado del vidrio y salí huyendo.

Llegué a casa de Lola y me desplomé sobre la cama. No me había dado cuenta, pero tanto drama me había dejado agotada; mi abuela decía que hay días que vuelan y otros que vas empujando, y éste definitivamente había sido uno de ésos, y la empujada había sido de subida.

Desperté dos horas después, con mi celular sonando frenéticamente. Me había quedado dormida como muerta, boca abajo y vestida; me senté y traté de entender qué estaba sucediendo en lo que contestaba.

—¿Bueno?

—¿Mijita? —era mi mamá—... eh... ¿cómo estás?

—Dormida, mamá, ¿y tú? —no entendía nada.

—También, mijita; un poquito. Pero es que te quería avisar...

—¿Qué? —si el padre Chucho había cambiado la hora de la cita y para eso me hablaba a las dos de la mañana, me iba a enojar muchísimo.

—Pues que ahí va Alfredo para allá, mijita. Con unos mariachis...

—¿Qué?

—Sí. Figúrate. Es que vino aquí hace un rato y salió tu papá a decirle que no estabas y que mejor se fuera a dormir.

Cerré los ojos y traté de no reírme. A estas alturas, Alfredo ha visto más veces a mi papá en bata que a mí.

—¿Y?

—Yo no salí, pero dice tu papá que venía un poquito tomado —me dio una pena horrible imaginarme la escena—; y le dijo a tu papá que se arrepentía muchísimo de todo. Que, sobre todo, de lo de Ana, pero también de todo lo que te dijo y cómo te trató...

Hizo una pausa estratégica, como para dar pie a que yo le explicara a qué se refería y le soltara la sopa, pero me quedé callada.

—El caso es que estaba necio con que no iba a parar hasta hablar contigo, y ya habían salido unos vecinos. Y no era cosa de que tu papá le hablara a la patrulla, ¿no? Digo, que si hizo todas esas cosas que dice, a tu papá no le hubieran faltado ganas, pero yo le dije que pensara en la apuración de mis compadres, que qué culpa tenían ellos.

Típico de mi mamá pensar primero en la reputación de los papás de Alfredo. Me daban ganas de enojarme con ella, pero no podía.

—Ajá...

—El caso es que acabó diciéndole que te estabas quedando con Lola. Y se me hace que se fueron para allá —sentí ganas de ahorcar a todos—. Y me da pendiente que vayan a despertar a los chiquitos.

Mientras lo decía, yo escuchaba a lo lejos una trompeta. Tenía que salir a interceptarlos, pero ya; le dije a mi mamá que gracias y colgué. Tenía que darme prisa, si quería impedir que Alfredo siguiera enfureciendo vecinos. Como se me olvida que el clima de mi pueblo es desértico, no se me había ocurrido hasta ese momento que seguramente afuera hacía frío, así que pesqué lo que estaba más a la mano, que resultó ser la mentada cobijita azul, jalé mi bolsa y salí corriendo.

Corrí tan rápido como me lo permitieron las pantuflas de Lola hasta la entrada del fraccionamiento y, en efecto, ahí estaba Alfredo, con la camisa azul de rayas arremangada hasta los codos, despeinado y los ojos rojos de cuando le falta sueño. Y, detrás de él, cinco mariachis con una trompeta, dos guitarras, un violín y un tololoche.

—¡Coco! —Alfredo volteó a ver a los mariachis—; ¡ahí está, muchachos; arránquense!

El del tololoche preguntó, con cara de sospecha, si ora sí, de veras. Supuse que mi papá no debe haberse mostrado muy receptivo a la serenata.

—¡Ora sí! —dijo Alfredo—, ¡van!

Alcanzaron a aventarse un par de líneas de la de "Perdón, vida de mi vida", antes de darse cuenta de que si agitaba los brazos y movía muchísimo la cabeza no era porque estuviera profundamente conmovida, sino porque quería que se callaran. Pararon y escuché al del tololoche decir algo como "mta, otra vez...".

—Perdóname tú a mí —le dije a Alfredo, que se quedó a la mitad de "cariñito amaaaaado", muy sorprendido cuando de pronto los músicos lo dejaron solo—, pero vas a despertar a todo el condominio.

—No importa —dijo, y ahí me di cuenta a qué se referían mis papás con lo de que venía un "poquito tomado"; arrastraba las palabras y no podía enfocarme muy bien—; que todos se enteren de que tú y yo tenemos que estar juntos, Coco, y de que soy un idiota por haberlo echado todo a perder.

Eso lo dijo a gritos, tan a gritos, que salió de la caseta de la entrada el vigilante y me preguntó si todo estaba bien.

—Sí, Manuel, muchas gracias —le dije, y me miró como si no me creyera, pero se volvió a meter.

Puse mi cara más amenazante y volteé a ver a Alfredo.

—¿Ya ves? —le dije—, y no te quiero ni contar la que te espera si despiertas a los hijos de Lola. Va a salir con la escopeta.

Con eso sí se asustó. Hace mucho que sabe que con mi hermana Lola es mejor no meterse.

—Es que tenemos que hablar, Coco —dijo, cogiéndome las manos y perdiendo un poco el equilibrio en la maniobra—. Tienes que perdonarme, bonita, por favor.

—No, si claro que te perdono, Alfredo —dije.

Imagino que lo tomó como una señal de que ya todo estaba bien, porque se acercó para darme un beso y tuve que empujarlo, quedito, para que no se fuera a ir de espaldas.

—No —le dije—, tampoco. Te perdono, pero hasta ahí. Tú y yo hasta aquí llegamos.

El resto fue una escena tediosísima, tristísima y súper desgastante, en la que Alfredo me decía una vez tras otra que él y yo teníamos que estar juntos, que ya llevábamos mucho tiempo y que estaba muy arrepentido y yo le decía que si bien era cierto que llevábamos mucho tiempo juntos, eso no garantizaba que fuéramos el uno para el otro y lo mejor que podíamos hacer era separarnos y cada quien encontrar a la persona que lo hiciera feliz.

—Pero si tenemos tantos planes, bonita —decía—; no quiero echarlo todo a perder por una tontería. De verdad, perdóname.

Y yo le contestaba que claramente no lo hacía tan feliz, si antes de casarnos ya había pasado todo lo que había pasado. Y el otro duro y dale con que para qué echar por la borda tantos años y que estaba muy arrepentido, y le pedía otra vez a los mariachis que se arrancaran, y yo les decía que se callaran, y después de unas dos veces así, ya no sólo el del tololoche, ya los cinco, y hasta Manuel el vigilante, nos miraban con ojos de pistola y amenazaban con amotinarse. El de la trompeta, discretamente, se acercó a preguntar si de casualidad ya no se iban a requerir sus servicios, porque todavía estaban a tiempo de pescar algo más.

—Mira, Alfredo, mejor vete —le dije, por fin—; págale a estos señores, vete a tu casa y piensa en lo que te dije. Vas a ver que entre más lo pienses, más te vas a convencer de que tengo razón.

Fue buena idea involucrar a los mariachis, porque entre los seis, y Manuel, que tenía cara de que en su vida había vivido algo tan emocionante, conseguimos que Alfredo sacara su cartera, les pagara a los mariachis bastante más de su tarifa, y luego se metiera a un taxi sin oponer demasiada resistencia.

Todavía yo saqué de mi bolsa mi último billete arrugado de doscientos pesos y se lo di a Manuel, con una mirada que quería decir "cuento con su silencio". Me devolvió otra como de "mis labios están sellados", se guardó el billete mugroso en el bolsillo y nos despedimos, con apretón de mano y todo, cual espías internacionales. Obviamente, conforme iba de regreso a la casa, fui viendo movimiento en todas las ventanas de los vecinos. El domingo a primera hora ya íbamos a ser noticia.

Y en efecto, al día siguiente en misa nadie le hacía ni tantito caso al padre Chucho. Todas las miradas estaban puestas sobre nosotros y, concretamente, sobre mí, que tenía de un lado a mi mamá y del otro a mi papá y mantenía los ojos en el piso, con cara de devoción absoluta, con tal de no darme por enterada de lo que estaba sucediendo.

Cuando por fin el padre dijo que podíamos ir en paz y que la santa misa había terminado, yo me volteé para recoger mi bolsa y vi que mi mamá se había vuelto a sentar en la banca y sacaba de su bolsa su rosario de cuentas de plata.

—¿Y ora, tú? —le pregunté—, ¿de cuándo acá?

—Me haces favor de no ser irreverente, Socorro —me contestó—; hoy es primer domingo y se consagra a la Virgen.

¿Eh? Eso no lo había oído jamás en mi vida. Volteé a ver a mi papá, que sólo se encogió de hombros y se volvió a sentar, cruzó los brazos, estiró las piernas y cerró los ojos. Iba a aprovechar para dormirse una siesta monumental.

Ahí me cayó el veinte: qué primer domingo ni qué primer domingo, lo que estaba haciendo mi mamá era hacerse loca y dar chance de que se vaciara el atrio y todo el mundo se fuera. Si el día anterior no quería ver a mis suegros —a los papás de Alfredo—, después de las revelaciones de la serenata, todavía menos. Me senté junto a ella y me persigné.

—Señor mío, Jesucristo... —empecé, pero mi mamá me volteó a ver.

—¿Qué haces aquí? —me dijo—; estás haciendo esperar al padre.

Osh. Se me había olvidado.

La puerta de la oficina estaba cerrada, y mientras daba los tres golpecitos de rigor, sentía un nudo en el estómago. Tenía terror de lo que me iba a decir el padre cuando le saliera con mi batea de babas.

Pero resultó que no tendría que haberme preocupado nada. Al contrario: creo que nunca en todos los años que tengo de conocerlo y de que me manden a hablar con él a cada rato, me había caído tan bien el padre Chucho; me hizo las preguntas justas, sin ser metiche, pero sin dejar tampoco que me hiciera la loca y no le contestara, y me fue ayudando para que le contara todo. Estuve a punto de contarle lo de Andreu, para saber si él también opinaba, como Gerardo, que nuestros correos eran equivalentes a haberle puesto el cuerno a Alfredo, pero me arrepentí. Sólo le conté de mis planes de explorar otras áreas de trabajo, o de irme, definitivamente.

—Me parece muy bien que, si eso es lo que quieres, vayas y pruebes —dijo, con una sonrisa—; aunque estoy seguro de que tu santa madre me colgaría de las orejas si supiera que te lo estoy diciendo. Pero qué quieres; estoy convencido de que Dios Nuestro Señor no quiere mucho a los pusilánimes.

Pensé que mi santa madre, que a esas alturas seguro ya se había tenido que inventar hasta misterios extra, después del día de ayer, ya no iba a estar muy segura de lo que quería o lo que opinaba. Me dio ternura.

Le di las gracias al padre y me levanté. Me acompañó a la puerta y, no sé en qué momento, decidió darme un abrazo. Casi me desmayo de la impresión.

—Te felicito, Coco —dijo, cosa rara, evitándome el

"María del Socorro" de toda la vida—; creo que has tomado una decisión valiente. Que Dios te acompañe.

Me hizo la señal de la cruz con el pulgar en la frente y a mí se me hizo un nudo en la garganta.

Cuando salí, ya había empezado la misa de dos, así que supuse que mis papás ya no estarían en la capilla. En efecto, los encontré sentados en el coche, como a tres mil grados centígrados, esperándome.

Comimos otra vez todos en su casa, ahora sí, con mis cuñados y mis sobrinos, y la conversación volvió a ser un poco más normal. Hasta las cuatro, que mis papás y mis hermanas me llevaron a la estación.

Me despedí de uno por uno y todos me dijeron una variante de la frase "todo va a estar bien" y me dijeron que les fuera contando cómo me sentía y no dudara en avisarles si necesitaba algo. Mi papá me volvió a decir que no me preocupara por nada, y que él se encargaba de cancelar todo lo que fuera necesario.

De la última que me despedí fue de Lola; nos dimos un abrazo fuertísimo y me dijo, al oído para que no la oyeran los demás, que estaba muy orgullosa de mí y que cuidadito y regresaba. Que me fuera tan lejos como pudiera.

Me prometí que, ahora sí, le iba a hacer caso.

CAPÍTULO 31

Mi pobre familia no supo en la que se metía. Apuesto a que nunca se imaginaron que sus muestras de cariño y sus promesas de que podía contar con ellos para lo que fuera se iban a traducir en que iba a juntar mis tres porquerías, iba a abandonar mi departamento, a mis dos *roomies* y nuestra mesa de lámina coja y me iba a mudar de vuelta a casa de mis papás.

Es temporal. Es temporal. Me lo digo cada vez que despierto en la cama donde dormí de adolescente o cuando paso la mañana ayudando a Lola a terminar su disfraz de perico para salir en el festival del Día del Niño de la escuela de sus hijos. Y, por supuesto, se lo digo a ella también. Y a mi mamá, que a ratos me mira con cara de que no sabe bien a bien qué hacer conmigo y a ratos ya quiere que vayamos juntas a todos lados. Tengo que repetirme que se va a acabar pronto, o me van a tener que internar en el psiquiátrico; he jugado más canasta y he tomado más café con galletitas en estas dos semanas que en toda mi vida y la de mis hermanas, y siento que me va a explotar la cabeza.

Lo que sí es cierto es que he estado diseñando como loca. Me urge armar un portafolios mínimamente decente para mostrarlo, si no en Europa, porque cada vez veo más complicada esa posibilidad —ni modo que le salga ahora a mi papá con que, después de las pérdidas de la boda, me financie mis aspiraciones—, por lo menos entre la gente que conozco en México. Quién quita y mi destino no es ser ni una asistente glorificada, ni una señora de su casa que sólo se preocupa por cuidar a sus hijos y en la tarde da clases de costura y platica de todo lo que pudo haber hecho con su vida, pero entonces tengo que ponerme a trabajar en serio. Ya habilité el cuarto de Márgara como estudio y me paso ahí las tardes con el cuaderno y el lápiz; todavía no tengo mucho que valga la pena —no tengo nada, creo—, pero me voy sintiendo más confiada. Eso sí, de todo voy tomando fotos y se las voy mandando a Andreu, que es el más entusiasta y cariñoso.

Ése es todavía un temita que tengo pendiente. La verdad es que ni ganas de darle explicaciones a todo el mundo, pero hace un ratito que decidí dejarme de hacer loca y admitir, al menos ante mí misma y ante el latoso de Gerardo, que no ha dejado de preguntarme, que sí, pues sí me gusta y sí, me gusta la idea de platicar con él y compartir cosas. Puede que haya ayudado el hecho de que ya sabe que no nos vamos a ver, porque ya sabe que no voy a ir a la Feria y, entonces, las posibilidades reales de conocernos son cada vez más remotas, aunque, la verdad, no lo sé. Romanticismos y novelas rosas aparte, sí es alguien cuya opinión valoro muchísimo y que me hace sentir muy bien conmigo misma, así que más me vale que me ponga las pilas y me las ingenie para darle otra vuelta a esa historia pero rapidito.

Con todo el dolor de mi corazón, tuve que desechar la propuesta de Gerardo de vender mi anillo de compromiso y con eso pagarme el vuelo y tal vez unos días de estancia; según Gerardo, los suficientes para decidir si Andreu es tan el hombre de mi vida como yo creo y luego ya, mudarme definitivamente a su piso. Tuve que detenerlo antes de que abriera la página de la aerolínea y empezara a buscar vuelos, ya no para mí, sino para él, para el verano próximo, porque, total, lo nuestro estaba más que decidido y sólo era cuestión de un poquito de tiempo antes de que yo tuviera un espacio privilegiado para recibir a mis mejores amigos en mi departamento como de páginas interiores del *Hola*. Le dije que, en primer lugar, ya no estaba tan segura de querer vender el anillo, ni siquiera sabía si quería quedármelo, y que, además, si acaso lo vendía, no iba a ser para eso. Que quería consolidar mi carrera primero en México y, sólo después de demostrarme que sí podía y que todo estaba bien, pagarme mi boleto por mis propios medios. Me dijo que qué manera de arruinar una venganza perfecta.

Me ha costado mucho trabajo explicarle, a Gerardo y a buena parte de mi familia, que yo lo que menos busco es "vengarme" de Alfredo. Y no es porque yo sea exactamente la madre Teresa, ni mucho menos; es más, si un día saliera en la bici de montaña y se cayera y se hiciera un esguincito chiquito, no muy grave, pero de ésos que duelen mucho, no me sentiría mal ni iría corriendo al hospital a donarle un riñón si lo necesitara, o si Ana se enfermara de algo que requiriera altas dosis de cortisona y se pusiera hinchada como un globo, al grado de que sus preciosos vestidos le dejaran de quedar y las piernas larguísimas se le llenaran de várices, no me quitaría el sueño ni diez minutos. Al contrario, tendría mis diez minutos de felicidad malsana. Pero de ahí a que yo les vaya a provocar algún tipo de daño, jamás. Lo platiqué con Pili y Monse, el día en que regresé y les conté toda la telenovela, serenata fallida incluida, y estuvieron más o menos de acuerdo, aunque Monse no podía creer que genuinamente no les guardara rencor.

—Pero ¿cómo puedes estar tan tranquila? —me preguntó—. Yo estaría ponchándole las llantas a su coche y cambiándole el endulzante por azúcar normal, mínimo.

Yo, mientras le soplaba a mi té de manzanilla —tantos días de que mi mamá tratara de subirme el ánimo a punta de antojitos me habían dejado el estómago hecho un desastre— y le decía que no, que no me parecía tan grave y que allá ella y su mala cabeza. Que, si lo veía bien, hasta me había hecho un favor.

—¿Un favor? —dijeron a coro, haciéndose para adelante en el sillón de la sala en un gesto idéntico—, ¿estás loca?

—Pues sí —les expliqué—, si no hubiera pasado algo así, tan grandote y aparatoso, seguro no me hubiera atrevido a hacer lo que en el fondo sabía que tenía que hacer.

—¿Que era qué? —preguntó Pili, sentada en el borde del asiento y mirándome con mucha atención.

—Cancelar la boda y decirle a Alfredo que hasta luego, buenas tardes —dije, como si fuera lo más obvio del mundo.

—¿Verdad que no estabas bien segura? —el tono de Pili era triunfante— ¿Ves, Monse? ¡Te lo dije!

Ahí fue cuando me cayó el veinte de que mis compañeras de departamento habían dedicado varias horas a discutir el tema de la conveniencia de mi boda. Aparentemente, Pili pensaba que yo no estaba segura y que me estaba dejando llevar por lo que todo el mundo quería, mientras que Monse no podía pasar de la idea de que Alfredo era un partidazo y que cualquiera que no lo viera y no se quisiera casar con él estaba mal y merecía que la amarraran.

Me costó un poco de tiempo, pero logré que vieran las cosas desde mi perspectiva, sobre todo Monse. Y una vez que lo hicieron, tuve que pasar al dolorosísimo momento de explicarles que, además, creía que ya no iba a vivir con ellas. Fue una decisión que tomé en el camión, cuando regresaba a México después del fin de semana del terror en Querétaro; si quería realmente hacer mi vida, tenía que dejar de vivir en una sucursal de mi pueblo, aunque fuera por un ratito. Claro que no se los dije así, sólo les dije que me iba a ir un tiempecito a casa de mis papás a pensar las cosas y que, independientemente de lo que decidiera, no creía que fuera a regresar a vivir con ellas. Les costó trabajo, sobre todo a Pili, pero lo entendieron.

—Vamos a tener que conseguir alguien más que venga —dijo Pili— y seguro no va a ser tan divertida.

—Ni nos va a dejar ver películas en su computadora —dijo Monse, que siempre ha sido mucho más práctica.

Les dije que no se preocuparan, que ellas eran encantadoras y que iba a ser facilísimo encontrar a alguien más que se muriera de ganas de vivir con ellas; y que, con un poco de suerte, iba a ser de esas niñas proactivas y nada desidiosas que no dejan pasar años y años antes de decidirse a cambiar la horrible mesa del antecomedor.

De hecho, en ese momento recordé que Gerardo me había dicho que le habían subido la renta de su departamento y ya no le alcanzaba. Estaba tristísimo, pero iba a tener que mudarse con todo y sus triques, y lo iba a tener que hacer más o menos pronto. Parecía un disparate, pero en realidad era una gran idea; aunque ninguno de los tres iba a estar de acuerdo en un principio, yo estaba segura de que podían hacer un gran equipo, y en ese momento me hice el propósito de encontrar el momento ideal para planteárselo a cada uno por separado.

Así que me ayudaron a empacar, a deshacerme de todo lo que ya no quería, incluyendo todas las porquerías que tenía que me recordaban a Alfredo y que no había querido tirar; desde un paquetito de pastillas de menta que nos dieron a la salida de Luigi's la primera vez que me llevó a cenar, que ya para esas alturas eran como un fósil repugnante, hasta la rosa, volteada al revés y seca, que me dio el día de la pedida. Con todo y que no era todo lo que guardaba, porque en casa de mi mamá tenía otro paquetito igualmente impresionante, fue un shock darme cuenta así, de sopetón, cuánto tiempo de mi vida y cuánta energía le había invertido a mi relación con Alfredo. Si hubiera puesto la misma cantidad de atención a ver qué quería yo y quién quería ser, además de la novia y después esposa de Alfredo, tal vez ahorita estaría diseñando mi quinta colección. O tal vez no, ya qué más daba: como dice Pili, arrepentirse es quererle enmendar la plana a Dios, y eso no funciona.

Al siguiente fin de semana, ya estaba yo trepada en la camioneta de Lola, que había dejado a sus niños al cuidado de su suegra y se había venido desde el viernes para ayudarme con todo y llevarme. Se había sacado un poco de onda al principio, y yo creo que pensó "esta tarada no ha entendido nada y ahí viene de regreso", pero le expliqué que definitivamente era una cosa temporal, y que necesitaba espacio para decidir mi próximo movimiento. Me ofreció quedarme en su casa, estoy segura de que para poder vigilarme y porque no confiaba en que mi mamá me hiciera la vida lo suficientemente incómoda como para quererme ir pronto, pero le dije que muchas gracias, que no creía que fuera prudente; después de todo, por más que Beto fuera un encanto y se hubiera portado increíblemente bien conmigo, no dejaba de ser un poquito del bando contrario.

Y no podía evitarlo, igual que Lola no podía evitar odiar a Alfredo y ponerse definitivamente de mi lado. El día en que vi a Alfredo para ponernos de acuerdo con quién cancela qué y quién le avisa a quién, y para intentar devolverle el anillo —que, para ser absolutamente justos, debo decir que rechazó, como los grandes, diciendo que me lo había dado con mucho cariño y quería que lo conservara o, de perdis, lo vendiera y me comprara un collar o unos aretes que me gustaran mucho—, pasé después por casa de Lola y me encontré a Beto hablando por teléfono en la sala y viéndome con cara de que era una perra maldita.

—Le acaba de hablar Alfredo, creo que en el drama —me explicó Lola, cuando le hice un gesto de "¿y a éste, qué le pasa?"—; no se lo tomes a mal, pero es su primito adorado.

No se lo tomé a mal, claro que no, pero entendí que nos iba a tomar un poco de tiempo acostumbrarnos al tema.

Y, en lo que eso sucedía, estaba de vuelta en mi recámara y con mis rutinas de antes, disfrutando de que alguien más tendiera mi cama (no diario, pero de vez en cuando) y de sentarme todos los días a la mesa con comida caliente y el refri lleno.

Hoy, por ejemplo, son las doce del día y vine a la cocina después de un rato largo de estar encerrada en el cuarto de Márgara trabajando y diseñando. En el termo —¡oh, maravilla!— hay café caliente y me sirvo una taza, felicitándome por el buen tino que tuve de regalarle eso a mi mamá en su último cumpleaños, sin saber qué tan pronto me iba a beneficiar del reemplazo del termo roto, viejo y que ya no calentaba nada, que tenían mis papás desde que nosotras estábamos en la secundaria y que no tiraban porque se les olvidaba sistemáticamente comprar otro.

Abro la alacena y descubro un paquete de galletas Marías y un bote de cajeta. Es muchísima azúcar. Bueno, pero una no es tan grave; en la tarde salgo a correr por el fraccionamiento y quemo las calorías. Saco ocho galletas del paquete, las pongo boca arriba sobre un plato grande, y empiezo a embarrarles cajeta, una por una; cuando termino, ya me dejé las manos, el cuchillo, la mesa y el bote de cajeta todos pegostiosos, y me chupo el dorso de la mano.

Suena mi celular y me lo saco de la bolsa con cuidado de no seguirme embijando toda. Arrastro el dedo sobre la pantalla y le dejo mi huella digital llena de azúcar. Es Gerardo.

—¡Ger! —últimamente hablamos a todas horas, pero vivo en tal estado de aislamiento, que me emociona muchísimo saber de él—, ¿qué onda?, ¿dónde andas?

—Pues en la oficina, reina. Son las doce. No todos podemos pegarle a la beca familiar como tú.

Claro, qué horror. A estas horas ya todo el mundo está harto de haber llegado desde las nueve y dan vueltas por los pasillos, en busca de una distracción; o salir por un café o sentarse a chismear con alguien en el hueco de las escaleras. Que es lo que está haciendo Gerardo, me imagino, porque su voz se oye como con eco.

No puedo creer que sólo hayan pasado tres semanas desde que renuncié. No sé ni de dónde saqué fuerzas; es más, ni siquiera recuerdo bien la escena, sólo tengo claro que llegué al lunes siguiente de la catástrofe, caminé hasta la oficina de Jaime, abrí la puerta de par en par —con todo y que Olga taconeaba detrás de mí, muerta de angustia y pidiéndome que no fuera grosera y no hiciera ninguna locura— y le dije en su sorprendidísima cara que renunciaba, que me daba lo mismo que no me diera ni un peso, que ni lo esperaba, y que ojalá que a la próxima persona que viniera después que yo la tratara con el respeto y la decencia que cualquier humano se merecía.

Se quedó de a seis. Sólo reaccionó para salir detrás de mí y decirme que no fuera tonta y que no desperdiciara una oportunidad tan buena, y que me iba a arrepentir. Le dije que de lo único que me arrepentía era de no haber renunciado antes y que por favor no me quitara mi tiempo, que todavía tenía un pendientito.

Que era, obviamente, entrar igual, con paso como de ángel exterminador, a la oficina de Ana y decirle que lo de menos era que fuera una zorra y una taimada, que no tuviera idea de lo que era ser una buena amiga o preocuparse por alguien que no fuera ella misma, sino que, encima de todo, era una pésima diseñadora y una mediocre que no se preocupaba por aprender y estaba todo el día robándose ideas ajenas. Y que nos veíamos en el próximo desfile. Y, ya nada más de mala onda, le dije, sin voltear y mientras caminaba a vaciar las tres porquerías de mi oficina, que Alfredo había tenido herpes en la secundaria y que, hasta donde yo sabía, todavía no se había curado del todo.

Pensé que Gerardo me iba a sacar en hombros, como torero, pero se conformó con conseguirme una caja y llevarme a comer. Y había regresado a su oficina porque, como él mismo decía, le gustaba un montón el drama y los desplantes de todos se le resbalaban como con teflón.

—María del Socorro, ¿me estás oyendo? —la voz indignada de Gerardo me chilla en la oreja y me saca del recuerdo de mi momento de triunfo—; te estoy diciendo que hoy en la mañana te llegó una postal.

—¿Una postal? —qué raro—, ¿a mí? ¿De quién?

—No tengo la menor idea. No dice nada.

—¿Cómo no dice nada? —y, ahora que lo pienso—, ¿qué haces leyendo mi correspondencia? Eso es un delito.

—Cálmate, inspector ardilla. Es una postal y cualquiera la puede leer. No trae sobre.

—Bueno, ¿y qué dice?

Gerardo suspira. Seguramente ya había olvidado lo difícil y trabajoso que es lidiar conmigo.

—Te estoy diciendo que nada, criatura. Es una postal de uno de esos edificios de Gaudí... A ver, pérame...

Me empieza a latir el corazón fuertísimo.

—Dice aquí que La Pedrera. Eso está en Barcelona, ¿no, picarona?

Trato de protestar ante su tono insinuante, pero sólo me sale una risita como de quinceañera. Qué vergüenza. Toso un poquito, para recuperar un poco el amor propio.

—Sí, está en Barcelona —digo—, ¿y qué dice?

—Nada, te digo. Está a tu nombre, tiene la dirección de aquí y sólo tiene escritos unos números y unas letras.

—¿Unos números y unas letras? —cojo una pluma y el bloc que usa mi mamá para los recados—, A ver, ¿cuáles?

JIE829.

CAPÍTULO 32

—¿Me permite pasar?

El señor bigotón del asiento de la ventana me mira con cara de que se le está acabando la paciencia. Miro a mi alrededor y ya logré tener un tiradero: en la mesita abierta están los últimos números de *Vogue* e *InStyle,* en las piernas tengo regado el contenido de mi portafolios y un cuaderno donde voy anotando qué vale la pena retrabajar y qué de plano no tiene salvación. Además, en el asiento de en medio, que viene vacío, tengo una bolsa de pretzels, una botella de agua (los vuelos deshidratan muchísimo, lo sabe todo el mundo, y más los largos) y mi bolsa.

—Ay, sí, discúlpeme.

Hago todo a un lado como puedo, con cuidado de no maltratar mis bocetos, y me salgo al pasillo para dejarlo pasar. Cuando se cruza conmigo le lanzo mi sonrisa más angelical, pero no parece tener mucho efecto. Me dan ganas de decirle que no se apure, que ya sólo nos faltan nueve horas para llegar a París y que yo casi nunca duermo en los aviones, pero creo que precisamente porque nos faltan nueve horas de vuelo, no es tan buena idea empezar a enemistarme tan pronto con mis compañeros de avión.

Aprovechando que ya estoy de pie, voy al baño. Hay dos chavas esperando, las dos con jeans y sudaderas, y mientras hacen la fila platican de lo emocionadas que están de conocer París. Por lo que escucho, porque en algo me tengo que entretener mientras estamos ahí paradas, esperando, y ni modo que me ponga a ver la película que está viendo ese niño en el iPad de su papá, porque ya me volteó a ver feo, van a pasar dos meses tomando un curso de francés. Casi tengo que taparme la boca con las manos para no decirles a qué voy yo a Barcelona.

Soy la más ridícula; a este par qué puede importarles si yo vengo decidida a conquistar el mundo o a trabajar de mesera. Tiene razón Gerardo cuando dice que llevo demasiado tiempo encerrada trabajando y ahora me da por compartirle mi vida al primer incauto que me pasa por enfrente.

—¿Van a París? —soy, oficialmente, la más ridícula del mundo—; qué padre. Yo voy a Barcelona.

En una milésima de segundo, cruzan una mirada como de "¿y qué onda con esta ruca?", digo, deben de tener dieciocho, veinte años, y yo a esa edad les debo parecer ancianísima. Por fin, la más alta, güera, pecosa y con cara de que es la autoridad del grupo, me contesta.

—Ah, ¿de veras? Qué bien. Dicen que es muy bonito.

Ésa tendría que haber sido mi señal para quedarme calladita y esperar pacientemente a que se desocupara uno de los baños, pero no. Tuve que seguirme como hilo de media y decirles que en realidad iba a una feria de modas, porque yo era diseñadora, aunque todavía no muy conocida, y llevaba mis diseños para que los vieran un par de ejecutivos de casas importantonas, a ver si les latía contratarme. Ah, claro, y no dejo pasar —¿para qué?— el detalle de que el boleto me lo había pagado un tipo muy amable al que sólo conozco por internet.

Es decir, en diez segundos, mi incapacidad para quedarme callada me puso en la frente un letrero grande, grande, que decía "LOCA, ILUSA, Y PROBABLE VÍCTIMA

DE TRATA". Esta vez, la mirada entre ellas dura bastante más que una milésima de segundo; como diez, de hecho.

—¿Sabes qué? —le dice la güera a la otra—, siempre no tengo tantas ganas de ir al baño. ¿Venimos al rato, no? Cuando repartan la cena, que seguro hay menos gente.

Y se van las dos, a toda la velocidad que les permite lo estrecho del pasillo. Me entran ganas de abrir la puerta y aventarme, ¿qué culpa tienen ellas de que yo esté en tal estado de nervios y de inseguridad que no pueda callarme nada?

La culpa es de las aerolíneas. O de los tipos que diseñan los aviones, al menos; si ya se hubieran puesto a trabajar en serio y hubieran logrado que uno pudiera chatear tranquilamente desde su celular durante el vuelo, yo no me vería en la horrible necesidad de contarle a puro desconocido lo que me pasa por la cabeza. Podría, por ejemplo, buscar a Lola o a Gerardo y ver si ellos pueden hacer algo para calmarme los nervios.

Claro que si no lo han podido hacer en los últimos cuatro días, a duras penas lo van a poder hacer ahora. Desde que Gerardo me llamó para decirme lo de la postal, no tuve ni un segundo de descanso; inmediatamente le llamé a Lola.

—¿Qué estás haciendo? —le pregunté en cuanto contestó, sin siquiera darle los buenos días.

—Saliendo de la tintorería, ¿por?

—Porque necesito preguntarte una cosa. ¿Puedo ir a tu casa?

Fui y las dos nos quedamos viendo la combinación de números y letras durante horas. Previamente, por supuesto, tuve que darle una introducción leve de quién era

Andreu y por qué la bendita postal era tan importante. Opinó más o menos lo mismo que Gerardo, que yo llevaba meses haciéndome mensa y no queriendo ver que lo que había entre el catalán y yo era un coqueteo con todas las de la ley.

—Mira nada más —dijo, con una sonrisa—; ora resulta que saliste peor que Alfredo.

Le dije que no, que para nada. Que lo de Alfredo había llegado a unos extremos a los cuales lo mío no había llegado *nun-ca*. Me miró con cara de que a ella no la podía hacer tonta tan fácilmente.

—Porque no podían, mijita, que si no...

Le di un empujón y le dije que se concentrara en el misterio que teníamos frente a nosotras.

—Pues es que no tengo idea —dijo—, ¿serán unas placas?

Le dije que a menos de que me fuera a mandar un yate a Veracruz, para que me condujera hasta sus brazos, no le veía mucho sentido.

—Mmmm... —se quedó pensando—, ¿una combinación de una caja fuerte?

Le pregunté si Beto otra vez la tenía viendo series de espías y se rio y me contestó que sí. Le pedí que siguiera intentando.

Pero fue inútil; nos pasamos horas pensando y nomás no dábamos. Después de un rato, nos cansamos y ya sólo decíamos puras incoherencias, como que seguramente era una clave para un secreto que podía poner en jaque a la diplomacia internacional, la talla de vestido de la reina Sofía o, simplemente, que había pensado mandarla con un recadito mono pero que en lugar de eso se había equivocado y había puesto esa combinación tan rara. Eso último lo dijo Lola ya en un momento de desesperación en el que ninguna de las dos quería saber nada más del asunto.

Cosa rara, la que nos sacó del apuro fue Márgara. Todo empezó porque Lola propuso preguntarle a Beto, por la sencilla razón de que era alguien nuevo y que tenía buen ojo para los números y las combinaciones; en una de ésas, nos sacaba del apuro; sólo que yo le dije que me daba muchísima pena explicarle mi problema, con todo y que Alfredo más o menos sabía y tal, no era cosa de estárselo restregando en la cara a través de su primo. Así que recurrimos a la segunda mejor opción: mi hermana Márgara.

Le atinamos, porque nomás le mandamos un mensaje con la explicación y otro con la combinación y contestó luego, luego que eso le sonaba a una reservación de una aerolínea; que por qué no buscaba en las compañías que volaban a Barcelona, a ver si en una de ésas.

Y en efecto, al tercer intento, la máquina dijo que había un boleto comprado a Barcelona vía París para cuatro días después a mi nombre.

—Mira tú nomás a la Márgara —le dije a Lola, despegando los ojos de la pantalla—; hasta parece que ella es la espía internacional.

Lola tronó la boca.

—Nada, qué —dijo—, lo que pasa es que se la vive viendo películas románticas y esta maniobra es como de película, la verdad.

Las dos nos quedamos viendo la pantalla, como lelas.

—Qué lindo —dije yo. Y Lola sólo hizo "ajá".

Pero todo fue descubrir eso, para que se disparara una discusión completamente distinta: ¿qué demonios hacía yo aceptando boletos de avión e invitaciones de virtuales desconocidos? Una cosa era que yo ya fuera una mujer nueva y estuviera dispuesta a, como dijo el padre Chucho, no ser pusilánime y atreverme a todo, y otra muy distinta que me lanzara así nada más, sin tener idea de a qué me estaba comprometiendo. Ahora sí, le dijimos a Márgara que nada de mensajitos, que se lanzara en persona a casa de Lola.

Para esto, yo ya le había escrito a Andreu y le había dicho que se lo agradecía mucho, pero que no lo podía aceptar, y él a su vez me contestó, con su manera franca de siempre, que no me hiciera telarañas mentales, y que lo aceptara no como un regalo, sino como una inversión; que ya había mostrado mis diseños a un par de amigos suyos y que estaban interesados en hablar un poco más conmigo. Y que perdonara si se había precipitado un poco, pero que él era así, impulsivo, y creía que cuando uno piensa demasiado las cosas corre peligro de echarlas a perder definitivamente.

La decisión nos tomó horas y horas de conversación, sentadas en la cocina de casa de mi mamá, con cuidado de que no nos fuera a oír, porque entonces sí le echaba cerrojo a la puerta y me amarraba a la pata de la cama. Pusimos sobre la mesa los correos y discutimos los pros y contras de ir o no ir. En un punto, hasta le hablamos a Gerardo y lo pusimos en altavoz para que diera su opinión; aunque yo ya sabía cuál iba a ser: él ni siquiera tenía dudas, yo tenía que ir y ya.

—Es lo más emocionante que le va a pasar a Coco en su vida —decía—; no es cosa de que lo deje pasar así nomás porque le da miedo.

—Sí, criatura —decía Márgara, en el mismo tono en el que le explicaba a Ernestito que no estaba bien que comiera tierra de las macetas—, pero tampoco puede hacer las cosas así, nada más.

—Pues yo estoy completamente de acuerdo con Gerardo —dijo Lola—; total, ¿qué es lo peor que puede pasar? ¿Que sea un torturador? Ay, por Dios: si llevas años trabajando para ese sádico horrible y dejando que Alfredo te maltrate, ya lo de menos es que un europeo guapetón te arranque las uñas.

Le dije que no estaba segura de que fuera guapetón. Y que mis uñas me gustaban y, dentro de lo posible, preferiría conservarlas, muchas gracias.

Pero me dejé convencer. Y, claro, llevo tres noches sin dormir. No tengo idea de qué esperar; ni siquiera sé, bien a bien, cómo es Andreu, si es guapo o feo, si es alto o chaparro, si tiene buen carácter o es enojón. Es raro, porque sé muchísimas cosas de él, pero de lo más básico no tengo ni idea. Con todas estas cosas en la cabeza, ¿cómo no voy a ir por la vida tratando de contarle mis broncas al primero que pase? Me da mucha pena con las pobres turistas a las que acabo de ahuyentar, pero si conocieran mejor mi situación, estoy segura de que serían mucho más comprensivas.

Me regreso a mi asiento, recojo como puedo todas mis porquerías y trato de dormirme. No puedo, con todo y que estoy agotada. Cierro los ojos y trato de imaginarme la escena en el aeropuerto.

En mi imaginación, todo va a ser perfecto. Voy a salir de la sala de espera, arrastrando mi maleta como si nada y me voy a ver perfecta (más me vale, porque para eso me pasé horas escogiendo mi atuendo: leggings y botas negros, una playera blanca de manga larga con aplicaciones de metal, un suéter gris abierto y una mascada color turquesa que hace que resalte el bronceado que conseguí después de muchas horas de tirarme al sol en el jardín de casa de mis papás). Nos vamos a reconocer instantáneamente y va a ser como si nos conociéramos de toda la vida. Perfecto, pues.

La cosa deja de ser tan perfecta en cuanto anuncian que ya vamos a aterrizar; hacemos todo el numerito, enderezamos los asientos, tocamos tierra y, cuando todo el mundo empieza a pararse a sacar sus cosas de las puertitas de arriba, nos salen con que por favor nos sentemos, porque todavía no podemos bajar. Cuando volteo a ver mi reloj, ya pasó media hora y me empieza a preocupar seriamente mi conexión. Voy a tener que correr muchísimo y hacer un numerito en la cola de migración si quiero alcanzar el vuelo a Barcelona; ojalá que no sea uno de esos aeropuertos con ocho terminales y un trenecito que se tarda horas, porque entonces sí, se me hace que no lo voy a lograr.

Saco mi *Vogue* y trato de hacer como que esto no está sucediendo. Seguro, si lo ignoro, el tiempo va a dejar de pasar y no me voy a quedar sin vuelo. Pero nada: cuando veo, ya pasó otra media hora y nomás no nos dicen que ya podemos bajar. La gente se empieza a poner nerviosita y a preguntarle a las sobrecargos que qué demonios está pasando, pero sólo contestan que todo está bien, pero que tenemos que esperar un poquito más.

A los veinte minutos de eso, ya me resigné a que mi vuelo se va a ir definitivamente. Como si no me diera horror suficiente el encuentro con Andreu como para seguir poniendo obstáculos: ya, me urge que suceda y ya, lo que sea, que pase. Pero a este paso, ya no sé siquiera si va a pasar. Saco mi celular, que al menos eso sí podemos hacer, y le mando un mensaje avisándole; me contesta que no me preocupe, que me espera.

Cuando finalmente llego a migración, por poco y le vuelvo a soltar toda la sopa al tipo del mostrador, todo porque me preguntó el motivo de mi viaje. Pero me contuve a tiempo; qué tal que él sí se tomaba en serio lo de la trata de personas y me metía a un cuartito a que le respondiera un montón de preguntas y terminaba deportada o, peor aún, en una cárcel francesa sin siquiera hablar el idioma. No, gracias. ¿Motivo de mi viaje? Paseo, punto y se acabó.

Me paso todo el vuelo París-Barcelona con un nudo en el estómago, y no porque la aerolínea se haya negado a reembolsarme todo y haya tenido que sacar la tarjeta, sino por los nervios que me dan de pensar en ver a Andreu cara a cara. Y algo más: me tardé un rato en identificarlo, pero por fin caigo en cuenta de que tengo un hambre espantosa; ahora que lo pienso, no he comido nada desde el vuelo de México. En mi frenesí por recuperar mi vuelo y pelear con los de la aerolínea, no se me ocurrió buscar ni un café donde comprar una baguette. Y claro, todo es que lo piense, para que me empiece a rugir la panza, pero cañón. Ya ni pretzels traigo. Y encima, estoy nerviosísima; estoy a punto de pedirle al piloto que se dé la vuelta y nos regrese a todos a París. No estaría nada mal; podría pasarme unos diitas por ahí, paseando, o hasta inscribirme en el mismo curso de francés que mis nuevas amigas de la cola del baño; lo que sea con tal de evitarme la pena horrible de verle la cara a un tipo con el que he compartido tantísimas cosas sin conocerlo.

Pero no lo hago. Me aguanto como las machas y casi alcanzo a ahogar mi grito de angustia cuando el piloto anuncia que estamos iniciando nuestro descenso en el aeropuerto internacional de la ciudad de Barcelona. Trato de respirar profundo, pero no me sale muy bien. Bajamos, ahora sí, abren la puerta luego, luego y me paro cuando el de junto se quiere bajar y no tengo más remedio. Camino por el aeropuerto como res al matadero: me muero de nervios. Peor todavía, entro al baño y cuando voy a lavarme las manos, me topo con que mi pelo está hecho una desgracia después de horas de frotarlo contra el respaldo del asiento, la cara se me ve grasosa y horrible y mi atuendo tan conveniente se ve más fachoso y masculino que vanguardista y cosmopolita. Estoy a punto de meterme debajo del lavabo y hacerme bolita, pero me da muchísimo asco.

Cuando salgo, arrastrando mi maleta pesadísima y mi bolsa derramándose de revistas y papeles, lo primero que veo es a un tipo con una iPad en la mano que dice "COCO" en la pantalla.

Debe ser el jetlag, pero mientras camino, haciendo muchos esfuerzos para no pegar la carrera y regresarme ahora sí al cobijo del lavabo, voy escuchando voces en mi cabeza. Lo que dirían mis papás, Márgara, Lola, mi tía Teresa, Ger, las Del Olmo... bueno, hasta el padre Chucho. Pero no les hago mucho caso. Para bien o para mal, se quedaron allá.

FIN

AGRADECIMIENTOS

Esta novela empezó a gestarse en un café en Harvard Square y terminó de tomar forma en una tarde en Querétaro. Es, entonces, el resultado de varios años de trabajo, de enorme disfrute y, sobre todo, de la compañía, la conversación y el cariño de un montón de gente, a quienes hoy agradezco.

A Inés, que me inició en el género vasto y acolchonado de la novela rosa y compartió sus lecturas conmigo. A Marta y a Marta, que trajeron Querétaro a mi vida.

A Paola, Juance y Jorge, que lunes a lunes leyeron fragmentos, discutieron la masculinidad del nombre Alfredo y me hicieron tomar miles de notas que, una vez que las entendí, me sirvieron mucho. Los quiero, muchachos.

A Aída, María José, Gal y Sergio, mis amigos queretanos, que generosamente se sentaron conmigo y me contaron la vida que llevarían Coco y sus hermanas.

A todo mi clan, pero en especial a mi mamá y a mis tías, reales, ficticias, extendidas y añadidas, por compartirme sus giros y su intrépido universo femenino.

A todos los que me regalaron pedazos de esta historia y con ello me ayudaron a construirla. A Mariana Morán, por supuesto, pero también a Édgar, a Emilio, a Enrique, al guapísimo de Pancho Gómez y a todos los que, sin saberlo, aparecen por aquí.

A Pablo, Jessica, Rosie, Guadalupe, Marilú, Grizel, Lázaro y todo el equipo que ayudó a que Coco encontrara un hogar.

A Cristóbal, por el orden y el concierto.

A mis hermanos Ángel, Mariana y Andrés, siempre, por ser conmigo.

Esta obra se imprimió y encuadernó
en el mes de junio de 2018,
en los talleres de Impregráfica Digital, S.A. de C.V.,
Calle España 305, Col. San Nicolás Tolentino,
C.P. 09850, Iztapalapa, Ciudad de México.